쇼콜라티에

Chocolatier
쇼콜라티에
우에다 사유리 지음 | 박화 옮김
살림

차례

제1화 거울의 소리 · 6

제2화 일곱 번째 페브 · 66

제3화 월인장사(月人將士) · 118

제4화 약속 · 176

제5화 꿈의 초콜릿 하우스 · 240

제6화 쇼콜라티에 훈장 · 288

제1화

거울의 소리

벌써 한 시간째였다. 손님 한 명 얼씬하지 않은 가게는 하품이 날 정도로 적막했다.

밸런타인데이가 있는 2월이 되면 양과자점은 크리스마스 시즌처럼 손님들로 북새통을 이룬다. 하지만 화과자점은 1년 중 이맘때가 제일 한가하다. 우리한테도 손님을 좀 적선해 달라고 구걸이라도 하고 싶은 심정이었다.

건과자, 구운 과자, 양갱…… 진열장 안에서는 선물용 화과자들이 손님들이 오기만을 학수고대하고 있었다. 우리 가게의 야심작은 뭐니 뭐니 해도 고급 생과자이다. 옻칠을 한 쟁반에 가지런히 담겨 있는 생과자. 굳이 비유한다면 양과자점의 케이크라고 할까? 사계절 경치가 그려진 생과자의 우아함은 독보적인 것이다.

긴 머리를 단정하게 위로 틀어 올린 나는 짙은 대나무색 전통의상을 입고 손님을 기다렸다. 교토에 본점을 두고 있는 이곳 '후쿠오도(福桜堂)' 고베(神戸) 지점은 오랜 전통을 자랑하는 화과자점이다. 공장에서 생산되는 고급 생과자의 일부는 다도 종갓집의 주문으로 만들어지는데 가게에는 진열하지 않는다. 오로지 입소문이나 소개로 고객을 확보하고 있다. 물론 인기 많은 양과자점처럼 북적대지는 않지만 날마다 오는 단골손님들이 있다. 뜨내기손님이야 계절에 따라 늘기도 하고 줄기도 한다. 어쨌든 이맘때는 확실히 손님이 없다.

미나코가 벽시계를 힐끗 올려다보았다. 저 안절부절못하는 표정이라니. 하긴 벌써 한 시간째 개미 한 마리 얼씬대지 않으니 초조할 수밖에 없을 것이다.

"미나코. 먼저 가서 점심 먹고 와."

그러자 미나코가 기다렸다는 듯 눈을 반짝이며 물었다.

"그래도 돼요?"

"어차피 이 시간에는 손님도 없으니까 나 혼자서도 충분해."

"우와! 잘됐다. 옆 쇼콜라트리에 손님이 몰려들기 전에 먼저 가고 싶었거든요."

미나코가 얘기하는 '옆 쇼콜라트리'는 올 1월 초순 두 집 건너에 새로 오픈한 '쇼콜라 더 루이'였다. 그곳은 지금 밸런타인데이 시즌에만 한정판매하는 초콜릿으로 인기 폭발이었다.

게다가 봉봉 오 쇼콜라(한 입 크기의 초콜릿 과자. 당과 종류의 충전물에 초콜릿을 씌운 것-옮긴이)만 파는 게 아니었다. 여느 파티세리처럼 케이크와 구운 과자도 팔고, 안쪽에 커피 매장도 따로 갖춰 놓았다. 쇼콜라 더 루이에서 제일 잘 나가는 건 초콜릿 파르페였다. 아이스크림과 초콜릿에 사용되는 재료가 특별해서 하루에 만들 수 있는 양이 한정되어 있는데, 휴일에는 오후 2시면 바닥이 났다. 정말 굉장했다.

오픈 첫날부터 쇼콜라 더 루이 앞에는 손님들이 줄줄이 늘어서 있었다. 후쿠오도의 공장장인 우리 아버지와 오래전부터 함께 일해 온 베테랑 장인들은 물론 전혀 동요하지 않았다. '우리에게는 우리의 길이 있다'는 것이었다. 하지만 젊은 장인들 사이에서 쇼콜라 더 루이는 연일 화젯거리였다. 남자들은 애인을 데리고 가면 좋겠다는 둥 말이 많았고, 여자들은 맛이 끝내준다면서 엄지를 치켜세웠다. 가격이 꽤 비싼 편인데도 쇼콜라 더 루이는 말 그대로 문전성시였다. 물론 후쿠오도는 업종이 전혀 다른 가게였지만 신경을 안 쓰려야 안 쓸 수가 없었다.

"아야베 씨는 뭐 필요한 거 없어요? 홍차랑 잼도 맛있대요."

미나코가 물었다.

"난 다음에 직접 가서 고르지 뭐. 신경 쓰지 말고 다녀와."

"그래요? 그럼 갔다 올게요."

미나코는 활짝 웃으며 종업원용 쪽문으로 들어갔다. 탈의실에서 재빨리 옷을 갈아입고 쇼콜라 더 루이로 직행하겠지.

요즘은 밸런타인데이의 의미가 많이 달라졌다. 사람들은 연인이 아니라 자기 자신에게 고가의 초콜릿을 선물한다. 여자가 남자에게 선물하던 초콜릿은 이제 일상에 지친 자신을 치유하기 위한 촉진제가 되었다. 그러니까 좀 비싸도 전혀 아깝지가 않다. 명품 핸드백이나 구두를 사는 것과 같은 심리라고 할까? '자신에게 초콜릿을 상으로 준다'는 발상은 양과자 업계에 날개를 달아 준 셈이다.

후쿠오도 고베 지점에서도 밸런타인데이를 겨냥해 색다른 생과자를 만들어 팔고 있다. 후쿠오도 지점장님의 아이디어를 바탕으로 만든, 파스텔 톤의 네리키리(菊紅葉: 찰기가 있는 흰 앙금에 색소를 넣어서 다식판 모양의 틀에 눌러 단풍잎이나 국화 등 여러 모양으로 만든 생과자-옮긴이)와 긴톤(金团: 고구마 등을 삶아서 으깬 다음 설탕을 섞어 소로 만든 것에, 달게 조린 밤이나 강낭콩을 섞은 음식-옮긴이)을 다양한 색으로 배합해서 만든 과자인데, 오브제 같은 느낌을 준다고나 할까? 오늘도 진열장 한편에는 핑크와 터쿼이즈블루로 색을 낸 네리키리가 손님을 기다리고 있다.

하지만 판매량이 바닥이다. 단골손님들은 파스텔 톤의 네리키리에 관심이 별로 없다. 전단지를 보고 흥미를 느낀 젊은이들이 가끔 사러 오긴 하는데, 뜨내기손님들이 판매량에 영향을 미칠 리는 없으니까.

어릴 적에 나는 아버지가 화과자 장인이라는 게 늘 불만이었다. 한번은 가족끼리 외식하러 갔다가 맛있는 디저트를 먹으면서 불평을 쏟아내기도 했다.

"아빠는 왜 케이크를 안 만들고 화과자를 만들어요? 케이크가 더 멋있잖아요. 화과자 대회에서 1등도 했으니까 케이크도 분명히 잘 만들 수 있을 거예요. 화과자점 그만두고 양과자점으로 옮기면 안 돼요? 그게 훨씬 멋있고 돈도 많이 벌 수 있잖아요."

정말이지 철없는 투정이었다. 그렇지만 아버지는 언짢은 기색도 보이지 않으셨다.

"아카리, 아빠는 그렇게 생각하지 않는단다."

여느 때처럼 태평한 대답이었다. 그러고는 케이크를 두 입에 먹어치우셨던 아버지. 나는 이해할 수 없다는 표정으로 아버지를 쳐다보았다. 그때 어머니가 내 귓가에 속삭였다.

"아빠는 교토 화과자 없으면 못 살걸? 그래서 화과자 장인이 되셨고 말이야."

아버지도 젊은 시절에 양과자와 화과자를 놓고 심각하게 고민했다는 사실은 나중에서야 알게 되었다. 사실 장인이란 무척 고단한 직업이다. 그 일에 대한 뜨거운 열정을 끝까지 지키는 사람만이 할 수 있는 것이니까.

'양과자의 장인이 되려면 고베, 화과자 장인이 되려면 교토로 가야 한다. 과연 어느 쪽을 선택해야 평생을 후회 없이 즐겁게 일할 수 있을까?'

지방 출신인 아버지는 신중에 신중을 기했다. 어떤 길을 선택하든 집에서 독립해야 한다는 사실도 진로를 결정하는 데 한몫을 했다.

그러던 어느 날, 다도 선생님이었던 숙모가 준 계절 생과자를 먹고 아버지는 마침내 결단을 내렸다. 후쿠오도의 생과자를 한 입 베어 무는 순간, 아버지는 화과자가 자신이 가야 할 길임을 깨달았던 것이다.

'과자에서 어떻게 이렇게 담백한 맛이 날까? 아! 나도 이런 과자를 만들어야지.'

흥분해서 들떠 있는 아버지에게 숙모는 교토 화과자의 유래를 알면 그 맛을 배로 즐길 수 있다면서 그 이야기를 들려주었다. 그때부터 아버지는 완전히 화과자와 사랑에 빠져 버렸다.

교토의 고급 생과자는 화과자 중에서 단연 일품이다. 과자가 그토록 아름다운 자태를 뽐낼 수 있다니! 그것은 화과자가 자연의 계절 변화나 고전문학의 한 구절을 배경으로 삼고 있기 때문이다. 교토 화과자의 정통 마니아들은 맛뿐만 아니라 그 배경에도 깊은 관심을 보인다. 만드는 사람도 먹는 사람도 그 속에 숨겨진 뜻을 발견할 때 진정한 맛을 즐길 수 있다는 것, 이것이 바로 교토 화과자의 매력 포인트였다. 또한 그것은 확실히, 자극성 강한 맛과 화려한 모양을 내세우는 양과자와 차별화된 요소였다. 화과자는 물론 요즘 사람들이 선호하는 음식은 아니다. 그런데도 아버지는 스펀지와 생크림의 세계를 과감히 버리고 팥과 한천, 그리고 와산본(和三盆: 일본에서 생산되는 알갱이가 고운 담황색의 고급 설탕으로 화과자를 만드는 데 쓰인다-옮긴이)의 세계로 뛰어들었다.

아버지는 참으로 행복한 사람이었다.

유명한 파티시에처럼 사람들의 주목을 받지는 못해도 자부심을 가지고 묵묵히 과자를 만들고 있다는 것만으로도 아버지는 누구보다도 자유롭고 행복했다. 고도의 기술을 필요로 하는 어떤 힘든 작업도 아버지의 화과자에 대한 열정을 꺾을 수는 없었다.

하지만 나는 달랐다. 화과자에 대한 정열도, 집착도 없었다. 후쿠오도는 그저 임시 직장일 뿐이었다. 대학 졸업 후 들어간 회사가 5년 만에 도산해서 새로운 직장을 찾고 있던 중에 어머니의 권유로 일하게 된 것이다.

"아카리, 취직될 때까지만이라도 아버지 가게에서 일해 보는 게 어때?"

평범한 회사원에서 전통의상을 입은 화과자점 판매원으로 변신한다는 것. 뭔가 기분이 묘했다. 뭐, 마땅한 일자리도 구하지 못하고 있던 터였으므로 고정적인 수입원이 생긴다는 건 고마운 일이었다. 단지 그뿐이었다.

이런 나를 아버지는 어떻게 생각할까? 직접 물어본 적은 없지만 그게 좀 궁금했다. 물론 이렇다 할 열의도 없이 화과자를 대하고 있는 딸을 좋게 생각할 리 만무하다. 아버지가 어떤 대답을 할까 내심 두렵기도 해서 선뜻 물어볼 엄두도 나지 않았다.

1시가 조금 지났을 때 미나코가 돌아왔다. 그녀가 쇼콜라 더 루이에 갔을 때에는 벌써 북새통이었다고 한다.

"역시 인기 있는 가게는 달라요."

미나코는 흥분된 목소리로 떠들어 댔다.

"우리 가게랑은 완전 비교되는 거 있죠. 손님이 미어터져요. 가게 앞에 밧줄이라도 쳐서 기다리는 사람들 줄을 정리하고 싶을 정도였다니까요."

미나코는 가게 인테리어와 상품 디스플레이까지 꼼꼼히 살펴보고 온 모양이었다.

"물론 우리 가게도 고급스럽고 깨끗하긴 하죠. 하지만 그것만으로 뭔가 부족하다는 걸 실감했어요. 뭐랄까…… 손님의 마음을 확 사로잡을 수 있는 뭔가가 있어야 돼요. 우리 가게 화과자는 모두 최고급이니까, 디스플레이를 좀 다르게 해 보는 건 어떨까요?"

비록 평범해 보이긴 하지만, 후쿠오도는 150년을 넘게 맥을 이어 온 전통 있는 가게다. 전통에 따라 인테리어 하나하나를 세심하게 꾸몄다. 그런데 화과자점을 양과자점처럼 꾸민다면? 정장에 운동화를 신은 것처럼 무척 어색하고 우스꽝스러울 것이다.

물론 신경이 쓰이기는 했다. 전혀 안 그렇다면 새빨간 거짓말일 것이다. 밸런타인데이를 겨냥해 파스텔 톤의 네리키리를 내놓긴 했지만 그것만으론 경쟁이 안 된다. 뭔가 색다른 생과자를 만들어야 하지 않을까?

"아야베 씨도 쇼콜라 더 루이에 갈 거라면 빨리 가는 게 좋을걸요."

미나코가 재촉했다.

"밸런타인데이 한정판매 초콜릿이 얼마 안 남았거든요."

"그럼 나도 한번 가 볼까? 혼자 괜찮겠어? 어쩜 늦을지도 모르는데."

"오늘은 더 이상 손님이 올 것 같지도 않으니까 걱정하지 말고 천천히 다녀오세요."

설마 그렇게까지 손님이 없을 리가……. 이런 생각을 하면서 나는 탈의실에서 스웨터와 바지로 갈아입고 코트를 걸치며 밖으로 나왔다.

가게의 열기로 따뜻했던 몸이 거리로 나오자 한순간에 얼어붙는 듯했다. 롯코(六甲) 산에서 거침없이 불어오는 칼바람이 목덜미를 찌르고 소매와 바지 아랫단 속으로 파고들었다.

나는 단골 식당으로 뛰어들어 가 재빨리 식사를 했다. 그리고 옷깃을 단단히 여미고는 밖으로 나와 몸을 잔뜩 웅크린 채 칼바람 속을 걸어 쇼콜라 더 루이 앞에 멈춰 섰다.

청색 블라인드에는 세련된 서체의 '쇼콜라 더 루이'라는 금색의 글자가 새겨 있었다. 가게의 크기는 우리 가게와 비슷했지만 밖에서도 가게 안의 열기가 느껴질 정도로 손님들이 북적거려서 굉장히 크게 느껴졌다.

스멀스멀 밀려오는 열등감을 억지로 누르면서 삼각형과 원형의 장식용 창이 달린 문을 밀었다.

안으로 들어서자 손님들이 웅성거리는 소리가 잔물결처럼 밀려들었다.

봉봉 오 쇼콜라가 진열된 진열장 앞에는 앳된 소녀들에서 중년 여성에 이르기까지 손님이 바글바글했다. 한 조각에 무려 200엔이 넘는 초콜릿을 냉큼 살 수 있는 사람들이었다. 밀고 밀치면서 너도나도 점원에게 주문하는 모습을 보고 있으려니 어쩐지 숨 막히는 공포감이 일었다. 그들의 기세에 기가 죽어버린 걸까?

가로로 기다란 직사각형 구조의 가게 안쪽에는 두꺼운 유리문이 설치되어 있었다. 티 테이블을 마련해 둔 커피 매장과 구분짓기 위해서였다. 커피머신의 뜨거운 열기가 초콜릿에 영향을 줄 수 있으니까. 실제로 가게 안은 좀 으스스했다. 금방 들렀던 식당이 난방을 얼마나 세게 틀었는지 실감이 날 정도였다. 뭐, 으스스해도 상관없을 것 같았다. 손님들의 열기가 이렇게 뜨거운데.

밀폐식 메인 진열장은 일정한 온도로 유지되고 있었다. 봉봉 오 쇼콜라 케이스 안에 설치된 디지털 온도계가 섭씨 18도를 나타내고 있었다. 케이크류는 옆에 있는 다른 진열장에 진열되어 있었다.

진열장 맞은편 선반에는 홍차와 구운 과자, 그리고 잼 등이 있었다. 그 사이 통로가 넓은 편이었는데도 손님들이 너무 많아서 좁게 느껴졌다.

주방은 어디에 있는 거지? 지하? 2층? 최근 들어서는 주방에 커다란 유리창을 설치해서 손님들이 과자 만드는 것을 직접 볼 수 있도록 해 놓은 양과자점들도 많은데, 이곳은 비공개인 모양이었다. 한 건물 안에 쇼콜라 룸을 비롯해 케이크를 만들기 위한 커다란 주방이 있는 듯했다. 어쨌든 쇼콜라 더 루이는 반질반질한 목재로 벽과 바닥을 꾸며서 고급스러움을 한껏 자아내고 있었다.

종종 덩치 큰 남자 손님들도 눈에 띄었다. 대부분이 선물용 구운 과자를 주문하는 걸 보니 거래처에 보낼 선물인 모양이었다. 오픈한 지 얼마 되지도 않았는데 이렇게까지 손님이 많은 까닭은 딱 두 가지다. 그만큼 맛이 있거나 셰프 혹은 사장이 유명하거나.

상자 가득 봉봉 오 쇼콜라를 담은 젊은 남자가 눈에 들어왔다. 전단지를 보고 온 걸까? 아님 여자친구에게 부탁받은 걸까? 현금을 꺼내다가 가격을 듣고는 도로 집어넣고 카드를 꺼냈다. 초콜릿이 이렇게 비싸리라곤 생각도 못 했겠지.

한 무리의 여학생들이 케이크 진열장에 바짝 붙어 있었다. 진열장 안의 상품은 계산 후 커피 매장에서 먹을 수 있었다. 쇼콜라 더 루이에서는 트뤼프(원형 혹은 타원형의 가나슈에 코코아 파우더 혹은 슈거파우더나 잘게 썬 견과류를 겉에 묻혀 만든 초콜릿으로 프랑스의 송로버섯인 트뤼프와 모양이 비슷한 데서 이름이 유래됨-

옮긴이) 한 개를 사도 홍차와 함께 즐길 수 있었다. 바로 그 점이 잠깐 여유를 가지고자 하는 손님들에게 좋은 반응을 얻고 있는 듯했다. 케이크 종류는 모두 열다섯 가지였는데, 대부분이 초콜릿케이크였다. 오페라케이크(커피가 들어간 버터크림과 초콜릿에 크림이 첨가된 가나슈를 층층이 얇게 발라 만든 프랑스의 대표적인 케이크-옮긴이), 쇼콜라무스케이크, 초콜릿과 궁합이 잘 맞는 오렌지를 얹은 타르트케이크(밀가루로 된 반죽을 접시에 얇게 펴서 구운 다음, 달콤하게 찐 과일이나 생과일을 그 위에 얹거나 사이에 넣는 케이크-옮긴이), 프레지에케이크(딸기의 단면이 케이크 겉면에 둘러져 있는 부드러운 무스케이크-옮긴이), 밤 몽블랑(바닐라 머랭과 밤 페이스트가 어우러진 케이크-옮긴이) 등등.

나는 까치발을 하고서 손님들 어깨너머로 봉봉 오 쇼콜라를 보았다. 밸런타인데이 시즌에만 한정판매하는 1,500엔짜리 세트 상품은 벌써 동이 나 있었다. 3,000엔, 5,000엔짜리 세트도 얼마 남지 않았다.

진열장 안쪽에는 품절을 알리는 안내문이 붙어 있었지만, 이런 성수기에 수량을 정해 놓았을 리가 없다. 틀림없이 지금 이 순간에도 쇼콜라 룸에서는 장인들이 빠른 손놀림으로 초콜릿을 만들어 내고 있을 것이다. 물론 그 제품들도 내놓기가 바쁘게 팔려 나가겠지.

한정판매 세트에는 트뤼프가 들어 있었는데, 보통 트뤼프와는 달랐다. 흰색, 분홍색, 연두색, 노란색, 자주색 등등 마치 색색의 마카롱(아몬드 가루, 밀가루, 달걀흰자, 설탕으로 만든 고급 과자-옮긴이)을 보는 듯했다. 겉에는 과즙이나 녹차로 색을 낸 슈거파우더로 코팅이 되어 있었다. 맛도 좋고 모양도 예쁘니 불티나게 팔릴 수밖에.

봉봉 오 쇼콜라의 종류는 30가지였다. 근처에 이 정도로 다양한 봉봉을 갖춘 가게는 거의 없다. 가격은 한 조각에 220엔 전후인데, 금박으로 장식된 특대 샴페인 트뤼프는 하나에 700엔이나 했다. 엄청 비싼데도 그걸 사는 손님들이 꽤 된다는 것에 나는 화들짝 놀랐다.

따스한 느낌을 주는 갈색 유니폼을 입은 판매원들은 진열장 너머로 손님들을 응대하고 있었다. 모두 다섯 명이었는데, 20대로 보이는 여자 네 명에 남자 한 명이었다.

청일점인 남자 직원은 장인들이 입는 작업복을 입고 있었다. 나보다 열 살은 많아 보였다. 그러니까 30대 중반쯤 되는 것 같았는데, 이목구비가 뚜렷하고 체격이 훤칠해서 꼭 영화배우 같았다.

그렇다. 파티시에나 쇼콜라티에를 동경하는 십대 소녀들이 딱 좋아할 타입이었다. 손님들을 능숙하게 대하는 것으로 보아 견습생이나 아르바이트생은 아니었다. 고객 서비스 차원에서 셰프가 매장에 나와 있는 걸까? 그렇잖아도 바쁜 시즌에 주방을 비우기는 어려울 테니, 그건 아닐 것이다. 그렇다면 중견 쇼콜라티에? 하지만 굳이 베테랑을 매장에 내세운 까닭이 뭘까? 도무지 짐작이 안 갔다.

"이 가게에서 가장 추천하는 상품이 뭡니까?"

때마침 봉봉 오 쇼콜라 앞에서 망설이고 있던 노신사가 그에게 물었다.

그러자 쇼콜라티에는 마치 기다렸다는 듯 자연스럽게, 부드러운 목소리로 되물었다.

"선물하실 건가요?"

"그렇소."

"세트 상품도 있지만, 받으시는 분의 기호에 따라 쇼콜라를 선택하실 수도 있습니다."

"글쎄, 어떤 것이 좋을지 잘 모르겠소."

"혹시 받으시는 분이 좋아하는 케이크나 과자 종류를 알고 계십니까? 그걸 알면 참고가 될 것 같습니다."

노신사는 겸연쩍게 웃었다.

"듣긴 한 것 같은데 기억이 잘……."

그러고는 점원에서 물어보면 되겠거니 하고 메모도 않고 왔다가 쇼콜라 종류가 너무 많아서 어찌해야 할지를 모르겠다고 덧붙였다.

"네. 그러시군요. 괜찮습니다. 이쪽에 있는 헤이즐넛이나 아몬드를 사용한 견과류 제품은 어떠십니까? 손님들이 제일 많이 찾는 제품이라 무난하게 즐기실 수 있을 겁니다."

쇼콜라티에는 제품을 설명하며 손님의 시선을 진열장 너머로 유도했다.

“씁쌀한 맛을 좋아하신다면 커피나 홍차 맛을 곁들인 제품도 괜찮아요. 알코올이 들어간 것도 무방하시다면 쇼콜라와 궁합이 잘 맞는 샴페인이나 브랜디, 레드와인을 사용한 초콜릿도 좋습니다. 성인들에게 맞는 색다른 맛을 즐기실 수 있지요.”

그는 계속해서, 쇼콜라에 문외한인 사람도 쏙쏙 알아들을 수 있을 정도로 쉽고 친절하게 각 제품의 특징을 설명해 주었다. 어느 정도 지식이 있는 나로서는 듣기만 해도 입 안 가득 초콜릿의 달콤한 맛과 향은 물론 부드러운 질감까지 퍼져 나가는 듯했다.

“그렇군요. 그럼 견과류와 캐러멜, 브랜디가 들어간 제품으로 열다섯 개 포장해 주시오.”

“알겠습니다. 잠시만 기다려 주십시오.”

쇼콜라티에는 얇은 흰색 장갑을 끼고 초콜릿의 모양이 흐트러지지 않도록 조심스럽게, 그러면서도 손님을 오래 기다리지 않게 하려는 듯 재빠른 솜씨로 초콜릿을 하나씩 상자에 담았다. 뚜껑을 덮고 리본을 맨 후 가게 로고가 찍힌 종이 가방에 과자 상자를 넣었다. 노신사가 돈을 건네자 계산서와 함께 상품을 건네며 깍듯이 인사했다.

멀어져 가는 노신사의 발걸음은 가벼워 보였다. 기분이 좋은 모양이었다.

드디어 내 차례가 되었다. 코냑과 리치, 칼바도스(사과를 원료로 만든 브랜디-옮긴이), 헤이즐넛 프랄린(헤이즐넛을 설탕 시럽에 조린 스낵-옮긴이), 샴페인, 그리고 아몬드와 헤이즐넛 프랄린이 들어간 쇼콜라와 3,000엔짜리 밸런타인데이 한정 세트. 내가 주문한 것들이다.

쇼콜라티에가 제품들을 정성껏 넣은 종이 가방을 건네면서 나직이 물었다.

"실례지만, 혹시 후쿠오도에서 일하시는 분 아니세요?"

물론 아니라고 잡아뗄 수도 있었다. 하지만 뭘 알고 싶어 하는지 궁금해서 솔직하게 대답했다.

"후쿠오도 앞을 지나다가 창 너머로 뵌 적이 있습니다. 전통 의상을 입고 계시던데, 머리를 푸니까 좀 달라 보이네요."

"아, 그건 우리 가게 유니폼이에요. 매장에선 머리를 묶어야 하거든요. 다음엔 그냥 지나치지 말고 저희 가게에도 한번 들러 주세요. 괜찮으시면 말이죠. 언제든 환영이에요."

"고맙습니다. 실은 우리 셰프가 후쿠오도 화과자 킬러라서 휴식 시간에 자주 먹고 있어요. 그래서 저도 관심이 좀 있고요."

"정말요?"

"네. 셰프는 한입양갱이랑 가이츄시루코(懐中しるこ: 작은 봉투에 설탕과 전분, 팥가루를 넣어 뜨거운 물만 부으면 즉석에서 먹을 수 있는 휴대용 단팥죽-옮긴이)를 좋아해요. 집에서는 고급 생과자도 즐겨 먹는 모양이고요."

휴식 시간에 한입양갱과 가이츄시루코를 먹는 쇼콜라티에라니, 전혀 상상이 가질 않았다.

"초콜릿을 파는 가게라서 핫 초콜릿이나 아이스 초코 라테 같은 걸 좋아할 줄 알았어요."

"가끔은 혀를 쉬게 해야 한다고 하시죠. 그렇다고 아무거나 먹어도 된다는 얘기는 아닙니다. 질이 좋은 것이어야 해요. 그런 의미에서 후쿠오도 화과자는 최고라고 하시더군요. 고급 생과자뿐만 아니라 가이츄시루코는 팥의 풍미가 그대로 살아 있고, 모나카의 식감도 뛰어나다고 늘 감격하십니다."

그렇다면 쇼콜라 더 루이의 셰프가 후쿠오도를 방문했다는 건가? 우리 단골손님이라고? 생각지도 못한 일이었다.

"아니요. 셰프님은 교토에 있는 후쿠오도 본점에 자주 가십니다. 일 때문에 교토에 가실 일이 많거든요. 그때마다 들르신다고 들었어요. 고베 지점에는 가셨는지 잘 모르겠어요. 가게를 오픈한 지 얼마 안 돼서 무척 바쁘시거든요. 게다가 요즘은 1년 중 제일 분주한 시즌이라서요."

"아, 그래요? 뭐, 어쨌든 앞으로 잘 부탁드려요."

"저야말로 잘 부탁드립니다. 오늘 이렇게 저희 가게에까지 방문해 주시고…… 저희도 가끔 들르겠습니다."

"여기 초콜릿 맛이 정말 기대돼요. 엄청 맛있어 보이거든요. 복사꽃이랑 벚꽃이 피는 계절이 되면 저희 가게의 고급 생과자도 기대해 주세요. 디자인이 더 화사해지거든요. 진열장을 쳐다

보고 있는 것만으로도 기분이 좋아진답니다."

나는 쇼콜라 상자를 받아 들고 가볍게 목례를 한 다음 커피 매장 쪽으로 발걸음을 옮겼다. 온 김에 쇼콜라쇼(초콜릿 음료-옮긴이)도 마시고 갈 요량이었다.

구운 과자가 진열된 선반 앞에는 중학생쯤으로 보이는 여섯 명의 소녀들이 이야기꽃을 피우고 있었다. 교복 위에 같은 코트를 입고 있는 것으로 보아 학교에서 지정해 준 것인 듯했다. 코트 단추를 풀어 놓은 소녀들은 색색의 장갑을 끼고 있었다. 장갑은 따로 지정해 주지 않은 모양이지? 흰색 앙고라 장갑, 어른들이나 낄 법한 가죽 장갑…… 똑같은 교복에 똑같은 코트를 입고 있었지만 아이들의 생김새처럼 장갑은 다 제각각이었다.

시험기간은 아직 멀었고 수업이 끝나기에는 좀 이른 시간대인데, 애들은 여기서 뭘 하는 거지? 좀 의아하긴 했지만 학교 행사라도 있겠거니 하고 크게 신경 쓰지 않았다. 교복을 보니 이 일대에서 가장 유명한 여중에 다니는 학생들이었다. 사립학교에서는 행사가 있는 날이면 일찍 하교하기도 하니까 뭐. 나도 학교 다닐 때에는 오전에 행사가 끝나면 기념으로 나눠 준 홍백 만주(축하하는 의미로 선물하는 만주－옮긴이)를 달랑달랑 흔들며 일찍 집으로 돌아가곤 했다.

과자 선반 한쪽을 에워싸고 있던 그 애들 옆을 지나가려고 하자 그들이 요리조리 비키며 길을 터 주었다.

고맙다고 인사를 하려는데, 그 순간 뭔가 심상치 않은 움직임이 내 눈에 들어왔다. 갈색 장갑을 낀 누군가의 손이 아이들의 무리 속에서 불쑥 나와 선반에 있던 큰 과자 상자를 집어 들더니 재빨리 무리 속으로 사라져 버리는 게 아닌가.

그 상황을 다시 확인하기 위해 반사적으로 고개를 돌렸을 때였다. 내가 착각한 게 아님을 증명이라도 하듯 찢어질 듯한 비명이 울려 퍼졌다.

"도둑이야!"

나는 목소리가 난 쪽으로 시선을 돌렸다. 트렌치코트를 입은 내 또래의 여자가 아이들을 가리키며 고래고래 소리를 질렀다.

"내가 봤어요! 제일 큰 상자를 훔쳤어요! 이 두 눈으로 똑똑히 봤다니까."

그녀의 지나치게 노골적인 폭로에 가게 안에 있던 손님들은 물론 점원들도 어찌할 바를 몰라 멍하니 서 있을 뿐이었다.

여섯 명의 아이들은 흠칫 놀라더니 서로의 얼굴을 쳐다보았다. 하지만 이내 키득거리며 트렌치코트 여자를 힐끗 돌아보더니 아무 일도 없었다는 듯 자기들끼리 얘기를 나눴다.

"대체 뭐라는 거야?"

"그러게. 저 아줌마 뭐야?"

트렌치코트 여자는 아이들에게 무시당했다고 느꼈는지, 홍당무같이 벌게진 얼굴을 하고서 득달같이 달려와 한 아이의 팔을 거칠게 잡아챘다.

"어디서 발뺌이야? 도망칠 생각 마. 너희들 모두 한 패지?"

팔을 잡힌 아이가 트렌치코트 여자의 손을 홱 뿌리쳤다. 아이의 눈빛에는 조금의 흔들림도 없었다. 의지가 강하다고 해야 할까, 자존심이 세다고 해야 할까.

그 아이는 고급 천으로 만든 머리띠를 하고 있었다. 계절마다 신상품이 나오고 하나에 2만 엔이나 하는 해외 유명 브랜드 제품이었다. 머리띠가 썩 잘 어울리던 아이의 날카로운 눈매는 오히려 상대를 같잖게 보는 듯했다.

"우리가 거지처럼 보여요? 이깟 과자 하나 못 살 정도로 없어 보이냐고요. 그러는 아줌마야말로 아까부터 아무것도 안 사면서 빙빙 돌고 있던데, 그게 더 수상한 거 아니에요?"

머리띠 소녀는 코웃음을 쳤다.

저 말은 가격 따윈 전혀 상관없다는 뜻일까? 소녀의 말에 내심 놀라고 있는데 갑자기 트렌치코트 여자가 내 팔을 덥석 잡더니 물었다.

"당신도 봤죠? 이 아이들하고 가장 가까운 곳에 있었으니까 틀림없이 봤을 거예요."

물론 나도 뭔가 보긴 보았다. 과자 선반을 향해 불쑥 튀어나온 갈색 장갑의 손. 그런데 그 장갑을 낀 아이는 머리띠 소녀 외에도 두 명이 더 있었고, 내가 봤던 게 누구의 손이었는지는 알 길이 없었다.

그런데 아이들이 정말 과자 상자를 훔쳤다면 어쩜 저렇게 침착할 수가 있을까? 어쩌면 상습범이 아닐까? 그렇다면 맞대응하는 수도 교묘할 테니, 괜히 잘못 건드렸다가 괜한 사람을 의심한다고 원성을 들을지도 모를 일이었다.

“당신도 틀림없이 봤죠?”

트렌치코트 여자가 쩌렁쩌렁한 목소리로 다그치듯 물었다.

“당신이 서 있는 곳에서도 틀림없이 보였을 거예요. 바로 옆을 지나간 당신이 못 봤을 리가 없잖아요.”

이 여자는 왜 이렇게까지 격앙되어 있는 걸까? 이해가 안 됐지만 애써 편견을 버리고 그녀를 찬찬히 살펴보았다.

지극히 평범한 인상의 여자였다. 그녀가 입고 있는 트렌치코트는 흔하디흔한 것이었지만, 고급 초콜릿을 살 수 없을 정도로 없어 보이지는 않았다. 콩알만 한 중학생들이 자신을 업신여기는 태도에 화를 내는 것도 무리는 아니었다. 하지만 철없는 아이들에게 지나치게 감정적으로 반응하고 있는 그녀 또한 이상하긴 했다.

아이들과 안면이 있는 사이도 아닌 것 같고, 그렇다고 다른 가게에서 우연히 그 아이들의 절도 현장을 목격한 이력이 있는 것도 아닌 듯했다. 보안요원 출신인가? 그럴 리가. 그랬다면 지금 같은 상황에서 다른 손님들이 눈치 못 채게 살며시 다가가 아이들을 조용한 곳으로 데리고 가서 전말을 파헤쳤을 것이다. 이건 경범죄에 속하는 경우니까 아이들은 난동을 부리지 않고 순순히 요구에 따랐으리라.

그때였다. 아까 그 쇼콜라티에가 진열장 앞을 지나 현장에 도착했다.

“죄송하지만, 다른 손님들에게 피해가 되니 안에서 이야기를 나누시는 게 어떻겠습니까?”

쇼콜라티에는 부드럽게 말했지만 아이들은 거세게 반발했다.

“저 아저씨 지금 뭐라는 거야?”

“증거도 없으면서 이 아줌마 말만 믿고 우리를 의심하는 거예요?”

“우리는 이 가게가 오픈했을 때부터 초콜릿을 사러 온 단골이라고요.”

“너무 무례한 거 아니에요?”

하지만 쇼콜라티에는 전혀 동요하지 않았다.

“그러니까 자세한 이야기는 안에서 나누셨으면 합니다.”

“피해를 보고 있는 건 오히려 우리예요.”

머리띠 소녀가 말했다.

“우린 과자를 사러 왔다고요. 단골손님을 도둑 취급해도 되는 거예요? 손님 말을 못 믿겠다는 거냐고요?”

“믿고 못 믿고의 문제가 아닙니다. 그저 몇 가지 사항에 대해 확인하고 싶을 뿐입니다.”

“그게 무슨 말도 안 되는 소리에요? 의심받고 있는 것도 불쾌한데 어째서 점원도 아닌 이런 이상한 아줌마의 헛소리를 듣고 우리한테 이래라 저래라 하는 거예요?”

죄 없는 사람을 절도범으로 오인하면 두고두고 성가신 일이 생길 수 있다. 대개는 사죄하는 것으로 상황이 마무리되지만, 상대를 잘못 만나면 위로금을 지불해야 하는 경우도 있다. 어쨌든 사건 당사자들을 매장 밖으로 끌어내겠다는 쇼콜라티에의 판단은 옳았다.

진열장 쪽을 힐끗 쳐다보니 점원들끼리 쑥덕거리는 모습이 보였다. 절도 현장을 목격했는지 서로 확인하는 것 같았다. 점원이 현장을 목격했다면 사건은 의외로 쉽게 해결될 것이다. 게다가 트렌치코트 여자가 단골손님이라면 상황은 더더욱 쉽게 정리될 터였다. 그러나 점원도 제대로 목격하지 못했고 트렌치코트 여자도 단골손님은 아니었다. 다른 손님들 역시 작은 소리로 쑥덕거리기만 할 뿐 누구도 현장을 목격했다고 나서지 않았다. 트렌치코트 여자는 물러설 기세가 아니었다. 자신이 목격한 상황에 강한 자신감을 보였다.

나는 과자 선반으로 시선을 돌렸다. 잼 병과 홍차 병, 그리고 구운 과자 상자가 공간을 넓게 차지하고 있었다. 가격은 각각 2,000엔, 3,000엔, 5,000엔이었고, 가격이 높아질수록 상자 크기도 컸다.

그녀가 아이들이 훔쳤다고 주장하는 5,000엔짜리 상자는 가로 세로 40센티미터 정도에, 두께가 대략 7, 8센티미터 정도 되어 보였다. 일반 과자 상자와 달리 뚜껑이 없는 대신 상자째로 반투명 래핑 페이퍼 주머니에 담겨 윗부분이 금색 리본으로 묶여 있었다. 맛있게 생긴 과자가 잘 보이도록 일반적인 상자

래핑 방법과 띠 래핑 방법을 조합한 포장법이었다.

래핑 페이퍼는 상자별로 색이 달랐다. 2,000엔짜리는 초록색, 3,000엔짜리는 빨간색, 5,000엔짜리는 주황색이었다. 손님이나 점원이나 가격 차이를 한눈에 알 수 있도록 각각 다른 색으로 구분해 둔 것에 세심함이 묻어났다.

갈색 장갑의 손이 집어 간 상자가 무슨 색이었더라…… 맞다, 주황색! 트렌치코트 여자가 주장한 대로 5,000엔짜리 상자였다.

선반의 맨 앞에는 주황색 상자에 들어 있는 내용물들이 쭉 나열되어 있었다. 프루트케이크, 쿠키, 퐁당 쇼콜라(쌉싸름한 초콜릿이 입 안 가득 퍼지는 숟가락으로 퍼 먹는 초콜릿케이크-옮긴이), 두껍고 평평한 타입의 초콜릿 태블릿(판 초콜릿-옮긴이) 등등 모두 선물하기에 좋은 것들이었다.

주황색 상자는 삼각형이었는데, 후쿠오도에서 가이츄시루코나 건과자를 담을 때 사용하는 것과 똑같았다. 다만 차이가 있다면 후쿠오도의 상자는 일본풍 문양이 새겨져 있는데, 루이의 상자는 아무런 문양이 없는 카카오색이라는 점이었다.

선반의 상자들은 간격이 불규칙하게 진열되어 있어 그냥 보기에는 판매된 건지 도난당한 건지 판별하기가 어려웠다. 아이들의 손에는 종이 가방이나 다른 것 없이 오로지 개폐식 지퍼가 달린 책가방만 들려 있었는데, 그건 5,000엔짜리 상자를 넣기엔 너무 작아 보였다. 가죽 두께를 고려하면 내부 면적은 더

작을 테고, 내용물을 학교 사물함에 넣어 놓고 왔다고 해도 커다란 상자를 순식간에 넣기란 불가능해 보였다.

"혹시 다른 걸 잘못 본 건 아니죠?"

나는 트렌치코트 여자에게 확인하듯 물었다.

"래핑 색이 달라서 똑똑히 기억하고 있어요. 절대로 잘못 봤을 리 없어요."

그녀가 자신만만하게 대답했다.

그러자 머리띠 소녀가 입가에 묘한 미소를 띠우더니 가방을 톡톡 두드리면서 이렇게 말했다.

"이 가방에 5,000엔짜리 상자가 들어가는지 아닌지 한번 넣어 볼래요?"

"내용물만 넣는다면 충분히 들어갈 수 있지. 구운 과자는 크기가 작으니까."

내가 두 사람 사이에 불쑥 끼어들며 말했다.

점원들은 다른 목격자가 없는 이상 아이들을 절도범으로 단정지을 수 없겠지만, 나는 상황이 달랐다. 본 대로 말할 수 있는 입장이었다. 물론 조금 전에 본 광경이 명백한 절도 현장이었다고 할 만한 증거는 전혀 없었다. 다만 직감이었다. 틀림없이 무슨 일이 벌어졌다는 직감. 상황이 그렇게까지 되고 보니 나는 꼭 결말을 보고 싶었다. 그냥 모른 척 지나쳐 버리는 것은 내 직감이 허락지 않았다.

머리띠 소녀가 물었다.

"만일 가방을 열어도 아무것도 없으면요? 그땐 어쩔 건데요?"

"사과하는 의미로 파르페를 사 줄게."

"정말이에요?"

방금 전 당돌하던 모습은 온데간데없고 소녀는 천진난만한 표정으로 눈을 반짝거렸다. 극심한 위화감이 들었다. 어쨌든 그렇게 하겠다는 뜻으로 나는 고개를 끄덕였다.

"파르페 정도는 사 줄 수 있어. 게다가 나도 먹어 보고 싶었거든."

"그럼 우리 여섯 명 모두에게 사 주는 거예요?"

"저기……."

그때 쇼콜라티에가 내 팔을 잡으며 나직이 속삭였다.

"저희 가게 파르페는 1,300엔인데, 괜찮으시겠습니까?"

그럼, 일곱 개면 부가세까지 포함해서…… 거의 1만 엔? 화들짝 놀란 나는 쇼콜라티에에게 되물었다.

"그렇게나 비싸요?"

"최고급 아이스크림 원료와 카카오를 쓰기 때문에 가격이 좀 있는 편이죠. 하지만 일단 맛을 보시면 결코 아깝다는 생각이 안 드실 겁니다. 그건 제가 보증하죠. 참고로 1,500엔을 내시면 홍차나 허브티를 세트로 즐기실 수 있습니다."

교토에 본점을 둔 유명 가게의 특제 파르페라면 몰라도, 고베에서 그 가격이라면 확실히 비싸긴 했다. 그만큼 맛에 자신이 있다는 뜻이겠지? 어쨌든 그 상황에서는 달리 방법이 없었다.

"그럼, 이제 가방을 열 테니 잘 보세요."

머리띠 소녀가 가방 지퍼에 손을 가져가면서 말했다. 그때 내가 잠시 제지했다.

"잠깐만. 너희들 모두 가방을 보여 줘야 돼."

"왜요? 이 아줌마가 의심하는 건 나잖아요?"

"어차피 너희가 훔친 게 아니라면 아무래도 상관없잖아? 그러니까 모두 가방을 열어서 보여 줘."

아이들은 얼굴을 마주보더니 이내 다시 킥킥거렸다.

"바보 아니에요?"

"아줌마가 경찰도 아니고 경비원도 아닌데 왜 우리가 아줌마 말을 들어야 하죠?"

"이제 그만 좀 하세요."

그때 트렌치코트 여자가 갑자기 다른 아이의 가방을 낚아채더니 막을 새도 없이 지퍼를 열고는 가방을 거꾸로 들고서 흔들어 댔다. 좌르르르륵!

아이들의 비명과 함께 가방 속 내용물들이 쏟아졌다. 교과서, 노트, 필통, 파우치, 지갑. 나는 그녀의 과감한 행동에 깜짝 놀라다가 바닥에 떨어진 소지품들 사이로 구운 과자를 발견하고는 눈살을 찌푸렸다.

트렌치코트 여자가 득의양양한 표정으로 그 과자를 집어 올리더니 쇼콜라티에에게 물었다.

"이거, 여기에서 판매하는 상품 맞죠?"

그녀의 손에 들린 것은 퐁당 쇼콜라와 마들렌이었다. 선반 맨 앞의 견본품과 비교해 보니 갈색 상자에 들어가는 상품이 맞았다.

쇼콜라티에가 과자를 받아 들며 말했다.

"저희 가게에서 만든 과자가 맞습니다만."

머리띠 소녀가 재빨리 끼어들었다.

"그것만으로는 훔쳤다는 증거가 될 수는 없죠. 안 그래요, 아저씨?"

"그렇습니다."

쇼콜라티에가 난처한 표정을 지었다. 그러자 트렌치코트 여자가 따져 물었다.

"어째서 증거가 될 수 없다는 거죠?"

"저희 가게는 개인이 운영하는 곳이라 개별 상품에 바코드가 안 찍혀 있습니다. 그러니까 외관만으론 알 수 없죠. 여기서 가방에 넣은 건지, 손님이 선물받은 건지 말입니다."

"흥! 아까도 말했지만 우린 루이의 단골이라고요."

머리띠 소녀가 회심의 미소를 지으며 덧붙였다.

"오늘 학교에서 나눠 준 거예요."

"유통기한을 확인해 보는 건 어때요? 날짜를 거꾸로 계산해 보면 과자를 언제 진열해 뒀는지 알 수 있을 거예요."

내 제안에 쇼콜라티에가 고개를 가로저었다.

"저희는 구운 과자를 개별적으로 취급하지 않습니다. 그러니 개별 포장에는 유통기한이 안 적혀 있죠. 다만, 재고를 쉽게 파악하기 위해서 래핑 페이퍼에 제조일자가 적힌 스티커를 붙여 놓습니다. 이런 식으로 말입니다."

쇼콜라티에는 과자 선반에서 5,000엔짜리 포장을 들어 아랫부분을 보여 주었다. 포장지 한쪽에 제조일자가 적혀 있는 스티커가 붙어 있었다.

그때 내가 말했다.

"그럼 상자와 포장지를 찾으면 되겠네요. 가게 안에서 상자와 포장지가 나오면 증거가 될 수 있겠죠?"

그러자 트렌치코트 여자가 불쑥 끼어들었다.

"이 아이들 가방을 모두 조사해 보세요. 5,000엔짜리 상자에 들어가는 내용물이 그대로 나오면 증거가 될 수 있을 거 아니에요? 만일 이 아이들 말처럼 학교에서 나눠 줬다면 적어도 한두 개는 이미 먹어 버렸을 거예요. 하지만 조금 전에 훔친 거라면 내용물이 고스란히 남아 있겠죠."

머리띠 소녀가 한숨을 토해 내며 말했다.

"이제 그만 좀 하세요. 이렇게 많은 사람들이 보는 곳에서, 저렇게 커다란 상자를 안 들키고 뜯어서 내용물만 훔친다는 게 말이 돼요? 아줌마 말대로라면 빈 상자는 대체 어디에 있어요? 보시다시피 5,000엔짜리 상자는 부피가 엄청 크잖아요."

구운 과자 선반은 진열장 건너편에 놓여 있었다. 작은 잼 병과 홍차 캔 외에도 외제 다기 세트 등이 진열되어 있었고, 구운 과자는 가장 안쪽에 진열되어 있었다.

진열장과 과자 선반 사이에는 손님이 지나다니기 위한 공간밖에는 없었고 큰 상자를 숨길 장소는 어디에도 없었다.

이동식 과자 선반은 벽면에 밀착되어 있었다. 잠금 장치가 있는 바퀴가 선반 아랫면 모서리에 달려 있었고, 바퀴의 직경은 4센티미터. 따라서 선반과 바닥 사이에는 4센티미터 가량의 틈이 있었다. 하지만 높이 10센티미터에 가까운 5,000엔짜리 상자를 숨긴다는 것을 불가능해 보였다.

다만 종이로 만든 상자였으므로 접으면 얼마든지 작은 틈새로도 밀어 넣을 수 있었다. 하지만 아무리 혼잡하다고는 해도 손님이 가득한 가게 안에서 포장지를 열고 풀칠한 부분을 부숴 아무에게도 들키지 않고 숨긴다는 것이 가능할까? 만일 그렇다면?

나는 쇼콜라티에를 돌아보며 물었다.

"이 선반을 살펴봐도 될까요?"

"뭘 하시려고요?"

"제 예상대로라면 아마 이 아래에 상자가 있을……."

내 말이 채 끝나기도 전에 갑자기 무리 중 한 명의 아이가 문을 향해 내달렸다. 짧은 치마를 입은 키가 큰 아이였다. 머리를 위로 틀어 올린 작고 아담한 아이가 그 뒤를 따라갔다.

머리띠 소녀와 다른 친구들은 어이가 없는 듯 멍하니 서 있었다. 주위에서 경과를 지켜보고 있던 손님들도 그 순간만큼은 아무런 소리도 내지 못했다.

쇼콜라티에와 여자 점원이 재빨리 쫓아가 두 아이의 팔을 붙잡았다.

"이봐. 아무 짓도 안 했다면서 왜 도망치는 거지?"

"이거 놔요!"

두 아이는 쇼콜라티에가 묻는 말에는 대답도 하지 않고 고래고래 소리를 지르며 벗어나려고 발버둥을 쳤다. 아무 짓도 안 했다면서 스스로 자신의 죄를 인정하는 꼴이었다.

그때 키가 큰 아이가 신발 끝으로 점원의 허벅지를 걷어찼다. 겁을 먹은 점원이 아이의 팔을 잡고 있던 손에 힘을 빼자, 그 틈을 타서 아이는 점원의 손을 뿌리치고 미친 듯이 가게 문을 향해 뛰어갔다.

범인을 놓쳤구나! 하고 생각하는 순간, 문이 바깥쪽에서 열리며 럭비선수처럼 체격이 좋은 중년 남성이 양손을 벌리고 입구를 막아섰다. 우리를 상대하던 쇼콜라티에와 같은 작업복을 입은 남자의 나이는 40대쯤 되어 보였다. 아이는 얼어붙은 듯 그 자리에 멈춰 서 있었다. 남자의 날카로운 눈빛이 아이의 발을 옭아매었기 때문이었다.

"꼴사납군."

남자는 아이의 두 팔을 꽉 잡으며 매서운 목소리로 말했다.

"이제 모두 들통 났으니 순순히 따라와!"

나는 직감적으로 그가 쇼콜라 더 루이의 셰프임을 알 수 있었다. 럭비선수 같은 체격 때문이 아니었다. 그에게는 사람을 압도하는 독특한 관록이 느껴졌다. 매장 점원에게 연락을 받고 뒷문을 통해 밖으로 나가 여자 아이들의 퇴로를 막은 모양이었다.

장인 복장을 한 남자가 쇼콜라티에와 함께 과자 선반 앞으로 다가오자 달콤한 향기가 은은하게 풍겨져 왔다. 과일과 크림, 초콜릿 향이 뒤섞인 맛있는 냄새였다. 주방에서 틀어박혀 하루 종일 케이크와 초콜릿을 만져서 옷에 달콤한 냄새가 배어버린 모양이었다. 판사처럼 엄격한 눈빛과 달콤한 향기의 조화가 굉장히 생소하면서도 신비롭게 느껴졌다.

아이들은 모두 입술을 굳게 다물고 아무 말도 하지 않았다. 이제 와서 변명한들 소용없다는 것을 잘 알고 있는 듯했다. 다만 머리띠 소녀만 의연하게 입가에 옅은 웃음을 띠고 있었다. 아이의 표정에는 잘못을 부끄러워하기보다는 게임에서 졌을 때에나 볼 수 있는 쓴웃음이 묻어났다.

그 아이가 조금 전 파르페를 얻어먹게 되었다며 기뻐하던 아이와 동일 인물이라는 것이 믿기지 않을 정도였다. 요조숙녀인 척하던 모습과 어린아이같이 천진난만하게 기뻐하던 모습, 궁상맞은 중년 여자 같은 모습 중 과연 어느 것이 그녀의 진짜 모습일까? 이 모든 것이 그녀일까? 아니면 허상일까?

장인 복장을 한 남자가 쇼콜라티에에게 물었다.

"상자는 찾았나?"

쇼콜라티에가 나를 힐끗 쳐다보며 대답했다.

"아니요. 아직 찾지 못했습니다. 이분께서 선반 아래를 찾아 보라고 말씀하셨는데, 과연 이렇게 좁은 공간에 아무도 눈치 못 채게 상자를 넣을 수 있을까요?"

장인 복장을 한 남자가 두 눈을 가늘게 뜨고 선반을 살펴보더니 낮은 목소리로 말했다.

"오키모토! 이분이 말씀하신 대로 선반 밑을 살펴보게. 그럼 이분이 왜 그렇게 말씀하셨는지 알 수 있을 거야."

나는 오키모토라고 불린 쇼콜라티에에게 말했다.

"우리가 할게요."

나는 트렌치코트 여자와 힘을 합쳐 선반을 벽에서 떼어냈다. 주황색 포장지에 싸여 있는 상자가 납작하게 접힌 채 선반 바닥에 놓여 있었다. 상자를 주워 확인해 보니 상자 아랫 부분이 대각선으로 잘려 있었다. 커터로 자른 걸까? 이런 구조로 된 상자는 아랫부분을 자르면 손쉽게 내용물을 꺼내고 납작하게 접을 수 있다. 아이들이 용의주도하게 준비하고 범행을 저지른 것이 틀림없었다.

나는 제조일자가 인쇄되어 있는 스티커를 찾아 오키모토에게 보여 주었다. 그는 아이의 팔을 잡은 채 고개를 뻗어 날짜를 확인했다.

"가장 최근에 만들어진 게 맞습니다. 조금 전에 선반에 진열해 놨던 제품이 틀림없습니다."

장인 복장을 한 남자가 말했다.

"우리 가게 과자 상자는 모양이 복잡해 보여도 실은 한 장의 장방형 종이로 되어 있지. 이 상자는 아랫부분의 중심을 누르거나 당기면 순식간에 입체 구조가 무너지면서 납작하게 접을 수 있어. 그러면 작은 틈새로도 손쉽게 밀어 넣을 수 있지. 하지만 우리 가게에서는 과자의 무게 때문에 바닥이 쉽게 빠지는 걸 방지하기 위해 바닥 면에 풀칠을 해 둬서 그냥 밀거나 당기는 것만으로는 상자를 접을 수가 없어. 상자를 납작하게 만들려면 한 가지 작업을 더 거쳐야 해."

그는 아이들의 얼굴을 쭉 훑어보고는, 머리띠 소녀가 특별히 더 눈에 띄었는지 그녀에게 시선을 던졌다.

"종이 접기는 일종의 기하학이야. 수학을 잘하거나 머릿속으로 전개도를 그릴 수 있는 사람은 얼마든지 상자를 접을 수 있지. 너희들이 어떻게 짧은 시간 안에 상자를 접을 수 있었는지에 대해 좀 더 자세하게 들어야겠다."

머리띠 소녀는 조금의 동요도 없이 침착하게 대답했다.

"좋아요. 그 이야기는 안에서 하죠. 대신 저 아줌마도 함께 가야 해요."

내가 나를 말하는 거냐는 제스처를 취하자 아이는 고개를 좌우로 흔들며 말했다.

"그쪽 말고 저 코트 입은 아줌마 말이에요."

트렌치코트 여자가 불쾌하다는 듯 아이를 노려보며 말했다.

"내가 왜 가야 하지?"

그때 장인 복장을 한 남자가 끼어들었다.

"손님도 함께 가주셨으면 합니다. 이 사건을 목격한 증인이기도 하니까요."

"상자가 나왔으니 굳이 나까지 갈 필요는 없잖아요?"

트렌치코트 여자의 표정이 점점 굳어지더니 눈꺼풀에 미세한 경련까지 일어났다.

"난 이 일에 더는 관여하고 싶지 않아요."

"그러지 마시고 함께 가 주십시오. 커피라도 한잔 드시며 천천히 이야기를 나눠 보죠."

장인 복장을 한 남자가 미소를 지으며 말했다.

그로부터 이틀 뒤였다. 그러니까 절도 사건이 있던 날로부터 이틀 뒤 오전이었다. 쇼콜라 더 루이의 쇼콜라티에 오키모토 씨가 후쿠오도를 방문했다. 지난 번 일에 대한 감사의 뜻에서 루이로 초대하고 싶다는 셰프의 부탁을 전달하기 위해서였다.

그날 트렌치코트 여자와 아이들은 사무실로 들어갔지만, 나는 장인 복장을 한 남자의 부탁으로 그쯤에서 손을 떼야 했다.

그가 내게 말했다.

"다음 일은 우리에게 맡겨 주십시오."

사건이 어떻게 일단락되었는지 내심 궁금했지만 남의 가게에서 일어난 일이고 아이들의 프라이버시와도 관련된 문제라서 미주알고주알 캐물을 수도 없었다. 그래서 잠자코 있었는데 루이 쪽에서 먼저 초대해 주었으니, 나는 셰프의 제안을 흔쾌히 받아들였다. 낮에는 매장을 지켜야 하므로 시간을 내기가 어렵고, 오키모토 씨가 루이의 커피 매장도 오후 다섯 시쯤 되면 한가해진다고 귀띔을 해 주었기에 여섯 시쯤이 좋겠다고 말했다. 오키모토 씨는 셰프에게 그렇게 전하겠다고 말하고는 루이로 돌아갔다.

여섯 시쯤 쇼콜라 더 루이로 갔다. 오키모토 씨가 기다렸다는 듯 커피 매장으로 안내해 주었다.

손님이 없는 홀에는 달콤한 과자 향기가 은은하게 떠다니고 있었다. 홍차의 떫은 향과 커피의 쌉싸름한 향도 코끝을 간질였다. 한바탕 손님들과의 전쟁을 치르고 고요함을 되찾은 커피 매장은 마치 깊은 잠에 빠진 거대한 생물체의 뱃속 같았다.

매장 안쪽 가장자리 테이블에는 낯익은 얼굴의 남자가 앉아 잡지책을 들여다보고 있었다.

그였다.

도망치려는 아이의 퇴로를 차단하고 종이 접기가 기하학이라며 조금 난해한 이야기를 하던 예리한 눈빛의 양과자 장인. 그는 이틀 전과는 달리 부드러운 인상을 풍기고 있었다. 때때로 오른손에 든 검은색 만년필로 노트에 무언가를 끼적이는 모습이 마치 어려운 문제를 푸는 과학자나 사료를 조사하고 있는 역사가처럼 보였다.

그는 나의 존재를 깨닫고 곧바로 자리에서 일어나 고개를 살짝 숙이며 인사를 했다. 나는 오키모토 씨와 함께 테이블로 다가갔다. 그가 읽고 있던 책은 유럽의 오래된 골동품을 특집 기사로 다룬 무크지였다. 고풍스러운 디자인의 전화기와 책장, 재봉틀, 시계, 화장대, 침대, 테이블, 장난감 등 모서리가 둥그스름한 형태와 의표를 찌르는 독특한 배색이 눈에 띄었다.

노트에는 그림이 그려져 있었는데, 케이크나 초콜릿의 디자인인 모양이었다. 테이블 위에는 열두 가지 색깔의 색연필 세트도 놓여 있었다. 골동품의 고풍스러운 모양을 참고로 새로운 스위트 디자인이라도 만들고 있었던 모양이다. 화과자도 동식물이나 건축물을 참고로 디자인을 만든다. 하지만 루이의 셰프가 이런 것에서도 아이디어를 얻고 있다고 생각하니 감탄이 절로 나왔다.

그는 책과 노트를 덮고 만년필에 뚜껑을 끼운 뒤 테이블 한쪽으로 밀어 놓았다. 만년필 뚜껑에는 금색 펠리컨 문양이 새겨져 있었다.

"나가미네 가즈키라고 합니다. 쇼콜라 더 루이의 셰프입니다. 지난번에는 도움을 주셔서 감사합니다."

예상대로 그가 루이의 셰프였다. 나는 고개를 살짝 숙여 인사하며 말했다.

"별말씀을요. 오히려 제가 주제넘게 나선 건 아닌지 모르겠어요."

"아닙니다. 좋은 아이디어를 주신 덕분에 사건을 쉽게 해결할 수 있었습니다."

이틀 전, 나가미네 셰프에게서는 달콤한 향기가 났는데 오늘은 아무 냄새도 나지 않았다. 주방에서 나온 지 한참 되었다는 의미일까? 달콤한 향기가 나지 않자 그의 생김새로 관심이 쏠렸다.

창백하지만 뚜렷한 이목구비에 손가락이 길고 커다란 손은 섬세한 케이크를 만들고 장식하는 쇼콜라티에의 일과는 어울려 보이지 않았다. 하지만 그가 쇼콜라 더 루이의 셰프인 이상 이곳에서 판매하는 모든 상품은 그의 손길을 거쳐 만들어졌을 것이다. 저렇게 커다란 손으로 작고 귀여운 과자를 만들고 있을 그의 모습이 도무지 상상이 가지 않았다. 그것이 더욱 나의 호기심을 자극했다. 숙련된 장인의 솜씨가 상품의 아름다움을 좌우한다는 것은 익히 알고 있는 사실이었지만 작은 은색 핀셋과 대조적인 그의 커다란 손이 귀여운 과자들을 만들어 내고 있다고 생각하니 마치 마법처럼 느껴졌다.

"도무지 이 친구에게 믿고 맡길 수가 없다니까요."

나가미네 셰프가 오키모토 씨를 힐끗 쳐다보며 말했다.

"이렇게 바쁜 시기에 일부러 매장에 세워 놨는데 누가 무엇을 훔쳐갔는지도 전혀 눈치 못 채고 멍하니 서 있기나 하니 말입니다."

"손님이 많다 보면 사각지대가 생기는 법이에요."

웃으며 말하는 오키모토 씨의 말투에서 친구를 대하는 것 같은 친근함이 느껴졌다. 후쿠오도 공장에서는 공장장의 말이 절대적인 힘을 가진다. 그래서 아무도 함부로 반론을 제기할 수 없다. 그것은 양과자점도 마찬가지일 것이다. 그런데도 오키모토 씨가 거리낌 없이 자신의 생각을 말할 수 있는 것은 그와 나가미네 셰프가 무척 친밀한 관계이기 때문일까? 마치 나이 차이가 조금 있는 오래된 친구 같은 느낌이 들었다.

오키모토 씨가 다시 말을 이었다.

"게다가 누가 그렇게까지 용의주도하게 준비해서, 더군다나 무리로 올 줄 알았나요?"

나는 끝내 호기심을 억누르지 못하고 끼어들었다.

"그럼 도둑이 노리고 있다는 걸 처음부터 알고 있었던 거예요? 그걸 방지하기 위해 오키모토 씨를 일부러 매장에 세운 거였군요."

그러자 나가미네 셰프가 대답했다.

"그렇다고도 할 수 있고 아니라고도 할 수 있습니다. 이번 일은 우리도 상상하지 못한 일이었으니까요."

그때 오키모토 씨가 차를 내오겠다며 자리를 떴다. 그는 실내 카운터 건너편에 마련되어 있는 조리대로 가서 주전자에 물을 얹고 가스 불을 켰다. 이윽고 물이 끓기 시작하자 나가미네 셰프가 의자를 권하며 말했다.

"'후쿠오도 아가씨'라고 부르는 것이 좋겠습니까? 아니면 이름을 부르는 편이 좋겠습니까?"

"아 참! 미안해요. 저는 아야베 아카리라고 해요."

그가 먼저 이름을 밝혔는데 모른 척 가만있는 것도 예의가 아닌 것 같아서 나도 이름을 알려 주었다.

"후쿠오도 매장에서 판매를 담당하고 있어요."

"그래서 과자 상자에 대해 잘 알고 계셨군요."

"네. 상자에 물건을 넣어 본 사람이라면 금방 알 수 있는 일이니까요. 게다가 여기에서 사용하는 과자 상자가 우리 매장에서 사용하는 것과 같더군요. 화과자 상자에는 뚜껑이 달려 있지만요."

"원형으로 된 종이를 사선으로 접선을 따라 접어 만드는 심플하고 예쁜 상자죠."

"잘 알고 계시네요."

"화과자점에서 과자를 살 때 본 적이 있거든요."

쇼콜라 더 루이에서 사용하는 과자 상자는 내 예상대로 우리 매장에 납품하는 업자에게 발주한 것이었다. 이 업자는 종이 한 장으로 접어 만드는 팔각 화과자용 상자를 제조하고 있었다. 그런데 나가미네 셰프의 특별 주문으로 초콜릿과 구운 과자를 진열할 때 내용물이 잘 보이도록 조금 변형된 상자를 만들고 있었던 것이다.

최근 양과자 업계에서도 화과자에서 사용하는 재료와 과일을 적극적으로 도입하여 상품을 만들어 내고 있다는 사실은 이미 알고 있었지만 과자 상자까지 응용해서 사용하고 있을 줄이야. 셰프의 기호라고는 해도 특별한 케이스였다.

내가 후쿠오도 고베 지점에서 일을 한 지도 어느덧 3년이 되었지만 후쿠오도에 과자를 사러 온 나가미네 셰프를 본 기억이 없다고 말하자, 그는 지난번 오키모토 씨에게 들은 대로 보통은 교토 본점으로 간다고 말해 주었다.

그는 초콜릿에 첨가할 새로운 허브를 찾아 벌써 몇 년째 교토에 있는 약초원에 다니고 있는데 돌아오는 길에 가끔 후쿠오도 본점에 들려 화과자를 사 먹는다고 했다. 후쿠오도 화과자를 굉장히 즐겨 먹는 듯했다.

또한 그는 자신이 쇼콜라 더 루이의 오너가 아니라는 것과, 오너는 다른 곳에서 파티세리를 경영하고 있으며 쇼콜라 더 루이는 그곳의 쇼콜라 룸을 독립시켜 만든 곳이라고 가르쳐 주었다. 오픈한 지 얼마 되지 않았는데도 많은 사람들에게 사랑을 받고 있는 것은 파티세리에 있을 때부터 애용하던 단골손님이 이곳까지 찾아오기 때문인 모양이었다.

오키모토 씨는 쇼콜라 룸이 파티세리에 부속되어 있을 무렵부터 일한 사람이라고 했다. 쇼콜라 더 루이를 새로 오픈할 무렵 새로운 매장의 셰프가 될 것으로 예상했던 쇼콜라 룸의 셰프가 병으로 갑자기 그만두게 되자 사람들은 혼란에 빠졌다. 하지만 셰프의 적극적인 추천으로 옆 매장에서 일하고 있던 나가미네 씨가 새로운 셰프로 발탁되었던 것이다.

처음에는 나가미네 씨가 아니라 오키모토 씨를 셰프로 해야 한다는 이야기도 거론되었지만 여러 가지 상황을 고려한 끝에 최종적으로 나가미네 씨가 결정되었다고 한다.

"원년 스태프들 중에는 내가 셰프 자리를 맡은 것에 대해 불만을 품고 그만둔 사람도 있습니다."

나가미네 셰프는 느긋하고 부드러운 어조로 말했지만 그 당시 그곳에 술책과 알력이 난무했으리라는 것은 충분히 상상할 수 있었다.

"하지만 그 덕분에 기본 방식을 고수하지 않아도 되었습니다. 기왕 독립한 김에 새로운 제품들을 만들어 보고 싶었거든요. 하지만 프랄린처럼 본점에 있을 때 크게 인기를 얻었던 일부 제품은 그대로 만들고 있습니다. 그 제품들을 먹으러 이곳을 찾는 손님들도 적지 않아서 함부로 바꿀 수는 없으니까요."

오키모토 씨가 쟁반에 차 세트와 디저트용 도자기 그릇을 싣고 왔다. 그는 쇼콜라를 상자에 담을 때처럼 능숙한 손놀림으로 테이블에 잔과 그릇을 세팅해 주었다.

"오키모토 씨는 같이 안 드세요?"

"저는 주방에서 내일 해야 할 일을 준비해야 합니다. 그럼 맛있게 드세요."

오키모토 씨가 나가자, 나는 그릇을 찬찬히 들여다보았다. 얇게 뿌려 놓은 크렘 앙글레즈(우유, 설탕, 달걀노른자, 향을 섞어서 불에 올려 농도를 맞춘 것으로 소스나 아이스크림, 앙트르메에 사용된다-옮긴이) 안에 흰색 아이스크림이 담겨 있었는데, 아이스크림의 절반가량이 초콜릿 소스에 묻혀 있었다. 그릇 가장자리에는 웨이퍼(밀가루, 콘스타치, 우유, 달걀노른자 등 부드러운 원료를 잘 혼합하여 유동성의 묽은 반죽을 만들어 오븐에 구운 비스킷-옮긴이) 대신 아몬드를 얇게 구운 과자가 놓여 있었다. 심플해 보이지만 루이의 초콜릿을 사용한 과자라면 틀림없이 맛있겠지?

나는 설레는 마음으로 스푼을 들었다. 아이스크림을 떠서 입에 넣자 아직 따뜻한 소스와 차가운 아이스크림이 부드럽게 어우러지며 풍부한 바닐라향이 혀를 감쌌다. 아이스크림에는 갈아 놓은 헤이즐넛 알갱이가 들어 있어 씹을 때마다 바삭거리는 질감과 아이스크림의 부드러운 질감이 한데 어우러지며 혀를 즐겁게 했다. 이번에는 초콜릿 소스가 묻어 있는 부분을 떠서 입에 넣어 보았다. 아이스크림의 달콤한 맛과 카카오의 풍부하고 쌉싸름한 맛이 입안 가득 퍼지며 진한 꿀의 맛과 향이 부드럽게 혀를 적셨다.

나가미네 셰프가 물었다.

"좀 더 달콤한 것을 준비할 걸 그랬나요?"

"아니요!"

나는 생각할 것도 없이 바로 대답했다.

"지금이 딱 좋아요. 쌉싸름한 맛과 달콤한 맛이 잘 어우러져서 강렬한 맛이 나는 게, 정말 좋네요. 좋은 재료를 쓰시나 봐요."

"크렘 앙글레즈와 아이스크림에는 국내에서 생산되는 신선한 우유와 계란을 사용하고 있습니다. 바닐라 빈은 타히티에서 나는 것 중에서도 특히 향이 강한 제품을 선별해서 사용하고 있죠. 초콜릿은 프랑스 발로나 사의 다크 초콜릿을 베이스로 하고 꿀로 단맛을 조절하고 있습니다. 꿀은 국내에서 생산되는 제품을 사용하고 있죠."

"국내에서 생산되는 꿀과 외국에서 생산되는 꿀의 맛이 다른가요?"

"서양 꿀벌들은 한 종류의 꽃에서만 꿀을 채집하기 때문에 자운영 벌꿀, 아카시아 벌꿀 등 꽃의 이름을 붙이지만 일본 꿀벌들은 여러 가지 꽃에서 꿀을 채집하기 때문에 양봉가가 1년에 딱 한 번 벌집에서 꿀을 채취합니다. 몇 십 종류의 꽃 향이 한데 어우러져 숙성되므로 순하고 깊은 맛이 나죠."

"양주 맛도 나는 것 같은데요."

"술을 좋아하시는 것 같아서 향을 내기 위해 브랜디를 조금 넣었습니다."

"어머! 어떻게 아셨어요?"

"우리 매장에서 판매하는 봉봉 오 쇼콜라는 양주를 넣어 만든 것이 많습니다. 오키모토가 지난번 아야베 씨가 사신 초콜릿 종류를 기억하고 있어서 그걸 참고로 만들어 봤습니다."

나는 나가미네 셰프의 세심한 마음 씀씀이에 깊은 고마움을 느끼며 초콜릿과 아이스크림의 맛을 열심히 음미했다. 나가미네 셰프는 묵묵히 자신의 접시에 있는 아이스크림을 먹었다.

나는 그릇을 깨끗이 비우고 설탕을 뺀 밀크티를 한 모금 마신 뒤 말을 꺼냈다.

"지난번 그 아이들은 그 후로 어떻게 됐어요?"

"경찰에 연락해서 상황을 설명하고 처리해 달라고 맡겼습니다. 징벌처분을 내려 기록을 남기고 싶었는데……."

"그러지 못했군요."

"전화를 받고 경찰서로 온 아이들의 부모들이 아이들 보는 앞에서 울며불며 야단법석을 떠는 바람에 그럴 수가 없었습니다. 심지어 1만 엔짜리 지폐를 다발로 내미는 사람도 있었습니다. 훔친 물건에 대한 대가가 아니었습니다. 돈을 받고 자기 아이의 잘못을 묵인해 달라는 것이었죠. 아이들의 범죄 기록이 남지 않게 해 달라고 부탁하더군요. 물론 일언지하에 거절했습니다."

어이가 없었다. 자신들의 아이가 보는 앞에서 돈으로 사람을 매수하려고 하다니, 그게 정신이 온전하게 박힌 사람이 할 짓인가! 구제불능의 인간들이었다.

나가미네 셰프가 다시 말을 이었다.

"초범이라며 한 번만 눈감아 달라고 매달리더군요."

"초범이라고요? 말도 안 돼요. 초범이 그렇게 침착할 리 없어요. 들키지 않아서 그렇지, 틀림없이 그 전에도 몇 번인가 전적이 있을 거예요."

"기록상에는 아무것도 남아 있지 않아서 그들이 초범이라고 주장하면 믿을 수밖에 없습니다. 게다가 아이들 모두 장갑을 끼고 있어서 지문이 남아 있지 않았습니다. 누가 범인인 줄 알아낼 수 없도록 그것까지도 미리 염두에 두었던 거죠."

"그런데 왜 그런 짓을 했다고 하던가요? 초콜릿을 살 돈이 없어 보이지는 않던데 말이에요."

"그게 바로 범행 동기라고 말하더군요."

"네? 그게 무슨 소리에요?"

"머리띠를 한 아이는 요리조리 얼버무리며 도무지 이유를 말하려고 하지 않았습니다. 하지만 도망치려고 했던 아이가 경찰에게 진실을 털어놓았죠. 걔들은 부족한 것 없이 부유하게 자란 아이들이었습니다. 아이들의 부모는 국산이든 외제든 유명 브랜드의 케이크와 초콜릿, 쿠키 등 먹고 싶다는 것은 뭐든 사다 주었다고 합니다. 그래서 아이들은 고가의 과자도 질리도록 먹었죠. 하지만 그럴수록 더 맛있는 것을 먹고 싶다는 욕구를 억누를 수 없었습니다. 그것이 인간의 본능이니까요. 이미 질릴 만큼 먹어 보았기 때문에 새로운 맛을 갈구하는 욕망이 더 간절했는지도 모르겠습니다. 하지만 아직 어려서 맛있는 과자를 찾아 세계 각지를 돌아다닐 만큼의 생활능력은 되지 않았던 거죠. 게다가 행동반경도 한정되어 있었고요. 그래서 아이들은 먹는 방법을 달리하면 어떨까 하는 묘안을 떠올렸던 겁니다. '남들처럼 돈을 내고 사 먹는 과자는 평범하고, 만일 스릴을 느길 수 있는 방법으로 과자를 손에 넣으면 성취감이 생겨 과자가 더욱 맛있게 느껴지지 않을까'라고 생각했던 거죠."

"돈을 주고 사 먹는 과자보다 훔친 과자가 맛있게 느껴진다는 이야기인가요?"

"과자의 맛은 미각만으로 좌우되는 것이 아닙니다. 모양이나 포장 등 고객의 마음을 흔들 수 있는 요소를 최대한 활용해서 제품을 만들고 팝니다. 아야베 씨도 판매 현장에 몸담고 계시니, 고객에게 제품을 정신적으로 어떻게 어필하느냐에 따라 매출에 큰 영향을 미칠 수 있다는 사실을 잘 알고 계실 겁니다. 아이들은 평범한 과자에 자신들만의 가치를 부여해서, 과자가 좀 더 맛있게 느껴질 수 있도록 자신들만의 방법을 찾아냈던 거죠."

"하지만 다른 방법도 얼마든지 있었을 텐데요. 평범한 과자로 만족하지 못하겠다면 직접 과자를 만들거나 제빵, 제과 기술을 배워 훗날 파티시에가 되어 새로운 과자를 만든다거나…… 뭐 그런 좀 더 바람직한 방법이 얼마든지 있잖아요."

"노력을 기울이기보다는 훔치는 편이 쉽고 재미있다고 생각했을 겁니다. 세상에는 의외로 나태한 생각을 가진 사람들이 많거든요."

나는 무력감을 느꼈다.

"한 잔 더 하시겠습니까?"

나가미네 셰프가 물었다. 이미 충분히 배가 불렀으므로 사양하자 그는 자신의 찻잔에 주전자를 기울이며 계속 말을 이어 갔다.

"절도 수법은 간단했습니다. 일단 여섯 명이서 선반을 에워싸듯 둘러서서 사각지대를 만들었죠. 망을 보기로 한 아이가 가게 안을 살피는 사이 다른 한 명이 선반에 진열되어 있던 과자 상자를 훔쳤습니다. 그리고 미리 계획해 놓은 대로 각자 일을 분담하여 한 명이 상자 바닥을 자르면 또 다른 한 명이 코트 옷자락을 펼쳐 과자를 받고 그와 동시에 나머지 아이들이 일제히 손을 뻗어 과자를 가방에 재빨리 던져 넣었던 겁니다."

"상자를 여는 방법은 그 전에 미리 사서 연습했겠군요."

"아마도 그랬을 겁니다. 아무리 머리가 좋은 아이라도 곧바로 실행에 옮기기는 쉽지 않으니까요. 우리 가게 단골이라는 말이 사실이라면 가게를 오픈한 후로 이미 여러 차례 와 보았을 겁니다. 점원들의 사각지대를 미리 알아 두기 위해서라도 말이죠."

나가미네 셰프가 테이블 가장자리에 밀어 놓았던 노트를 집어 들어 새로운 페이지에 만년필로 그림을 그리기 시작했다. 블루블랙의 잉크가 부드럽게 모양을 그려 나갔다. 과자 상자의 도면이었다.

"여러 개의 변을 가진 다각형 상자를 만드는 원리는 동일합니다. 사각형이든 팔각형이든 상자의 바닥면을 면적이 같도록 이등분하는 대각선을 따라 자르면 아무리 두꺼운 종이 상자도 손쉽게 납작하게 접을 수 있습니다. 이때 상자 바닥면에는 마치 새가 부리를 벌리고 있는 것 같은 큰 구멍이 생기죠."

나가미네 셰프는 상자 바닥에 마름모꼴 구멍이 생긴 상자의 도면을 정면과 측면에서 본 각도로 그려서 보여주었다. 정팔각형 상자의 경우에는 빗변을 공유하는 직각이등변삼각형이 두 개, 직사각형의 경우에는 직각삼각형이 두 개 생긴다. 어떤 모양의 상자든 직각으로 이등분하는 수직선을 따라 접으면 상자의 바닥을 크게 벌릴 수 있는데, 이때 상자 바닥면을 잘라 생기는 두 개의 삼각형은 나가미네 셰프가 말한 대로 새의 부리와 매우 흡사했다.

나가미네 셰프가 만년필을 테이블 위에 내려놓으며 말했다.

"종이 한 장으로 만든 상자는 바닥에 풀칠을 해 두지 않으면 굳이 칼집을 넣지 않고 바닥을 살짝 밀기만 해도 상자를 접을 수 있습니다. 지난번에 아야베 씨가 선반 아래쪽을 살펴보라고 말씀하셨던 이유는 아마 이 방법이 떠올랐기 때문이었을 거라고 생각합니다만."

"맞아요. 하지만 우리 매장에서 사용하는 상자와는 달리 상자 전체가 래핑 페이퍼에 싸여 있어서 바닥을 미는 것만으로는 내용물을 꺼낼 수 없었을 거예요."

"그렇습니다. 그래서 아이들은 커터로 래핑 부분을 뜯어야 했습니다. 가장 빨리, 그러면서도 최소한의 작업으로 상자를 벌리려면 바닥면을 대각선으로 잘라야 했죠. 아이들은 바닥면에 구멍을 내고 상자에서 내용물을 꺼낸 후 선단 아래쪽에 있는 상품을 구경하는 척하며 납작하게 접힌 빈 상자를 선반 아래 바닥으로 밀어 넣었던 겁니다. 우리 매장에서 판매하는 과자가 뚜껑이 없는 상자를 사용하고 있었기에 가능한 일이었죠."

"처음부터 커다란 가방을 가져와서 상자째로 넣으면 더 쉽지 않았을까요?"

"그랬다면 금방 발각되었겠죠. 아무리 바쁜 시기라도 해도 커다란 가방을 들고 오면 점원들의 제지를 받거든요. 게다가 아이들은 일종의 게임이라고 생각하고 있었기 때문에 좀 더 난이도가 높은 방법을 선택했던 겁니다."

"하지만 아무리 기술이 좋아도 상자를 자르고 과자를 가방에 넣기까지는 10초가 넘게 걸렸을 텐데, 트렌치코트를 입은 여자 손님이 소리를 지른 건 아이들이 상자를 훔친 것과 거의 동시였는걸요."

"아이들의 가방에서 나온 과자는 아야베 씨가 봤던 상자에 들어 있던 게 아닙니다. 그 전에 훔친 상자에서 나온 것이었죠."

"네?"

"머리띠를 한 여자아이가 리더였는데 가게에 들어가기 전에 딱 하나만 훔치기로 약속을 했다고 합니다. 위험부담을 줄이기 위해서였겠죠. 그런데 의외로 너무 쉽게 성공하자 아이들 중 한 명이 그만 욕심을 냈던 겁니다. 리더의 지시를 무시하고 상자를 하나 더 훔치려고 했던 거죠. 그 아이가 손을 뻗었을 때 때마침 아야베 씨와 트렌치코트를 입은 여자 손님이 그 모습을 목격했던 겁니다. 아이는 트렌치코트를 입은 여자 손님이 소리를 지르자 재빨리 상자를 선반에 되돌려 놓았습니다. 하지만 자신이 발각된 것을 깨닫고 초조한 마음에 도망치려고 했던 거죠."

선반을 움직이기 직전에 몸을 돌려 도망치려 했던 아이가 내가 본 갈색 장갑의 주인이었던 모양이다. 그리고 그 아이와 가장 친한 친구가 곧바로 그 뒤를 따라갔던 것이다. 그때 머리띠 소녀가 벌레 씹은 표정으로 웃고 있었던 이유는 예기치 못한 친구들의 돌발 행동 때문이었던 모양이다.

"그럼 트렌치코트를 입은 여자 손님은 아이들과 대체 무슨 사이였나요?"

"아무 사이도 아니었습니다. 그날 처음 만났죠. 다만 트렌치코트를 입은 여자 손님과 아이들 사이에는 공통점이 있었습니다. 트렌치코트를 입은 여자 손님도 절도 상습범이거든요. 오키모토를 매장에 내보낸 이유는 실은 그 여자를 감시하기 위해서였습니다."

"그게 무슨 소리에요?"

"그 여자는 이즈미 가즈요라고, 최근 이 일대 양과자점 사이에서는 조금 알려진 인물입니다."

"무슨 일로요?"

"우리 같은 개인점포를 노리는 절도범은 대개 돈이 될 만한 것을 원하기 때문에 보통은 고가의 과자나 크기가 큰 상자를 노립니다. 그런데 이즈미 씨는 마들렌 한 개 혹은 미니사이즈 초콜릿처럼 주머니에 넣을 수 있을 정도로 작은 것들만 훔치죠. 우리 가게에서는 작은 밀크잼 병을 훔쳤습니다."

아무리 작은 것을 훔쳤다고 해도 절도는 범죄 행위다. 더욱이 한 번에 그치지 않고 여러 차례에 걸쳐 물건을 훔치면 그 피해도 점점 커진다.

나가미네 셰프의 말에 따르면 이즈미 가즈요라는 여자는 예전에 한 파티세리에서 절도 행각을 벌이던 중 현장에서 붙잡혀 절도 상습범이라는 사실이 알려졌지만, 그 이후로는 절도 행각이 발각되는 일도 없고 착실히 돈을 지불하고 물건을 구매했으므로 섣불리 범인으로 단정짓기 어려운 골치 아픈 손님이었다고 한다.

한번은 그녀의 범행을 의심한 점원과 시비가 붙어 소지품을 뒤져 보았으나 결국 아무것도 나오지 않아 점원이 고개를 숙여 사죄한 적도 있었다고 한다.

오키모토 씨는 예전에 일하던 파티세리에서 피해를 입은 적이 있어서 그녀의 얼굴을 알고 있었다. 그래서 매장에 나와 그녀를 감시하고 있었던 것이다. 밸런타인데이 시즌이 되어 사람들이 붐비기 시작하면 틀림없이 혼잡한 틈을 노려 절도 행각을 벌일 것이라고 생각했기 때문이다. 오키모토 씨는 모든 신경을 이즈미라는 여자에게 쏟고 있어서 아이들의 수상한 행동을 재빨리 알아차리지 못했다.

“작은 물건을 훔치면 죄가 가벼울 거라고 생각했나 보죠?”

나의 물음에 나가미네 셰프는 고개를 좌우로 흔들었다.

“그럼 왜 물건을 훔친 거죠? 아이들과 같은 이유였나요?”

“일 때문에 극심한 스트레스를 받으면 훔치고 싶은 충동을 느낀다고 합니다. 이즈미 씨는 작은 사무실에서 근무하는 평범한 여직원인데, 자질구레한 잡일에서 고객 대응까지 거의 혼자서 도맡아 하고 있답니다. 계약금을 지급하지 않은 고객에게 독촉 전화를 걸거나 고객들의 클레임에 일일이 대응하고 회사 캠페인 기간에는 영업적인 사무까지 본다더군요. 지점별로 계약을 따 내야 하는 할당량이 있어서 소장을 도와야 할 때도 있다고 합니다. 그녀를 대신해서 일할 사람이 없어 유급휴가도 제대로 써 보지 못했다고 해요. 하나하나 놓고 보면 별거 아닌 것 같아도 중압감과 피로감이 서서히 쌓이는 일이죠.”

“그렇다고 해서 물건을 훔치는 것으로 스트레스를 해소하는 건 옳지 않아요.”

“물건을 훔칠 때 느끼는 짜릿함 때문에 멈출 수가 없었다고 합니다. 잘못된 일이라고 자각하면서도 멈추지 못하는 것은 절도 상습범에게서 자주 나타나는 패턴입니다.”

“그렇다면 어째서 아이들이 물건을 훔쳤을 때 소리를 지른 걸까요? 그러면 자신도 사람들의 눈에 띈다는 걸 잘 알고 있을 텐데요.”

"가끔씩 물건을 구매하는 것을 보면 물건을 훔칠 때의 짜릿함과 그에 대한 죄책감을 어느 정도 자각하고 있었던 것 같습니다. 자신과 같은 범죄를 저지르는 사람을 보며 어떤 기분이 들었을까요? 더욱이 상대가 자신보다 어리고, 죄책감도 없이 마치 게임을 즐기는 것처럼 보인다면 말입니다."

"글쎄요. 친근감이 들지는 않았겠죠. 아마도 혐오감이 들지 않을까요? 못 볼 꼴을 봤다는 느낌이랄까요."

"맞습니다. 바로 그 때문에 그녀는 자신도 모르게 소리를 질렀던 겁니다."

내가 이해할 수 없다는 표정을 짓자 나가미네 셰프가 알기 쉽게 설명해 주었다.

"같은 절도범이라고는 해도 범행을 저지르는 동기와 심리는 사람마다 다릅니다. 게임을 즐기듯 적극적으로 범행을 저지르는 사람이 있는가 하면 돈으로 바꿀 목적으로 범행을 저지르는 사람도 있습니다. 심리적인 억압을 이기지 못해 무의식중에 물건을 주머니에 넣는 사람도 있죠. 또한 단순히 갖고 싶다는 욕구를 억제하지 못해 범행을 저지르는 사람도 있습니다. 이즈미 씨는 극심한 스트레스 때문에 절도를 시작해서 스스로도 그만둘 수 없게 된 경우인데, 마음속으로는 항상 죄책감을 버릴 수 없었죠. 그런 사람이 자신과 같은 짓을 저지르는 아이들을 봤을 때 생기는 감정은 친근감이 아닌 증오감과 혐오감, 즉 자신의 흉측한 모습을 거울로 보게 되었을 때의 충격이었을 겁니다."

이즈미 씨는 경찰에게 아이들과 눈이 마주치자 자신도 모르게 소리를 지르게 되었다고 우울한 말투로 털어놓았다고 한다.

"머리띠를 한 여자아이와 눈이 마주쳤어요. 나를 보며 웃고 있었어요. 나를 멸시하는 눈빛으로 비웃었죠. 마치 나에게 이렇게 속삭이는 것 같았어요. '불쌍한 아줌마, 한심하기도 하지. 우리는 재미로 과자를 훔치는 것뿐이라고요. 한 푼 두 푼에 쩔쩔매는 아줌마가 그런 우리를 이해나 할 수 있겠어요?'라고 말이에요. 나와 저 아이는 제법 멀리 떨어져 있었으니까 환청을 들은 게 아니냐고 묻는다면 나로서도 할 말은 없어요. 하지만 내 귀에는 그렇게 들렸어요. 저 아이들의 죄를 못 본 척해서는 안 된다고 제 양심의 소리가 말하고 있었어요. 이유야 어쨌든 저 아이들은 나를 비웃었어요. 자신들도 절도범인 주제에 나를 비웃었단 말이에요. 그래서 소리를 질렀어요. 저 아이들만 잡을 수 있다면 내가 어떻게 되든 상관없었어요. 경찰 아저씨, 저 아이들이 다시는 나쁜 짓을 하지 못하도록 처벌해 줄 거죠? 내가 이렇게까지 협조했으니 반드시 벌을 받게 해 주세요."

다시 말해 사건의 전말은 이러했다.

아이들은 첫 번째 시도 만에 과자 상자를 무사히 훔쳐 냈다. 그 직후 여자 아이들의 존재를 눈치채지 못한 이즈미 씨가 밀크잼 병을 훔쳤고 가게 안을 살펴보던 그녀는 머리띠 소녀와 눈이 마주쳤다. 아이가 웃는 모습을 보고 이즈미 씨는 자신의 범행 현장이 발각되었다는 사실을 깨닫고 그 자리에 얼어붙었다.

그리고 그대로 상대를 응시하고 있었으므로 아이들 중 한 명이 두 번째 과자 상자를 훔치는 광경을 목격할 수 있었던 것이다.

순간 이즈미 씨는 주체할 수 없는 환희를 느꼈다. 자신을 비웃은 대가를 치르게 할 수 있다는 생각에 그녀는 아이들에게 손가락질을 하며 의기양양하게 소리를 질렀던 것이다.

나가미네 셰프가 말했다.

"머리띠를 한 아이는 이즈미 씨에게서 자신들과 비슷한 수상쩍은 낌새를 느끼고 웃었죠. 아이가 이즈미 씨와 마찬가지로 자기혐오 때문에 자조적인 웃음을 지었는지는 나도 잘 모르겠습니다. 나약한 이즈미 씨와는 달리 아이들은 서슴없이 범죄를 저지르는 악인의 강한 의지를 가지고 있었는지도 모르니까요."

누굴 더 나쁘고 누굴 덜 나쁘다고 할 수 있을까? 나에게는 그저 똑같은 절도범으로 보일 뿐이었다. 부디 저런 범죄자들이 우리 매장을 찾지 않았으면 하는 생각이 들었다.

"남이 보기에 아무리 이해가 되지 않는 행동이라도 그럴 만한 이유와 사정이 있다면 행동의 동기가 될 수 있습니다. 거울 속의 자신을 보듯 아이들의 범행 현장을 목격한 이즈미 씨가 아이들의 잘못을 꾸짖었다고 해서 이상하게 볼 필요는 없습니다. 그것은 그녀의 양심이 스스로를 꾸짖는 소리이기도 하니까요. 아이들이 이즈미 씨의 거울이라면 이즈미 씨도 아이들의 거울입니다. 머리띠를 한 아이와 눈이 마주쳤을 때 이즈미 씨가 들은 것은 그 거울의 소리가 아니었을까요? 이즈미 씨가 원하는 것은 일상에서 벗어난 특별한 흥분 상태였는지도 모르겠습니다. 과자를 훔치는 절도 행위가 일상에서 벗어난 행위라면 다른 사람의 절도 행위를 공공연히 지적하는 행위도 결코 평범하다고는 할 수 없죠. 그런 사람들의 경우, 대부분 자신의 행동이 어떤 결과를 낳을지에 대해서는 깊이 생각하지 않습니다. 다만 평소와 다른 순간을 접했을 때에 느끼는 정신적 고양감이 일상생활에서 느끼는 스트레스를 치유해 준다고 믿고 있죠. 그런 의미에서 그녀와 아이들은 공통점이 있다고 할 수 있을지도 모르겠습니다. 양쪽 모두 평범한 일상에서는 가치를 느끼지 못했죠. 늘 똑같이 반복되는 지루한 일상을 견디지 못해서 범행을 저질렀으니까요."

나도 모르게 한숨을 새어나왔다.

"그 아이들이 죄를 저지른 대가를 받게 되는 날이 올까요? 아마도 평생 저렇게 살아가겠죠?"

"대가는 이미 받았습니다. 저런 사고방식을 가지고 있는 한 아이들은 그 어떤 과자도 맛있게 느껴지지 않을 겁니다. 그리고 스스로 자신의 잘못을 깨닫는 날이 오면 그때는 돌이킬 수 없을 정도로 비참한 기분을 맛보게 될 겁니다. 자, 이제 그만 주방으로 돌아가 봐야겠습니다. 먼저 실례하겠습니다."

나가미네 셰프가 자리에서 일어나며 이렇게 덧붙였다.

"밸런타인데이 시즌이 지나면 조금 한가해지니 그때 다시 천천히 놀러 오십시오."

"요즘 같아서는 쇼콜라 더 루이가 부러워요. 우리 가게는 아직 적자는 아니지만 단골손님 외에는 거의 발길이 뜸하거든요. 오랫동안 전통을 지켜 온 가게라서 획기적인 변화를 주는 것도 어울리지 않을 것 같고, 고객들이 좋아할 것 같지도 않아요. 하지만 양과자점은 끊임없이 새롭게 변화를 줄 수 있어서 자유로운 것 같아요."

내가 커피 매장을 둘러보며 넋두리하듯 말하자 나가미네 셰프는 이렇게 말했다.

"변함없는 것에 가치를 두는 손님도 있습니다. 적어도 나는 후쿠오도에서 산 가이츄시루코에서 레몬이나 코코아 맛이 나면 어색할 것 같거든요."

내가 그의 이야기를 듣고 살짝 미소를 짓자 그도 눈을 가늘게 뜨며 살며시 미소를 지어 주었다.

"너무 심각하게 생각하지는 마십시오. 모든 해답은 과자가 쥐고 있으니까요."

나는 쇼콜라 더 루이를 나와 가게로 돌아왔다. 매장에는 아버지가 나와 계셨다. 매우 드문 일이었다. 중년 여성 세 명이 커다란 포장을 들고 현관을 나서고 있었다. 아버지는 자부심이 가득한 표정으로 손님들을 배웅하고 있었다. 오랜만에 보는 모습이었다.

아버지가 물었다.

"으응? 오늘은 빈손으로 온 게냐?"

"그게 무슨 소리예요?"

"초콜릿 가게에 갔다 온 거 아니니? 벌써 다 팔리고 없었나 보구나?"

지난 번 쇼콜라 더 루이에서 봉봉 오 쇼콜라를 사 왔던 일을 말씀하시는 것이었다. 지난번에 맛을 좀 보시겠냐고 물었을 때에는 초콜릿 같은 거 안 드신다고 말씀하시더니, 내심 궁금하셨던 모양이다.

"정말 멋진 가게예요."

나는 진열장 안쪽에 있는 계산대로 들어가며 말했다.

"쇼콜라 더 루이에서 판매되는 초콜릿은 맛이 깔끔해서 규히(求肥: 찹쌀가루에 물엿과 설탕 등을 넣고 졸이면서 반투명이 될 때까지 개어 얇게 빚은 일본 과자-옮긴이)로 싸 먹어도 맛있을 것 같아요. 내년 밸런타인데이에는 우리도 좋은 카카오 콩을 고르는 법을 배워서 새로운 과자를 만들어 보는 게 어때요?"

"규히로 초콜릿을 싸 먹는다고?"

아버지는 손으로 얼굴을 쓰윽 문지르며 중얼거리듯 말했다.

"요즘 젊은 사람들 입맛은 도통 모르겠단 말이야."

아버지는 고급 생과자가 몇 개 남지 않은 진열장을 보며 물었다.

"양과자점이 좋으면 언제든지 옮기면 되지 않니? 네 엄마한테는 너를 이곳에 붙잡아 둘 생각 말라고 내가 말해 주마."

아버지가 그런 생각을 하고 계시리라고는 생각도 하지 못했다. 솔직히 나는 화과자 장인의 딸이라는 자부심 따위는 애초에 없었다. 나는 매출 장부를 정리하며 아무렇지도 않은 듯 말했다.

"나가고 싶으면 제가 알아서 할게요. 양과자든 화과자든 상관없어요. 내가 좋아하는 일을 찾을 테니 너무 걱정하지 마세요."

화과자가 좋아서 이곳에 남아 있는 거라고 말하면 아버지도 기뻐하시겠지만 나는 아버지만큼 화과자를 좋아하지도, 나가미네 셰프만큼 초콜릿을 좋아하지도 않았다.

하지만 나에게는 과자를 사랑하는 나만의 방식이 있다. 만드는 사람이 아닌 먹는 사람으로서 과자를 사랑하는 마음만큼은 결코 아버지에게도, 나가미네 셰프에게도 뒤지지 않는다.

나는 진열장에 남아 있는 화과자를 내려다보았다.

과자는 말이 없지만 과자를 좋아하는 이들로 하여금 속내를 털어놓게 하는 신비한 힘을 가지고 있다.

제2화

일곱 번째 페브

거리에는 온통 꽃놀이를 나온 사람들로 가득했다. 그야말로 북새통이었다. 본격적인 꽃놀이 시즌에 접어들면서 주말이 되자 우리가 즐겨 찾던 단골 선술집도 이미 발 디딜 틈 없이 꽉 들어차 있었다. 우리 순서가 되려면 한두 시간은 족히 기다려야 할 것 같았다.

하는 수 없이 발길을 돌렸다. 사람들로 북적이는 거리를 얼마나 헤매었을까? 이층에 위치한 낡은 선술집이 눈에 들어왔다.

칸막이도 없는 구들방에는 낡은 테이블과 우중충한 방석이 덩그러니 놓여 있었다. 머리가 희끗희끗한 아저씨들이 삼삼오오 모여 앉아 술잔을 기울이고 있었다. 젊은 사람들은 눈을 씻고 찾아보려 해도 보이지 않았다. 가게 안은 조용했다. 시끌벅적한 거리와는 단절된 느낌. 나로서는 고마운 일이었다. 더는 사람들에게 치이고 싶지 않았으니까.

우리는 방 한쪽에 자리를 잡고 앉았다. 각자 메뉴를 정하고 요리 몇 개와 맥주를 주문했다.

잠시 후 요리와 맥주가 나오자 다 같이 건배를 하고 일단 주린 배부터 채웠다. 하도 낡고 허름해서 크게 기대를 안 했는데 의외로 숨겨진 맛집이었다. 뜻밖의 수확에 다들 기분이 한껏 들떴다.

나를 비롯해 기요미, 슈스케, 쇼고, 도코, 데쓰야까지 여섯 명이 한 자리에 모였다. 어느 정도 배가 부르자 우리는 맥주잔을 기울이며 이번 모임 안건에 대해 의논하기 시작했다.

"내 생각엔 아무래도 생활용품이 좋을 것 같아."

데쓰야가 말했다.

"내가 받아 보니까 바로 쓸 수 있는 그릇이나 식품 같은 생활용품이 유용하게 쓰이더라. 꽃이나 장식품은 보기엔 좋은데 관리하기도 힘들고 망가지면 버려야 하잖아. 결혼 선물론 별로야."

"그래도 평범한 선물은 재미없잖아."

이번에는 도코가 말했다.

"아니! 이건 재미있고 없고의 문제가 아니야. 내 돈으로 사기는 뭐하지만 다른 사람에게 받으면 기쁜 선물이 있을 거야. 예를 들어 앤티크 시계는 어때? 그거라면 모모카도 좋아할 것 같은데."

슈스케가 세련된 디자인의 탁상용 시계를 제안했다.

"비싸지 않을까?"

"다 같이 돈을 모아서 살 거니까 좀 비싸도 괜찮아."

"봐 둔 거라도 있어?"

"백화점에 가도 되고 인터넷으로 검색해도 되지. 고급시계 전문점을 검색하면 금방 찾을 수 있을 거야."

여러 가지 후보가 거론되었지만 앤티크풍의 탁상용 시계와 유명 브랜드 다기 세트로 의견이 모아졌다. 최종 결정은 두 가지의 실물을 직접 비교해 보고 고르기로 했다.

"아! 이제야 마음이 놓이네."

쇼고가 술과 두부 안주를 추가로 주문했고 나는 고기감자조림과 닭날개 요리를 주문했다. 잠시 후 테이블에는 새로운 음식들이 차려졌다.

쇼고가 술병을 따며 말했다.

"우리끼리니까 하는 얘긴데 모모카가 이렇게 빨리 결혼할 거라고는 생각도 못했어."

"하긴. 유난히 남자 운이 없었잖아."

도코도 거들었다.

"사귀는 남자들한테 매번 차이기나 하고."

"그게 다 너무 소심해서 그래."

슈스케가 못마땅하다는 듯 말했다.

"별일 아닌데도 지나치게 소심하게 굴잖아. 무슨 말만 하면 혼자 상처 받고 울고. 그러니 어디 불안해서 말이나 제대로 하겠어? 난 그런 스타일 딱 질색이야. 같이 있으면 피곤하잖아."

"하긴 그래. 남자들은 같이 있을 때 편안한 여자를 좋아하거든."

쇼고가 슈스케의 말에 수긍하듯 고개를 끄덕이며 말하자 도코가 웃으며 말했다.

"후후, 잘 알지도 못하면서 멋대로 말하진 말자. 그게 사실이라면 지금 남자친구는 왜 결혼까지 결심했겠어?"

"혹시 모모카를 보고 보호본능이 발동한 게 아닐까? 그런 여자들을 좋아하는 남자들도 있잖아. 뭐, 자기가 여자를 지켜줘야 한다고 생각하는 타입 말이야."

우리는 같은 학교 출신도 있고 온라인상에서 만난 친구도 있는 오합지졸의 모임이다. 처음에는 회원 수가 더 많았지만 결혼하는 사람들이 늘면서 점점 수가 줄어 지금은 모모카까지 모두 일곱이다. 한 달에 한 번씩 모여 술을 마시며 영화나 책, 인터넷 기사 등 자질구레한 이야기를 나눈다. 보통은 밤 10시쯤 되면 각자의 집으로 돌아가고 끝까지 남아야 한다는 제약도 없다. 나는 무엇보다 이런 자유로운 분위기가 마음에 든다.

그때 기요미가 불쑥 화제를 돌렸다.

"시계나 다기를 선물할 때 과자도 함께 선물하는 건 어때? 모모카가 단 걸 좋아하니까."

"그거 좋은 생각이다."

쇼고가 단새우초밥과 닭튀김을 접시에 담으며 대꾸했다.

"과자라면 아야베가 잘 알잖아. 얘네 가게에 기념품용 만주를 주문하면 되겠네."

나는 술잔을 내려놓으며 대답했다.

"만주도 좋지만 별사탕도 모양이 예뻐서 괜찮을 것 같아. 만들기가 좀 까다로워서 외주 업체에 따로 발주를 해야 하지만."

"그래? 별사탕은 불량품처럼 대충 만들면 되는 거 아니야?"

"별거 아닌 것 같아도 꿀을 넣으며 일일이 수작업으로 가마를 돌려야 해서 완성될 때까지 20일이나 걸린다고."

"정말? 굉장하다."

"대신 제대로 만든 별사탕은 이삼십 년은 색도 모양도 그대로 보존시킬 수 있어. 그래서 옛날에는 황실에서 선물로 사용되곤 했대."

"그렇게 대단한 거 말고 모모카가 페브(과자 속에 넣는 도자기 인형-옮긴이)를 수집하니까 갈레트 데 루아를 선물하는 건 어때? 우리가 모두 여섯 명이니까 페브를 여섯 개 구워서 파이를 자를 때마다 하나씩 나오게 하는 거야."

기요미가 물었다.

"4월인데 갈레트 데 루아가 있을까?"

"특별 주문하면 되지. 만들기도 쉽대."

"근데 페브가 뭐야?"

쇼고가 끼어들었다.

"도자기로 만든 인형이야. 보통은 갈레트 데 루아 안에 한 개씩 넣어서 구워. 갈레트 데 루아는 크리스마스 케이크처럼 가족이 한데 모여 잘라 먹는 과자인데, 페브가 들어 있는 파이 조각을 먹은 사람은 그날 하루 동안 왕 노릇을 할 수 있는 풍습이 있대."

갈레트 데 루아는 1년 중 1월 주현절(主顯節: 주님이 나타난 날-옮긴이) 때만 먹을 수 있는 과자로, 주현절은 세 명의 동방 박사가 마구간에서 태어난 어린 예수를 찾아간 일화에서 유래된 그리스도교권의 기념일이다. 예수가 태어난 12월 25일이 크리스마스이고, 그 소식을 들은 동방 박사들이 마구간에 도착한 것이 이듬해 1월 6일, 즉 주현절이다. 자동차나 비행기가 없던 2000년 전의 이야기니, 아기 예수를 찾아가는 데만 열흘이 넘게 걸린 것도 무리는 아니다.

과자의 구성은 간단하다. 애플파이와 비슷한데 사과잼 대신 아몬드 크림이 들어갔다고 보면 된다. 직경 20센티미터에서 30센티미터의 원형 파이 생지(生地) 표면에 다양한 문양이 새겨져 있는 것이 특징이다. 주로 마나 클로버 등 나뭇잎 모양의 디자인이 많다. 대표적인 디자인으로는 파이 중심부에서 바깥쪽으로 매끈하게 뻗은 아름다운 곡선이 겹겹이 새겨진 태양 모양이 있다. 특별한 문양 없이 파이 생지 두 장으로 크림을 싸서 넓적한 판에 굽기도 한다.

겉은 바삭바삭하고 향기롭고, 안은 크림의 수분이 적당히 날아가 고구마와 같이 따끈따끈한 식감을 느낄 수 있다. 소박하지만 질리지 않는 담백한 맛과 투박한 모양에 만드는 사람의 기량이 고스란히 드러난다.

페브는 이 과자 안에 넣는 도자기 인형을 말한다. 그중 완성도가 높은 것은 예술품으로서의 가치도 높아 전문적으로 수집하는 사람들도 있다. 이런 페브는 경매를 통해 높은 가격이 매겨지기도 하고 유명 제조업체에서 한정판매용으로 소수의 페브를 만들기도 하는데 고가의 제품도 순식간에 품절된다고 한다.

크리스마스 케이크가 크리스마스 전날과 당일에만 팔리듯 갈레트 데 루아도 주현절 전후에만 살 수 있다. 다만 거의 비슷한 방법으로 만든 피티비에(파이 스타일의 케이크-옮긴이)라는 프랑스 과자는 1년 내내 먹을 수 있다.

하지만 일본에서 피티비에를 살 수 있는 가게는 글쎄, 몇 군데나 될까? 피티비에를 만들 줄 아는 셰프가 있는 가게나 특별 주문으로 갈레트 데 루아를 만들어 주는 가게뿐일 것이다.

"갈레트 데 루아를 만들어 줄 가게는 이미 찾아 놨어."

기요미가 말했다.

"루아조 돌이라는 프랑스 과자 가게인데, 맛도 좋고 특별 주문으로 원하는 과자를 만들어 주기도 해. 다음 모임 때 함께 가 보지 않을래?"

우리는 약속대로 루아조 돌을 찾았다.

루아조 돌은 벚나무가 많은 공원 옆을 지나 경사가 완만한 언덕 위에 자리하고 있었다. 고풍스러운 외관에서 오랫동안 이곳에 터를 잡아 온 전통 있는 가게에 어울리는 품격이 느껴졌다.

고풍스러운 외관과는 달리 가게 인테리어는 현대적이었다. 디저트 붐에 맞춰 내장 인테리어가 새롭게 단장되어 있었고 대형 진열장에는 생크림케이크가 진열되어 있었다. 종류는 모두 30가지. 한쪽에 봉봉 오 쇼콜라 전용 공간도 있었고, 구운 과자 선반에는 상자가 피라미드 모양으로 쌓여 있었다. 낱개로 살 수 있는 코너도 있었다. 마카롱과 파트 드 후류이(프루트 젤리)도 있었다. 프랑스 과자를 파는 가게였지만 왠지 푸근하고 정겹게 느껴졌다.

모리사와라는 여자 과자 장인이 우리를 맞아 주었다. 특별 주문으로 갈레트 데 루아를 만들 수 있냐고 물었다. 그러자 물론이라면서, 결혼 축하 선물로 할 거라면 좀 더 멋진 디자인을 만들어 보는 게 어떻겠느냐고 제안했다.

"경사스러운 일이니까 도미 모양의 디자인은 어떠세요? 익살스러운 디자인이 싫으시면 화려하고 고급스러운 디자인으로 바꿀 수도 있어요."

"아니요. 재미있는 디자인으로 해 주세요. 그냥 평범한 모양은 시시하니까 도미 모양을 잘 살리면서도 귀여운 디자인으로 부탁할게요. 결혼 선물은 따로 있고 이건 깜짝 선물이니까 재미있게 만들어 주세요. 다들 이의 없지?"

기요미가 물었다.

반대할 이유가 없었다. 기왕 특별 주문해서 만들 거라면 재미를 곁들인 디자인이 좋겠다 싶었다.

모리사와 씨는 카운터에서 종이를 꺼내 오더니 그 자리에서 쓱싹쓱싹 그림을 그려 도미 디자인을 보여 주었다. 원형의 파이를 빙 두르고 있는 데 루아 자체를 도미 모양으로 만들 수도 있지만 페브 여섯 개를 골고루 숨겨 놓으려면 원형을 그대로 유지하는 것이 좋겠다고 친절히 설명해 주었다. 세부적인 사항은 셰프의 소관이므로 완성품은 그림과 조금 달라질 수 있다는 말도 잊지 않았다. 눈알이 큰 도미가 몸을 살짝 뒤로 젖히면서 뛰어 오르는 모습이 무척이나 귀여웠다. 이거라면 모모카도 틀림없이 기뻐하겠지.

"이걸로 부탁해요."

디자인이 결정되자 모리사와 씨가 우리들을 커피 매장으로 안내했다.

"창고에서 페브를 꺼내 올 테니 잠시만 기다리세요."

모리사와 씨가 자리를 뜨자 기요미가 물었다.

"여기 분위기 어때? 괜찮지?"

"응. 우리 기왕 온 김에 케이크나 먹고 갈까?"

도코가 말했다.

"진열장에 있는 케이크 봤어? 진짜 맛있어 보이더라."

"좋아."

"그럼 그럴까?"

잠시 후 창고에서 돌아온 모리사와 씨가 테이블 위에 플라스틱 상자를 내려놓았다. 개, 고양이, 가축, 물고기, 야채, 그릇, 가구, 사람, 작은 동물, 건물, 탈것, 과자……. 상자 안에는 비닐봉투에 개별 포장된 귀여운 미니어처 페브가 들어 있었다.

모리사와 씨가 각자 마음에 드는 것을 고르라고 말했다.

"페브는 따로 요금을 지불해야 하나요?"

"아니요. 케이크 값에 포함되어 있어요."

"사람 수대로 넣고 싶은데, 될까요?"

"그럼요. 원래 데 루아 시즌에는 두 개 이상 구매하실 때에는 추가 비용을 내셔야 하지만 이번에는 특별 주문하신 거니까 그냥 드릴게요."

우리 말고도 페브를 여러 개 넣고 싶어 하는 사람이 많았다.

"아이들이 있는 집에서는 페브가 아이들끼리 싸움이 나곤 해서 원하시는 손님에 한해 아이들의 수만큼 판매한답니다. 게다가 저희 가게에서 취급하는 페브는 인기가 많아서 수집할 목적으로 찾아오시는 분도 계시거든요. 그런 분들께는 다섯 개까지 유료로 판매하고 있습니다. 그래서 데 루아의 시즌이 지나도 항상 여분으로 준비해 두고 있어요. 마음에 드는 걸로 천천히 골라 보세요."

모리사와 씨가 보는 앞에서 우리는 각자 마음에 드는 페브를 재빨리 고르기 시작했다.

미술을 전공한 슈스케는 페브의 디자인을 보며 감탄사를 연발했다. 색채와 조형이 정말 아름답다면서 모리사와 씨에게 페브 공방의 이름과 주소를 묻기도 했다.

기요미는 앉아 있는 닥스훈트 모양의 페브를 골랐다. 그녀는 닥스훈트를 기르고 있는데, 특히나 늘어진 귀가 마음에 든다고 말했다.

도코는 은색 다기 세트를 골랐다. 물론 진품은 아니지만 정교하게 만들어져서 절대 싸구려처럼 보이지 않았다. 브랜드의 도기를 좋아하는 그녀다운 선택이었다.

슈스케는 고풍스러운 장작 난로를 골랐다. 그러면서 얼핏 보기에는 화려한 색상의 옷장처럼 보이지만 실은 오래전부터 유럽에서 사용해온 장작 난로라고 설명해 주었다. 슈스케는 어떻게 저런 것까지 빠삭하게 알고 있을까? 화려한 배색과 디자인이 딱 그가 좋아하는 스타일이었다.

쇼고는 발레 슈즈를 입고 춤을 추는 아기 돼지를 골랐다. 익살스러운 모습이 그녀의 마음에 쏙 든 모양이다. 춤추는 아기돼지 페브는 〈환타지아〉라는 영화에 나오는 춤추는 하마를 연상시켰다.

데쓰야는 모모카가 멋진 집을 갖기 바란다며 벽돌집을 골랐다. 역시 먼저 결혼한 경험자다웠다. 게다가 진지한 그의 성격과도 잘 맞고.

나는 딸기 타르트케이크 미니어처를 골랐다. 과자 안에 과자를 넣는다? 재미있는 발상 같았다. 타르트케이크 페브는 정교했다. 입에서 자연스레 군침이 돌 정도였다. 사진으로 찍어서 보여 주면 아마 열이면 열, 모두 진짜 케이크로 착각할 정도였다.

"닥스훈트, 다기 세트, 장작 난로, 아기 돼지, 벽돌집, 타르트 케이크. 모두 여섯 개 받았습니다."

모리사와 씨는 여섯 개의 페브를 봉지에 담아 기요미의 이름을 적은 라벨을 주문서와 함께 묶어 두고 나머지 페브를 다시 상자에 담았다.

완성품은 모모카의 집으로 직접 보내 주기로 했다.

기요미가 대표로 대금을 지불하고 우리는 케이크와 차를 시켰다. 커피 매장에서 차와 케이크를 먹고 우리는 가게 앞에서 헤어져 각자의 집으로 돌아갔다.

모모카에게서 전화가 온 것은 5월을 며칠 앞둔 어느 날이었다. 그녀는 선물을 잘 받았다면서 감사 인사를 건넸다.

마침 남자친구가 집에 놀러 온 날 선물을 받아서 가족들과 함께 나눠 먹었다고 한다. 디자인도 귀엽고 한 명에게만 돌아갈 줄 알았던 페브가 가족 모두에게 돌아가 다들 무척 기뻐했다고, 또 파티가 끝나고 페브는 다른 페브들과 함께 방에 가지런히 진열해 두었고, 남자친구는 좋은 친구들을 뒀다며 칭찬해 주었다고 한다.

그리고 기요미에게 전화를 걸었지만 받지 않아서 나에게 연락을 한 거라고 덧붙였다.

“정말 맛있었어. 페브도 너무 귀엽고. 평생 소중히 간직할게. 그런데 한 가지 이상한 게 있어.”

“뭔데?”

“페브가 일곱 개 들어 있었어. 보낸 사람 란에는 아카리, 기요미, 슈스케, 쇼고, 도코, 데쓰야, 이렇게 여섯 사람의 이름이 적혀 있어서 여섯 개인 줄 알았거든. 혹시 가게에서 실수로 하나를 더 넣은 걸까?”

“우리가 가게에 가서 직접 고른 거라 그럴 리가 없는데.”

“그치? 요즘 같은 시기에 갈레트 데 루아를 주문하는 사람도 없을 테고. 혹시 가게에서 서비스로 준 걸까?”

서비스라고 해도 앞뒤가 맞지 않았다. 이번 페브는 우리 멤버 한 명 한 명의 메시지가 담겨 있어서 아무리 서비스라고 해도 한 마디 상의도 없이 마음대로 개수를 변경하다는 건 이해가 되지 않았다. 게다가 지난번 루아조 돌에 갔을 때 분명 결혼 축하 선물이라고 말해 두었으니까 말이다.

“이상하지?”

모모카는 영 꺼림칙한 기분을 지울 수 없는 듯 보였다.

“아카리, 미안하지만 한번 알아봐 줄래?”

“알아봐 달라니, 뭘?”

“네가 어떻게 된 건지 가게에 물어봐 줄래? 난 결혼식 준비하느라 바쁘거든. 전화로 물어보면 되잖아.”

“그럼 네가 직접 물어봐.”라고 말하고 싶은 것을 꾹 참았다.

무엇보다도 이런 일로 모모카와 언쟁하고 싶지 않았다. 모모카의 결혼을 축하하기 위해 준비한 선물이니까 끝까지 책임을 져야겠다는 생각도 들었다.

문득 모모카가 내게 전화 건 이유를 알 것 같았다. 결혼 준비로 바쁘다는 건 핑계일 뿐이겠지? 그렇다고 악의가 있는 것 같진 않지만. 어쩌면 이건 모모카의 성격 탓인지도 모르겠다. 결과를 알 수 없는 상황에서 아무리 사소한 일이라 해도 불안해하고 소극적으로 대처하는 성격. 나쁘게 말하면 겁이 많고 좋게 말하면 신중하다고나 할까?

기요미가 전화를 받지 않는다는 것도 어쩌면 거짓말일지도 모른다. 처음부터 부탁하기 쉬운 내게 전화를 건 것인지도 모르지. 기요미라면 분명 "그런 일쯤은 네가 직접 알아서 해."라고 단호하게 거절했을 테니까 말이다.

"알았어. 그럼 휴대전화로 사진을 찍어서 보내 줄래? 어떤 게 잘못 왔는지 확인해 보고 연락해 줄게. 그러면 그 페브를 나한테 보내 줘. 가게에 직접 가지고 가서 알아볼게."

"고마워. 아, 이제야 마음이 놓인다."

통화를 끊고 잠시 후 휴대전화로 사진이 전송되었다. 앉아 있는 닥스훈트, 은색 다기 세트, 고풍스러운 장작 난로, 발레 슈즈를 입고 춤을 추는 아기 돼지, 벽돌집, 딸기 타르트케이크 미니어처. 루아조 돌에서 페브를 고르던 기억이 생생하게 되살아났다.

마지막으로 전송된 사진에는 누에콩 모양의 페브가 찍혀 있었다. 페브는 원래 누에콩을 의미한다. 사진 속의 페브는 매끈한 윤곽과 반짝이는 윤기가 마치 진짜 누에콩을 보는 것 같았다. 누가 만들었는지 모르겠지만 관찰력이 대단한 모양이다. 하지만 그걸 본 기억이 없었다. 게다가 짙은 녹갈색의 누에콩 페브는 우리가 고른 페브와는 분위기부터가 완전히 달랐다.

그렇다면 누군가 제삼자에 의해 섞여 들어갔다는 얘긴데, 그렇다면 대체 누가, 언제, 어디서, 왜 이런 일을 벌인 걸까?

가슴속에서 무언가 스멀스멀 기어 올라오는 것 같았다. 또 이놈의 호기심이 발동한 모양이다. 만일 가게에서 서비스로 준 거라면 미리 귀띔을 해 줬어야 마땅하다.

갈레트 데 루아에 페브를 넣어 구우면 완성 단계나 운반 시점에서 파손될 우려가 있어서 대개는 따로 보낸다. 그러면 먹기 직전에 갈레트 데 루아를 사 온 사람이 칼날이 닿지 않도록 케이크 밑에 살며시 밀어 넣는다. 하지만 우리가 주문한 것은 특별히 여섯 개를 모두 넣고 굽기로 했던 것이다. 가뜩이나 파손될 우려가 높은데 미리 양해도 구하지 않고 페브를 추가로 넣었다는 것은 이해가 되지 않는다. 그렇다면 서비스는 아니라는 말인데.

대체 일곱 번째 페브는 어떻게 섞여 들어간 걸까?

며칠 후 누에콩 페브가 배달되었다. 나는 일단 기요미에게 전화를 걸어 자초지종을 설명하고 아는 게 없냐고 물었다. 그녀는 없다고 대답했다. 다른 친구들에게도 차례로 전화를 걸어 물어보았지만 역시 아는 사람이 없었다. 이런 일로 친구들을 소집하는 것도 번거로워서 결국 나는 혼자서 루아조 돌을 찾아가기로 했다.

평일 오전에도 루아조 돌은 단골손님으로 북새통을 이루고 있었다. 가게 안으로 들어가 점원을 부르려는데 때마침 직원용 출입문이 열리면서 모리사와 씨가 키 큰 남자와 함께 안으로 들어오고 있었다. 모리사와 씨와 함께 있는 체격 좋고 정갈한 외모의 남자는 사복을 입고 있었다. 나는 그가 누구인지 한눈에 알아볼 수 있었다. 그였다. 쇼콜라 더 루이의 나가미네 셰프.

나가미네 셰프는 줄무늬 셔츠와 황록색의 재킷, 그리고 연한 색 바지의 캐주얼 차림이었지만 여전히 사람을 압도하는 카리스마가 느껴졌다. 왠지 이 가게의 오너일 것 같은, 사람의 시선을 끄는 무언가가 항상 그의 주변을 감싸고 있었다. 덩치가 커서일까? 아니다. 그에게는 뭔가 다른 특별한 것이 있는 듯했다.

나가미네 셰프는 나를 발견하고 좀 놀란 듯싶더니 성큼성큼 다가왔다.

"여기서 뵙다니 뜻밖입니다."

"그러게요. 참, 지난번에는 초대해 주셔서 정말 고마웠어요. 그런데 여기는 무슨 일로 오셨어요?"

"이곳이 바로 쇼콜라 더 루이의 본가입니다. 이곳에서 판매하는 쇼콜라를 루이에서 만들고 있어서 가끔 들르지요."

그러고 보니 지난번 초대받았을 때 파티세리 지하 주방에서 독립했다는 이야기를 들은 적이 있는 것도 같았다.

거기가 바로 여기였구나! 가게 이름을 말해 주지 않아서 전혀 생각도 하지 못했다. 혹시 새로운 케이크나 초콜릿이라도 만들고 있었나? 나는 코끝에 신경을 집중시켜 보았다. 그를 처음 만났을 때 났던 달콤한 과자 냄새가 희미하게 나는 것 같았다.

그때 나가미네 셰프가 모리사와 씨에게 나를 소개해 주었다.

"이분은 후쿠오도 고베 지점에서 일하는 아야베 씨입니다. 루이에서 두 집 건너에 있는 화과자점 직원이죠. 그리고 이분은 모리사와 씨. 한때 이곳에서 오키모토와 함께 일한 적이 있죠."

그러자 모리사와 씨가 미소를 지으면서 말했다.

"오키모토 씨에게는 가게를 오픈했을 때부터 신세를 많이 졌어요. 그때는 쇼콜라 룸이 지하에 있어서 백화점으로 납품할 물건을 실어 나르는 트럭이 오면 물건을 옮겨 주곤 했죠."

"그러고 보니 아드님은 요즘 어떻게 지내십니까?"

나가미네 셰프가 모리사와 씨에게 물었다.

"도쿄에 머물고 있어요. 거기가 더 마음에 드나 봐요. 아직은 이곳에 얽매이고 싶지 않은 것 같기도 하고요."

"아직도 돌아오지 않았습니까? 적적하시겠군요."

"워낙 자유분방한 아이라서 잡아 둘 수가 없네요. 억지로 잡는다고 잡혀 줄 아이도 아니지만. 그저 언젠가는 돌아오려니 하고 묵묵히 기다리는 수밖에요."

"그러다가 정말로 어디론가 훌쩍 떠나 버리면 어쩌시려고요?"

"그게 그 아이가 원하는 거라면 하는 수 없죠. 난 그 아이를 막을 수 없거든요."

나가미네 셰프의 입에서 탄식이 새어나왔다. 그러나 이내 정신을 가다듬고 내게 고개를 돌리며 물었다.

"오늘은 어떤 과자를 찾으십니까? 생과자라면 벚꽃과 과일을 조합한 프티가토(작은 케이크-옮긴이)는 어떠세요?"

"말씀은 고맙지만 오늘은 다른 일로 왔어요."

나는 가방에서 누에콩 페브가 담겨 있는 비닐 주머니를 꺼내어 모리사와 씨에게 보여 주었다.

"지난번에 주문한 갈레트 데 루아 속에 페브가 한 개 더 들어 있었어요. 어떻게 된 일인지 알 수 있을까요?"

내가 자초지종을 설명하자 모리사와 씨가 페브를 받아 들며 말했다.

"그랬군요. 제가 잠시 살펴보겠습니다."

모리사와 씨는 페브를 요리조리 살펴보더니 이윽고 말을 꺼냈다.

"따로 포장되어 있지 않고 과자 안에 들어 있었군요?"

"네. 맞아요."

그러자 모리사와 씨는 고개를 갸우뚱거리며 중얼거렸다.

"이상하네요. 우리가 거래하는 공방에서는 누에콩 페브를 만들지 않아요. 사람이나 동물의 형상을 본떠 만든 페브를 좋아하는 손님이 많아서 그쪽으로 주력하고 있다고 들었거든요."

"제가 잠깐 봐도 될까요?"

나가미네 셰프가 모리사와 씨에게서 페브를 건네받았다.

페브를 손바닥 위에 올려놓고 무게를 가늠하는가 싶더니 뭔가 흥미로운 것을 발견한 듯 눈을 가늘게 떴다.

"훌륭합니다. 조형에 조예가 깊은 사람의 솜씨 같군요. 모양이 단순할수록 만드는 사람의 기량이 고스란히 드러나는 법이죠. 모리사와 씨, 혹시 페브가 더 남아 있습니까?"

"네. 한번 보시겠어요?"

모리사와 씨가 물었다.

"혹시 모르니 살펴보는 것이 좋겠습니다."

"그러세요. 그럼 절 따라오세요."

나가미네 셰프와 나는 모리사와 씨를 따라 매장 안 사무실로 들어갔다. 모리사와 씨는 의자를 권하고 창고에서 페브를 가져오겠다며 밖으로 나갔다.

잠시 후 모리사와 씨가 플라스틱 상자를 들고 돌아왔다. 그녀는 테이블 위에 상자 안에 들어 있던 페브를 쏟아 부었다. 좌르륵. 각양각색의 페브가 테이블 위로 흩어졌다.

셋이서 찾아봤지만 누에콩 페브는 없었다. 어떻게 된 거지?

"이 상자를 보관하는 창고에는 아무나 출입할 수 있습니까?"

나가미네 셰프가 물었다.

“관계자는 누구나 쉽게 들어갈 수 있어요. 서류나 식기를 보관하는 곳이기도 하거든요.”

“그럼 관계자 외에는 들어갈 수 없습니까?”

“창고가 지하에 있는데 계단이 주방과 연결되어 있어서 다른 곳으로는 들어갈 수 없어요. 재료상들은 뒷문을 이용해 주방 안에 있는 작은 창고에 물건을 내려놓고 있어서 외부 사람이 창고까지 내려갈 일은 없어요. 오래된 장부와 롤 세트를 보관하고 있어서 다른 점원들도 함부로 들어갈 수 없거든요. 그러니까 지하 창고에 드나드는 사람은 오너와 장인들뿐이에요.”

“그럼 특별 주문한 갈레트 데 루아는 누가 만들었습니까?”

“우루시다니 셰프에요. 페브도 직접 넣었어요. 굽는 작업은 가마 담당에게 맡겼지만요.”

“그녀라면 괜한 짓을 할 사람이 아닌데. 사건의 진상을 알려면 그녀에게 직접 물어보는 게 좋겠군요. 이 페브는 어떻게 할까요?”

나가미네 셰프가 페브가 들어 있는 비닐 주머니를 가볍게 흔들면서 물었다.

“제가 보관하고 있을게요. 우루시다니 셰프에게 어떻게 된 일인지 물어보고 연락드릴게요. 연락처 좀 남겨 주시겠어요?”

나는 모리사와 씨에게 휴대전화 번호를 가르쳐 주고 사무실을 나왔다. 그리고 아까 나가미네 셰프가 추천한 프티가토를 사 들고 가게를 나섰다. 그때 나가미네 셰프가 뒤따라 나오면서 물었다.

"갈레트 데 루아는 누구를 위해 특별 주문하신 겁니까?"

"친한 친구예요. 취미로 페브를 수집하는데 이번에 결혼하게 되어서 축하 선물로 주문했어요."

"여자분이신가요?"

"네."

간략하게 사정을 얘기하자 나가미네 셰프는 갈레트 데 루아를 선물하자고 제안한 사람이 남자인지 여자인지를 물었다.

"여자예요."

"으흠."

그러고서 나가미네 셰프는 입을 다물었다.

"뭐, 이상한 거라도 있어요?"

"어떻게 페브를 여섯 개씩이나 넣자고 제안했습니까? 지나치게 과감한 발상인 것 같습니다만."

"여러 개를 넣으면 칼날에 닿을 확률이 높아져서 위험하지 않을까도 생각하긴 했는데 역시 무모한 짓이었을까요?"

"페브를 여러 개 넣고 싶으면 데 루아를 좀 더 크게 만드는 게 좋습니다. 크기가 커지면 맛이 단조로워져서 크림에 밤이나 말린 과일을 섞어 넣는데, 그 맛의 변화가 무척 흥미롭죠."

그러고 나서 그는 갈레트 데 루아에 대해서는 더 이상 입을 열지 않았다.

왠지 꺼림칙했지만 나도 더는 묻지 않았다.

다음 날, 루아조 돌의 우루시다니 셰프에게서 전화가 걸려왔다. 우루시다니 셰프는 삼사십 대쯤 된 것 같은 상냥한 여성이었다.

"누에콩 페브는 저희가 드리는 서비스에요. 축하용 케이크라서 여섯보다는 행운의 숫자 일곱이 더 좋을 듯해서 제 마음대로 한 개 더 넣었어요. 원래는 하나 더 넣고 싶었지만 그러기에는 크기가 맞지 않아서 참았답니다. 종업원에게 페브를 추가했다는 안내문을 보내라고 지시해 두었는데 없던가요?"

"네. 없었어요."

"그랬군요. 죄송합니다. 저희 쪽의 실수로 손님을 불쾌하게 했으니 사죄하는 의미로 소정의 선물을 보내 드릴게요."

얘기를 들어 보니 이유는 매우 단순했다. 하지만 왠지 꺼림칙한 기분을 지울 수가 없었다. 어제 봤던 나가미네 셰프의 모습이 머릿속을 떠나지 않았다. 어째서 그는 남아 있는 페브를 일일이 살펴보고 내게 알 수 없는 질문들을 던진 걸까? 혹시 내가 미처 발견하지 못한 뭔가를 발견한 건 아닐까?

"페브는 어떻게 할까요? 아야베 씨에게 반송할까요? 아니면 모모카 씨에게 직접 보낼까요?"

"조만간 다시 들를 테니 잠시만 맡아 주세요."

"알겠습니다. 그럼 기다리고 있을게요."

나는 직접 들르겠다고 말하고 전화를 끊었다. 마카롱이나 구운 과자도 사고 커피 매장에도 들를 요량이었다. 루아조 돌의 케이크는 정말 맛있었다. 하지만 진짜 이유는 따로 있었다.

나는 그날 쇼콜라 더 루이로 전화를 걸어 오키모토 씨에게 영업시간이 끝나고 나가미네 셰프를 만나고 싶다고 말했다. 개인적인 일로 셰프를 불러내기가 미안했지만 달리 방법이 없었다.

"아야베 씨의 부탁이라면 들어주실 거예요. 지난번처럼 퇴근 후에 커피 매장으로 오세요. 셰프님은 날마다 손님이 모두 빠져나간 커피 매장에서 아이디어를 만들거든요. 특별한 일이 없는 한 그 시간대에 오시면 언제든지 그를 만날 수 있을 거예요."

오키모토 씨가 친절하게 가르쳐 주었다.

그가 말한 대로 저녁이 되어 루이로 건너가자 나가미네 셰프가 커피 매장에 앉아 작업복을 입은 채 책을 읽고 있었다. 테이블 위에는 지난번에 봤던 노트와 색연필 세트, 펠리컨 사의 만년필이 놓여 있었다.

가볍게 목례를 하고 가까이 다가가서 책을 내려다보았다. 일본화 책이었다. 나무가 무성한 산과 밝은 청류가 안료 특유의 부드럽고 화려한 색채로 그려져 있었다.

일본화에서도 아이디어의 소재를 얻는 걸까? 여름을 겨냥해 상쾌한 색채의 새로운 디자인이라도 만들고 있는 모양이었다.

나가미네 셰프는 나를 보자 책과 필기도구를 한쪽으로 치우고 커다란 손으로 테이블 가장자리에 있는 그릇을 당겨 내게 내밀었다.

"드세요."

그릇 안에는 한입양갱이 담겨 있었다. 팥으로 만든 전통양갱 말고도 녹차와 흑설탕, 커피 맛이 나는 것도 있었다.

"부탁드릴 게 있어서 온 거니까 신경 쓰지 마세요."

"사양하지 마시고 드세요. 혹시 양갱 싫어하십니까?"

"아니요. 아주 좋아해요."

"그럼 드세요."

나가미네 셰프는 주머니에서 휴대전화를 꺼내어 차를 두 잔 부탁했다. 잠시 후 유니폼을 입은 종업원이 녹차를 가져다주었다. 커피 매장에서는 녹차를 팔지 않았지만 화과자를 좋아하는 나가미네 셰프가 개인적으로 준비해 둔 모양이었다.

나는 고맙다고 말하고 녹차를 한 모금 마셨다. 녹차 향이 입 안 가득 퍼져 나갔다. 나는 양갱 포장을 벗기면서 우루시다니 셰프에게 전화로 들은 얘기를 그에게 들려주었다. 아무 말 없이 끝까지 얘기를 듣고 있던 나가미네 셰프가 이윽고 입을 열었다.

"뭐, 틀린 얘기는 아니군요."

"남의 말을 의심하는 건 좀 그렇지만 서비스로 페브를 한 개 더 주었다는 게 아무래도 마음에 걸려요. 여섯 개만 넣으면 데 루아를 여섯 등분했을 때 한 조각에 한 개씩 들어가도록 넣을 수 있어요. 우리가 특별 주문한 데 루아는 표면 디자인은 도미 모양이지만 전체적인 모양은 보통 데 루아와 마찬가지로 원형이고, 똑같이 나누기 쉽도록 가장자리에 모양을 새겨 주었거든요. 파이의 가장자리에 모양을 새겨 두는 건 모양에 맞춰 칼질을 유도하려는 심리적인 요인이 들어 있을 거예요. 아마 대부분의 사람들이 물고기 머리가 왼쪽에 오도록 놓고 가장자리의 모양을 따라 칼질을 하겠죠. 이런 심리를 잘 이용하면 칼날이 닿지 않는 곳에 페브를 숨길 수 있어요. 하지만 일곱 개를 넣으려면 복잡해져요. 어설프게 숨겼다간 일곱 개가 모두 파손될 우려가 있으니까요."

"그럼, 친구 분에게 선물한 데 루아에는 페브가 어떻게 들어 있었다고 하던가요?"

"그 친구의 얘기로는 파이 가장자리에 여섯 개가 들어있고 조금 안쪽에 한 개가 들어 있었대요. 그러니까 한 조각에 두 개가 들어 있었는데 그 안쪽에 들어 있는 게 누에콩 페브였대요."

나가미네 셰프는 양갱을 씹으며 아무 말도 하지 않았다. 잠시 후 그는 녹차를 한 모금 마시고는 나를 물끄러미 쳐다보았다. 그리고 조심스럽게 입을 열었다.

"케이크에 대한 셰프의 판단과 말은 절대적입니다. 최고의 맛과 디자인이라는 자신감이 있어야 비로소 사람들에게 내놓을 수 있습니다. 그런 의미에서 우루시다니 셰프의 이야기를 의심한다는 건 잘못된 일입니다. 그녀가 서비스로 페브를 한 개 더 넣었다면, 게다가 여덟 개를 넣기에는 작아서 일곱 개로 했다고 얘기했다면 그건 틀림없는 사실일 겁니다."

"하지만……."

뭔가 꺼림칙한 기분이 나의 호기심에 찬물을 끼얹는 것 같았다. 내가 너무 민감하게 반응하는 걸까? 의외로 대수롭지 않은 일인지도 모른다. 무리하게 파고들었다가 자칫 다른 사람들에게 상처를 줄 수도 있다. 나가미네 셰프가 경계하는 것은 그거겠지.

그가 계속 말을 이었다.

"지금부터 내가 얘기하는 내용은 어디까지나 나의 망상에 지나지 않습니다. 내 얘기를 듣고 아야베 씨가 어떻게 대처할지는 아야베 씨의 몫입니다. 난 단지 내 생각을 얘기할 뿐, 어떤 행동도 하지 않을 겁니다. 그래도 괜찮으시겠습니까?"

"제 일도 아니고 공연히 문제를 만들고 싶은 생각은 없어요. 그냥 참고만 할게요."

"알겠습니다. 그럼 이제부터 내 생각을 얘기하겠습니다. 나는 그 페브를 보고 몇 가지 특이한 점을 발견했습니다. 우선 누에콩 페브는 공방에서 대량 생산하고 있는 다른 상품과는 달랐습니다. 굴곡이 독특하고 멋스러웠습니다. 그리고 자세히 보시면 알겠지만 누에콩 페브는 다른 것들보다 크기가 조금 컸습니다. 그래서 아마도 개인이 제작한 게 아닐까 하는 생각이 들었습니다."

"그렇다면 공방과 다른 루트를 통해 페브가 섞여 들어갔다는 말씀인가요? 그렇다면 언제, 어떻게 된 걸까요?"

"모리사와 씨에게 들은 얘기로는 주방 창고로 숨어 들어가기는 어려울 것 같습니다. 또 그렇게까지 해서 누에콩 페브를 다른 페브가 들어 있는 상자에 넣어 둘 이유도 없을 것 같습니다. 그렇다면 갈레트 데 루아를 만들 때 우루시다니 셰프가 의도적으로 넣은 경우를 생각할 수 있죠."

"그렇다면 우루시다니 셰프가 만들었다는 얘기에요?"

"아닙니다. 아무리 딱딱해도 음식물 안에 이물질을 넣는 작업은 과자를 만드는 장인으로서는 신중에 신중을 기해야 하는 일입니다. 이미 강도가 확인된 업자의 상품이 아닌 개인이 만든 것이라면 더욱 그렇겠죠. 따라서 누군가에게 간곡한 부탁을 받았거나 반드시 넣어야 할 이유가 있었다고 생각하는 편이 이해하기 쉽습니다."

"누군가에게 부탁을 받았을 거라고요?"

"친구분에게 선물할 과자에 페브를 넣으려는 사람은 한정되어 있습니다. 다시 말하면 아야베 씨의 친구들 중 한 명일 거란 얘기죠."

"하지만 그 친구에게 갈레트 데 루아를 보낸다는 사실을 알고 있는 사람은 페브를 골랐던 여섯 명뿐이에요. 이미 하나씩 골랐는데 굳이 하나를 더 넣을 필요가 있었을까요?"

"바로 그겁니다. 그게 이번 수수께끼를 풀 열쇠가 될 겁니다."

누군가 머릿속을 휘젓는 것 같았다. 대체 뭐지, 이 느낌은? 가슴이 심하게 울렁거렸다.

나가미네 셰프는 계속 말을 이어 갔다.

"그 사람은 일단 가게에서 친구들과 함께 페브를 고르고 따로 우루시다니 셰프를 만났을 겁니다. 셰프를 직접 만나 누에콩 페브를 넣어 달라고 부탁했겠죠. 만일 모모카 씨가 어째서 패브가 일곱 개냐고 물으면 아야베 씨에게 얘기했던 것처럼 둘러대라고까지 말해 두었을 겁니다."

우리 중에 의도적으로 페브를 두 개 넣은 사람이 있다고? 대체 누가, 왜?

나가미네 셰프가 말했다.

"그리고 또 한 가지. 그 누에콩 페브는 크기와 모양에 비해 조금 무거웠습니다. 그게 아무래도 마음에 걸리더군요."

"무겁다니요?"

"아주 미세하긴 했지만 틀림없이 무거웠습니다. 이런 일을 오래 하다 보면 미세한 차이에도 민감해지기 마련이죠. 만일 누군가가 직접 페브를 만들었다고 가정할 경우, 다른 페브보다 무겁고 누에콩 모양을 했다면 그 이유가 뭘까요? 혹시 페브 안에 뭔가를 숨겨 놓은 건 아닐까요?"

누군가 누에콩 페브 안에 뭔가를 숨겨 놓았다고? 그게 사실이라면 대체 뭘까?

"갈레트 데 루아는 섭씨 200도 오븐에서 50분쯤 구워 냅니다. 따라서 녹는점이 낮은 물질을 페브에 넣고 구우면 녹거나 파손될 수 있습니다. 하지만 페브 안에 숨길 수 있을 정도로 작고 열에도 강한 물건은 얼마든지 있습니다. 가령 백금 반지 같은 것을 들 수 있죠."

반지라고!

나의 휘둥그레진 눈을 보고도 나가미네 셰프는 담담하게 이야기를 이어 갔다.

"백금 반지는 녹는점이 섭씨 1770도라서 오븐의 온도쯤은 충분히 견딜 수 있습니다. 게다가 금이나 은에 비해 비중이 커서 들었을 때 무게감이 있죠. 그 정도 사이즈에, 그 정도 무게라면 가장 먼저 떠올릴 수 있는 게 반지입니다. 게다가 결혼 축하 선물에 반지를 넣어 상대에게 보냈다면……."

"보냈다면 뭐죠?"

"그다지 좋은 의미는 아니겠죠. 어쩌면 사랑을 고백할 기회를 놓친 남자가 자신의 마음을 담아 몰래 넣은 건지도 모르죠. 혹시 짐작 가는 사람이 없습니까?"

갈레트 데 루아를 선물한 친구 중 남자는 슈스케, 쇼고, 데쓰야, 모두 세 명이었다. 슈스케와 쇼고는 독신이지만 여자친구가 있고 데쓰야는 이미 결혼한 유부남이었다.

잘 모르겠다고 대답하자 나가미네 셰프가 말했다.

"잘 생각해 보십시오. 조형에 재능이 있고 도예에도 풍부한 지식을 가진 사람이 있을 겁니다. 미대를 졸업했거나 취미로 도예를 배우는 사람일지도 모르죠."

"그런 사람이라면 한 명 있어요. 하지만."

"애인이나 아내가 있습니까? 그렇다면 양다리나 불륜일 가능성도 생각해 볼 수 있겠군요."

"하지만 그럴 사람으로는 보이지 않거든요."

"아까도 말씀드렸지만 나는 그저 내 생각을 말씀드렸을 뿐입니다. 나머지는 아야베 씨의 소신대로 행동하십시오."

쉬는 날 나는 다시 루아조 돌을 찾았다. 누에콩 페브는 매장 점원이 보관하고 있었다.

바쁜 건 알지만 모리사와 씨와 잠시 얘기를 나누고 싶어서 나는 실례를 무릅쓰고 점원에서 모리사와 씨를 불러 달라고 부탁했다.

점원은 흔쾌히 인터폰으로 모리사와 씨를 불러 주었다. 유리창 너머로 모리사와 씨가 나오는 모습이 보였다.

나는 모리사와 씨에게 가볍게 목례를 하고 말했다.

"바쁘실 텐데 미안해요. 지난번에는 고마웠어요. 그 다음 날 우루시다니 셰프가 직접 전화하셔서 상황 설명을 해 주셨어요."

"별말씀을요. 별로 도움이 되지 못한 것 같아서 죄송합니다."

"지난번에 먹은 케이크가 너무 맛있어서 다시 왔어요. 오늘은 구운 과자와 에클레르(초콜릿을 얹은 가늘고 기다란 슈크림-옮긴이)를 먹어 볼까 해요."

"감사합니다. 언제든 오세요."

"그런데 다시 한 번 확인하고 싶은 게 있어서요."

내가 자연스럽게 커피 매장으로 걸음을 옮기자 모리사와 씨도 내 의중을 알아차렸는지 묵묵히 따라와 주었다. 나는 목소리를 낮추고 조심스럽게 속삭였다.

"우루시다니 셰프에게는 물어보기가 좀 어려워서요."

"무슨 말씀이신지 알겠어요. 뭐든 물어보세요. 제가 대답할 수 있는 내용이라면 얼마든지 해 드릴게요."

"만일, 이건 정말 만일의 경우인데요. 가령 손님이 직접 만든 페브를 가지고 와서 그것을 갈레트 데 루아 안에 넣어 함께 구워 달라고 부탁하면 그렇게 해 줄 수 있나요? 우루시다니 셰프라면 어떻게 했을까요?"

"보통은 정중히 거절해요. 페브의 질도 아주 중요하니까요. 파손될 경우 만든 사람이 책임을 져야 해서 파손의 위험이 있다고 판단되면 따로 포장해 가시기를 권하고 있어요."

"그렇게 얘기했는데도 집요하게 부탁한다면 어떻게 하시겠어요?"

모리사와 씨는 잠시 곰곰이 생각하는 듯싶더니 이렇게 대답했다.

"아마 다른 가게를 추천하겠지만 상황에 따라서는 들어줄 것 같아요. 그럴 만한 이유가 있고 파손될 경우 손님이 책임을 진다는 약속을 서면으로 받을 수 있다면요. 하지만 그건 일종의 모험이라고 할 수 있겠죠."

"그렇다면 결국 서로의 인간성이 결정을 내리는 데 중요한 요인으로 작용하겠군요?"

"그렇겠죠."

"그렇다면 이런 경우 셰프는 상대방의 사정에 대해 잘 알고 있어야겠네요?"

"아마 그럴 거예요. 하지만 이 일에 대해 다른 사람에게 절대 말하지 않을 거예요. 자신의 행동에 책임을 지기 위해서라도 말이에요."

"솔직히 말씀해 주셔서 고마워요. 큰 도움이 됐어요."

모리사와 씨가 나를 물끄러미 쳐다보며 말했다.

"아야베 씨. 사람은 누구나 말할 수 없는 비밀이 있기 마련이에요. 만일 어떤 계기로 다른 사람의 비밀을 알게 돼도 문제를 해결할 수 있는 건 당사자뿐이에요. 우리는 알고도 모른 척 묵묵히 옆에서 지켜보는 수밖에 없어요."

"알아요. 하지만 그 비밀이 누군가를 두렵게 한다거나 우울하게 만든다면 때로는 과감히 밝히는 것도 좋지 않겠어요? 이번 경우가 그런지는 저도 잘 모르겠지만요."

"그렇게까지 말씀하시니 그럴 수도 있겠네요. 제가 도울 수 있는 일은 여기까지인 것 같네요."

그러고는 고개를 숙이며 정중히 부탁했다.

"아무쪼록 누구도 상처받지 않게 잘 처리해 주세요."

나는 고개를 끄덕이며 구운 과자와 에클레르를 사 들고 밖으로 나왔다.

문득 이 사건에 모리사와 씨도 연루되어 있는 게 아닐까 하는 생각이 들었다. 그래서 저렇게 말하는 건 아닐까?

하지만 이내 나는 생각을 고쳐먹었다.

그녀도 누군가의 비밀을 알고 괴로웠던 경험이 있겠지. 단순히 호기심 때문에 여기까지 온 나와는 달라. 마음이 따뜻한 사람이라는 생각이 들었다.

정말로 누군가 몰래 페브 안에 뭔가를 숨겼다면 대체 무슨 꿍꿍이일까?

어쨌든 상대에 대한 마음을 숨기려는 것만은 확실하다. 아무도 모르게, 심지어 선물을 받는 당사자도 모르게 묻어 두고 싶다는 의미이리라.

어쩌면 결혼하더라도 내가 네 옆에 있다는 사실을 기억하라는 일종의 메시지는 아닐까?

그렇다면 누군가의 간절한 염원을 담은 물건이라는 얘긴데, 이제 곧 새로운 가정을 꾸린다는 기대에 잔뜩 부풀어 있는 모모카가 가지고 있어도 될까? 살다 보면 때로는 보고도 못 본 척해야 할 때가 있다. 하지만 그러기엔 너무 멀리 와 버렸다. 어쩌면 내가 괜한 망상에 사로잡혀 있는지도 모르지만. 우루시다니 셰프의 얘기가 사실일 수도 있으니까.

나는 집으로 돌아와 곧장 슈스케에게 전화를 걸었다.

그리고 모모카에게 선물한 케이크에 대해 다른 친구들 몰래 얘기할 게 있다고 말했다.

슈스케의 회사 근처에서 만난 우리는 근처에 있는 강가를 따라 길게 뻗은 산책로를 걸으며 얘기를 나눴다. 은밀한 얘기를 나누기에는 이만한 장소도 없을 것이다.

거리는 한산했다. 사람들로 북새통을 이루던 꽃놀이 시즌이 끝나고 강을 따라 늘어선 가로등이 벚나무 잎과 산책로를 비치며 어두운 수면 위로 부서져 내렸다.

풋풋한 풀 향기와 강물 냄새가 코끝으로 스며들었다. 낮에 벌초작업이라도 한 걸까?

나는 조심스럽게 슈스케에게 누에콩 페브에 대한 얘기를 꺼냈다. 지금까지 알아낸 내용과 나가미네 셰프에게 들은 얘기를 마치 내 생각인 양 들려주었다.

잠자코 듣고 있던 슈스케가 물었다.

“그러니까 우리 멤버 중에 범인이 있다는 얘기야?”

“그래.”

“하지만 그것만으론 증거가 부족해. 단순히 추측만으로 범인을 몰아세울 순 없잖아.”

“한번 의심하기 시작하면 끝이 없어. 아무리 이유가 없는 것처럼 보여도, 혹은 반대로 있는 것처럼 보여도 실상은 전혀 다를지도 몰라. 하지만 단서가 될 만한 게 몇 가지 있기는 해.”

나는 발걸음을 멈추고 주머니에서 누에콩 페브를 꺼내어 가로등 불빛에 비춰 보였다.

“이건 공방에서 만든 제품이 아니야. 누군가가 개인적으로 만든 것 같아. 그렇다면 누가 이걸 만들었을까? 아마도 도예에

조회가 있고 공방이 가까이에 있거나 혹은 공방을 빌릴 수 있는 사람일 거야. 그리고 이 조건을 모두 충족시키는 사람은, 미안하지만 슈스케, 바로 너야. 미대를 나왔으니까 학교에 가서 부탁하면 얼마든지 만들 수 있잖아?"

그러자 슈스케가 코웃음을 치며 물었다.

"흥! 그런 이유만으로 지금 날 의심하는 거야? 다른 친구들이 도예에 대한 지식이 없을 거라고 어떻게 단정할 수 있지?"

"네가 얘기한 대로 다른 친구가 만들었을지도 몰라. 네가 아니라고 한다면 난 또 다른 친구들에게 찾아가 이렇게 일일이 물어볼 거야."

"그다지 기분 좋진 않군."

"다른 친구들까지 그런 기분 들게 하고 싶지 않다면 알고 있는 대로 솔직히 말해 줘."

"지금 친구들과의 우정까지 들먹이는 거야? 이렇게까지 하면서 뭘 알아내고 싶은 거야?"

"모모카는 페브에 뭔가 다른 의도가 숨겨져 있다고 생각하고 있어. 그래서 두려워하고 있어. 이대로 내버려 둘 순 없잖아."

"모모카가 그렇게 섬세했던가?"

"사람은 누구나 섬세해. 남자든 여자든."

슈스케가 한숨을 내쉬며 말했다.

"네 얘기도 제법 그럴 듯했어. 하지만 넌 중요한 사실을 놓치고 있어."

"중요한 사실? 그게 뭔데?"

"페브 속에 뭔가를 숨긴 사람이 반드시 페브를 만들었다고는 할 수 없지."

뎅! 순간 나는 뒤통수를 세게 맞은 것 같았다. 그의 말이 백 번 옳았다. 한 사람의 단독 행동이 아니라 두 사람, 아니 세 사람, 그 이상의 공범이 있을지도 모른다.

잠시 혼란스러워하는 내 모습을 보던 슈스케가 나직이 중얼거렸다.

"이제야 눈치 챘군. 살다 보면 모르는 게 약이 되는 일도 많아. 서로 너무 깊이 파고들지 않는 게 좋아."

나는 손을 들어 누에콩 페브를 내려다보았다.

그래, 여기까지다. 더는 개입하지 말자.

며칠 뒤 나는 모모카의 집을 찾아갔다.

내가 갔을 때에는 이미 우루시다니 셰프가 사죄의 뜻으로 준 선물을 받은 후였다. 블루베리 타르트 풀 세트였다. 모모카는 무척 기뻐했다. 그리고 우루시다니 셰프가 직접 찾아와 자신이 독단적으로 누에콩 페브를 넣었다고 친절히 설명해 주었다고 했다. 그냥 궁금해서 물어봤을 뿐인데, 미안해서 몸 둘 바를 모르겠더라고 털어놓았다.

나는 누에콩 페브를 모모카에게 돌려주며 조심스럽게 말을 꺼냈다.

"우루시다니 셰프의 말은 그렇다 치고, 내 얘기도 들어 볼래? 지금껏 알아본 내용을 바탕으로 추리해 봤어."

"그래? 내가 모르는 다른 뭔가가 또 있어?"

"누구의 말을 믿을지는 네가 선택해. 믿고 싶은 쪽이 진실이 될 테니까."

나는 슈스케에게 얘기한 내용을 모모카에게 그대로 되풀이했다. 다만 슈스케를 만났다는 이야기는 하지 않았다. 그가 관련되어 있을지도 모른다는 사실도 굳이 밝히지 않았다. 대신 모모카에게 뭔가 짚이는 게 없냐고 다그치듯 물었다.

모모카는 이야기를 끝까지 듣고도 짚이는 게 없는지 고개를 좌우로 흔들었다.

"잘 모르겠어. 주고 싶은 게 있으면 직접 주면 되잖아. 왜 굳이 페브에 숨겼을까? 내가 이상하게 생각하지 않았거나 너한테 알아봐 달라고 부탁하지 않았으면 어쩌려고? 페브 안에 뭔가가 들어 있을 거라곤 생각도 못했을 거야. 그럼 보낸 의미가 없잖아."

"나도 그게 이상해. 왜 하필이면 페브일까? 다른 쉬운 방법도 있었을 텐데 말이야."

"우리 이거 부숴 볼까?"

"뭐?"

"안에 뭐가 있는지 알면 누가 보낸 건지 알 수 있을 거야."

"하지만 부숴 버리면 아깝잖아."

"괜찮아. 누에콩 페브 한 개쯤은."

모모카는 부엌으로 들어가더니 오븐 집게를 들고 돌아왔다. 하여간 정말 못 말리는 모모카였다.

"모모카! 망치나 좀 더 쓸 만한 거 없어?"

"그런 거 없어."

모모카는 마루 위에 신문지를 깔고 페브를 올려놓았다.

"이렇게 하면 부서지겠지?"

"그러다가 안에 들어 있는 물건까지 망가지면 어쩌려고? 정말 안에 백금 반지라도 들어 있다면 자국이 날 텐데. 백금의 경도는 기껏해야 4.5정도 밖에 안 된단 말이야."

"그게 어느 정도인데?"

"사물의 경도를 10단계로 봤을 때 수정이 7이니까 그보다 훨씬 약하지. 모스 경도는 일반적으로 물질의 딱딱하고 무른 정도를 나타내는 기준이라 강도와는 조금 다르지만."

"그럼 다른 방법 있어?"

"석재 가공용 드릴로 조금씩 뚫어 볼까?"

"이거 하나 뚫자고 공구 세트를 사란 말이야? 농담이지?"

그러고는 모모카는 조금의 망설임도 없이 두 손으로 오븐 집게를 쥐고 호두를 자르듯 힘차게 페브를 내리쳤다.

퍽! 둔탁한 소리가 울려 퍼지며 페브가 산산조각이 났다.

뭐지?

산산조각 난 페브 조각을 자세히 들여다보니 생각보다 두께가 얇았다. 반죽에 넣지 않고 모양을 빚은 뒤 페브 속 빈 공간에 넣어 둔 것으로 보아 쉽게 자를 수 있도록 세공해 둔 모양이었다. 그렇다면 처음부터 잘리게 될 거라는 전제로 만들어졌다는 얘긴데. 대체 뭐지?

페브 조각 사이로 은색의 작은 물체가 반짝거렸다. 반지는 아니었다. 납작한 타원형에 은색 물체. 그건 남성용 커프스 버튼이었다.

왜 이런 게 들어 있지?

나는 신문지 위로 흩어진 파편을 손가락으로 털어내 보았다. 커프스 버튼은 한 개뿐이었다.

다른 한쪽은 누가 갖고 있을까? 한쪽만 넣은 데는 그럴 만한 사연이라도 있는 걸까?

그때 모모카가 팔을 뻗어 커프스 버튼을 집어 올리며 중얼거렸다.

"왜, 왜 이제 와서……."

커프스 버튼의 의미를 모모카는 알고 있는 모양이었다. 물끄러미 커프스 버튼을 내려다보더니 이윽고 결심이 선 듯 고개를 들었다.

"아카리, 미안하지만 부탁 하나만 더 할게."

"내가 뭘 하면 되는데?"

"나 대신 그 사람에게 전해 줘. 내가 직접 만나선 안 될 것 같아서 그래."

모모카는 커프스 버튼을 테이블 위에 내려놓으며 한숨을 내쉬었다.

"벌써 오래전 일이야. 마지막 남자친구와 헤어진 직후였어. 날마다 혼자 저녁 먹기가 적적해서 데쓰야에게 같이 먹어 달라고 부탁한 적이 있었어."

데쓰야라고? 슈스케가 아니고? 내 예상은 보기 좋게 빗나갔다. 데쓰야는 이미 결혼해서 아이까지 있는, 아주 평범하고 모범적인 친구였다. 그런 그가 모모카와 그렇고 그런 사이라니! 충격 그 자체였다.

알 수 없는 게 남녀 사이라더니.

"사실 그 전부터 둘이서 자주 만났어. 그렇다고 데이트를 한 건 아니고 내가 일방적으로 수다를 떨었지. 데쓰야는 묵묵히 내 얘길 들어 줬어."

"왜 하필 데쓰야야? 수다 떨 상대가 필요했다면 기요미나 도코도 있잖아."

"기요미는 좀 차갑잖아. 악의가 없다는 건 잘 알지만 위로받고 싶을 땐 좀 그래. 그리고 도코는 낙천적이라 뭐든 좋은 쪽으로만 얘기해서 상담상대로는 안 맞아."

"그럼 나는?"

"너도 좀 날카로운 데가 있어서 갑자기 정곡을 찌르곤 하잖아. 그럴까 봐 두려웠어. 미안. 그렇다고 친구로서도 싫다는 얘긴 아니야. 난 너희들 모두를 좋아해. 단지 속마음을 털어놓기가 힘들었을 뿐이야."

모모카의 판단이 옳았다. 동성끼리는 의외로 속마음을 털어놓기 망설여질 때가 많다. 물론 화제에 따라 다르겠지만 대개의 경우 동성친구에게는 약점을 드러내기가 싫은 법이다. 내가 모모카였어도 그랬겠지.

"데쓰야는 이미 결혼도 했고 아이도 있어서 의외로 인내심이 강해. 그래서 더 편하게 속마음을 털어놓을 수 있었던 것 같아. 게다가 선불리 작업을 거는 타입도 아니고."

"그 얘긴, 전혀 이성으로 느끼지 않았다는 말이야?"

"음…… 꼭 그렇지만도 않아."

모모카는 잠시 말을 멈추고 커프스 버튼을 힐끗 쳐다보았다.

"그땐 앞으로 다시는 사랑할 수 없을 것 같았어. 그게 너무 슬퍼서 누군가 내 얘길 들어 줄 사람이 필요했고. 그런 내 모습이 얼마나 한심했겠어. 그런데도 데쓰야는 한 번도 싫은 내색을 하지 않았어. 내 곁에서 묵묵히 내 얘기를 들어 줬어. 마치 오빠나 아빠 같아서 든든하고 더 의지하게 되더라."

"우정이라고 하기엔 좀 도가 지나친 것 같은데."

"그러게. 그땐 몰랐는데 지금 생각해 보면 참 이상해. 어째서 그렇게까지 묵묵히 날 지켜 줬을까?"

슬슬 사건의 실체가 드러나기 시작했다. 모모카는 전혀 몰랐던 모양이지만.

모모카와 함께 보내는 시간이 많아지면서 데쓰야의 마음이 흔들렸겠지. 하지만 평소 그의 성격대로라면 그런 자신을 용납

할 수 없었을 테지. 그래서 철저히 숨겼을 테고 가뜩이나 둔한 모모카는 데쓰야의 마음을 우정이라고 생각했겠지. 어쩌면 지금도 그렇게 믿고 있는 건 아닐까?

이쯤 되면 확실히 짚고 넘어가야 했다. 나는 단도직입적으로 물었다.

"데쓰야하고는 어디까지 갔어?"

"아무것도. 사람들에게 비난받을 짓은 전혀 안 했어. 그는 끝까지 날 친구로만 대했어."

과연 그랬을까?

가까스로 자신의 감정을 억눌렀을 데쓰야를 생각하니 왠지 안쓰러웠다. 모모카가 지금껏 남자 운이 없었던 건, 어쩌면 이런 그녀의 성격 때문일지도 모르겠다. 순진한 건지 둔한 건지 구분이 가지 않을 정도로 무신경한 성격. 물론 악의는 없지만 상대방을 지치게 했을 것이다.

"그는 늘 자상하면서도 이성적이었어. 절대 감정에 휩쓸리지 않았거든. 그런 그를 만나면서 나도 모르게 그를 의지했던 것 같아. 어느 순간 그에게서 헤어 나오지 못하는 나를 깨달았어."

머리가 지끈거렸다. 나는 관자놀이를 꾹 누르면서 물었다.

"아내가 있다는 사실을 알면서도?"

"응. 왜 그런 거 있잖아. 그러면 안 된다는 걸 알면서도 좀처럼 멈출 수 없는 거."

모모카가 말하지 않아도 데쓰야는 알고 있었을 것이다. 결국 모모카는 데쓰야에게 앞으론 둘이서 만나지 말자고 말했고 급기야 지금껏 숨겨 왔던 자신의 감정을 털어놓고 말았다. 마지막이라고 생각했으니까.

일단 속마음을 털어놓자 좀처럼 멈출 수가 없었다고 한다. 그 후로 모모카와 데쓰야는 거의 만날 때마다 말다툼을 했다.

모모카는 자신만 포기하면 모든 일이 해결된다는 걸 잘 알고 있었다. 왠지 억울하고 죽고 싶을 만큼 자신이 한심했지만 마침내 데쓰야에 대한 마음을 접기로 결심했다. 모모카의 의지가 강해서라기보다는 데쓰야가 확고한 의지를 보였기 때문이었다. 데쓰야는 절대 가족을 배반할 수 없다고 단호하게 말했다고 한다.

"그렇게 평범하던 남자가 그 순간만큼은 굉장히 크고 강하게 느껴졌어. 순간 두렵더라. 그를 배려하는 마음보다는 두려운 마음에 그를 포기했던 것 같아. 아무리 그래도 그냥 포기할 순 없었어. 그래서 그에게 한 가지 부탁을 들어 달라고 했어. 그럼 깨끗이 포기하겠다고. 그게 저 커프스 버튼이야."

모모카가 나직한 목소리로 말했다.

"그게 무슨 소리야?"

"이제 그만 만나자, 대신 내 마음이 담겨 있는 선물을 받아 달라. 그렇게 말했어."

모모카는 자신의 감정을 커프스 버튼에 담아 데쓰야에게 줌으로써 허전한 마음을 달래려고 했던 것이다. 앞으로 안 만나도 좋다. 다만 내 마음만은 받아 달라고 말했던 것이다.

데쓰야는 잠시 망설였지만 결국 모모카의 제안을 받아들였다. 커프스 버튼은 탁월한 선택이었다. 아내에게 들켜도 필요해서 샀다고 하면 그만이니까. 게다가 데쓰야가 평소 갖고 싶어 했던 제품이었다. 아이 양육비와 대출금 때문에 선뜻 사지 못했지만.

나는 커프스 버튼을 쳐다보았다. 백금 소재로 된 유명 브랜드 상품이었다. 책임져야 할 가족이 있는 데쓰야가 사기에는 만만치 않은 가격대의 제품이었다. 그래서 더 모모카의 제안이 매력적으로 들렸을 테지.

"그럼 약속대로 그 후론 둘이서 안 만난 거야?"

"응. 그래서 생각도 못했어. 왜 이제 와서 이걸 돌려준 걸까? 게다가 페브에 넣어서 굳이 한 개만 보낸 까닭이 뭘까?"

나로서도 알 수 없는 노릇이었다. 이렇게 된 이상 데쓰야에게 직접 물어보는 수밖에.

솔직히 내 의견을 얘기하자 모모카의 표정이 어두워졌다.

"그 방법밖엔 없을까? 하지만 그를 만나기가 두려워. 그가 뭐라고 대답할지, 그리고 그를 만나고 나서 내 마음이 어떻게 바뀔지 무서워."

"그래서 나한테 대신 만나 달라고 하는 거구나."

"귀찮게 해서 미안해. 하지만 난 모처럼 잡은 행복을 놓치고 싶지 않아."

결혼을 앞둔 모모카가 두려워하는 것도 무리는 아니었다. 대체 데쓰야는 왜 커프스 버튼을 돌려준 걸까? 더군다나 페브를 부수지 않았다면 영원히 모르고 지나쳤을지도 모르는데. 어쨌든 그를 만나야 알 수 있을 것 같았다.

"알았어. 나한테 맡겨. 대신 네가 직접 만나면 안 돼. 데쓰야한테 전화가 와도 받지 마."

"응. 아카리, 고마워."

"데쓰야를 직접 만나 보면 아마 오늘내일 중으로 결판이 날 거야. 걱정하지 말고 기다려. 자, 이제 이건 정리하자."

문득 슈스케가 한 말이 떠올랐다.

"살다 보면 모르는 게 약이 되는 일도 많아. 서로 너무 깊이 파고들지 않는 게 좋아."

페브를 깨지 말라는 충고는 아니었을까? 모른 척 넘어가라는. 어쨌든 슈스케는 뭔가 알고 있는 게 틀림없었다. 하지만 더는 아무 말도 하지 않을 테지.

나는 집으로 돌아가 데쓰야에게 전화를 걸었다.

그는 내 전화를 받고도 전혀 놀라지 않았다. 언제나 그렇듯 차분한 목소리였다. 데쓰야는 슈스케에게 내가 찾아간 얘기를 들었다면서 다른 친구들에게도 연락을 했냐고 물었다.

무슨 얘긴가 했더니 쇼고에게도 찾아갔냐는 뜻이었다.

그는 아직 페브를 부순 것까지는 모르고 있었다. 이미 내가 누에콩 페브를 보낸 사람을 알고 있다는 사실을 모르고 있는 것도 당연했다.

"아니, 쇼고한텐 안 갔어. 또 다른 친구들은 아직 아무것도 모르고."

"그래? 다행이네."

"하지만 모모카에게는 다 말했어. 모모카네 집에서 페브 안에 뭐가 들었는지도 이미 확인했고."

수화기 너머로 마른 침을 삼키는 인기척이 느껴졌다.

"모모카가 너랑 함께 있을 때 페브를 부셨단 말이야?"

"어쩌다 보니까 그렇게 됐어. 모모카는 네가 왜 커프스 버튼을 돌려줬는지 궁금해하고 있어. 더군다나 커프스 버튼이 한 개뿐이라서 걱정되는 모양이야."

"그랬구나. 이렇게 빨리 부수리라곤 생각도 못했는데."

그는 마치 혼잣말처럼 중얼거렸다.

나는 데쓰야의 얘기를 흘려들으며 말했다.

"하지만 처음부터 마음만 먹으면 쉽게 부술 수 있도록 만들어 놨잖아. 슈스케의 솜씨야?"

"어떻게 알았어?"

"아주 얇은 종이로 커프스 버튼을 싸서 반죽을 씌워 구우면 종이가 타서 페브 속에 구멍을 만들 수 있어. 슈스케는 미술을 전공했으니까 그 정도는 알고 있을 거야."

"예리하네. 네 눈은 못 속이겠다. 하하."

데쓰야가 마른 웃음을 흘리며 말했다.

“다른 사람이 알 게 될 줄은 몰랐어. 모모카와 나만이 아는 이야기가 될 거라고 생각했는데.”

“물론 그럴 만한 사정이 있을 거라는 건 알지만…… 왜 그랬는지 솔직히 말해 줄래?”

“…….”

수화기 너머로 정적이 흘렀다.

잠시 후 이윽고 데쓰야가 가라앉은 목소리로 혼잣말처럼 중얼거렸다.

“실은, 나 모모카를 사랑해.”

순간 말문이 막혔다. 이럴 땐 뭐라고 얘기해야 하지?

내가 어찌할 바를 모르고 있다는 걸 아는지 모르는지 데쓰야는 차분히 말을 이어 갔다.

“모모카에게 새로운 애인이 생겨 결혼까지 하게 되었다는 얘기를 듣고 진심으로 축하해 줘야 한다는 걸 알면서도 참을 수가 없었어. 가슴속에 자꾸 허전함이 치밀어 올랐으니까. 그때서야 비로소 깨달았어. 내가 모모카를 사랑하고 있다는 걸. 내겐 아내도 있고 아직 어린 아이들도 있어. 게다가 교육비에 융자금까지 갚으려면 한가하게 바람이나 피우고 있을 여유가 없어. 물론 돈도 없고. 그래서 모모카는 그저 친구일 뿐이라고, 끝까지 친구로 남으려면 넘지 말아야 할 선은 결코 넘어서는 안 된다고 스스로를 억눌러 왔어. 하아.”

깊은 한숨으로 그의 말이 중단되었다.

그의 입에서 깊은 한숨이 새어 나왔다. 나는 조용히 그의 마음이 진정되기를 기다렸다.

이윽고 데쓰야가 다시 입을 열었다. 그의 목소리에는 쓸쓸함이 배어 있었다.

"내 판단이 잘못되었다고는 생각하지 않아. 이미 끝난 마당에 이제 와서 내 감정 따위가 무슨 상관이야."

"그럼 왜 커프스 버튼을 돌려보낸 거야?"

"모모카가 내게 커프스 버튼을 선물한 이유와 같아."

"마지막으로 네 마음을 전하고 싶었다는 거야?"

"그래."

"그건 둘만이 아는 비밀을 평생 소중한 추억으로 공유하고 싶다는 뜻이야?"

"네가 보기엔 우리가 서로의 가족을 배신하는 것처럼 보이지?"

"그렇진 않아. 다만 모모카를 만나 직접 건네주면 될 텐데 왜 페브 속에 숨긴 건지 궁금할 뿐이야."

"말했잖아. 이미 끝난 일이라고. 모모카는 커프스 버튼을 선물하면서 자신의 마음을 정리했어. 이제는 돌이킬 수 없는 일이야. 그리고 난 내 마음을 모모카에게 전하고 싶었어. 하지만 모모카가 모르게 하고 싶었고."

"네 기분은 알겠는데 그랬다면……."

"모모카가 페브를 부술 거라곤 생각 못했어. 그것도 이렇게 빨리 부수리라고는."

"그게 무슨 소리야?"

"셰프가 모모카에게 누에콩 페브를 넣은 이유를 잘 설명해 줬을 거라고 생각했거든. 그런데 이렇게 빨리 모모카가 페브를 부수리라곤……. 언젠가 아주 먼 훗날 알게 되면, 그걸로 충분하다고 생각했어."

"그럼 페브는 누가 만든 거야?"

"슈스케야. 모모카 때문에 머리가 복잡할 때면 슈스케에게 도움을 청하곤 했어. 슈스케는 늘 냉철하게 판단하고 적절한 방법을 가르쳐 줬지. 나와 모모카의 관계에 대해 알고 있는 건 슈스케뿐이야."

역시. 데쓰야가 끝까지 흔들리지 않을 수 있었던 건 슈스케가 옆에서 잡아 줬기 때문이었다. 바꿔 말하면 슈스케의 도움이 필요할 만큼 모모카가 데쓰야를 뒤흔들었다는 뜻이기도 하겠지.

그런데 지금은 전세가 완전히 역전되고 말았다. 지금껏 잘 참아 왔던 그가 결혼을 앞둔 모모카에게 이런 일을 꾸밀 정도로 마음이 흔들린 까닭이 뭘까? 남녀간의 사랑이란 원래 이런 걸까?

"내가 모모카에 대한 감정 때문에 힘들어하니까 보다 못한 슈스케가 방법을 가르쳐 줬어. 커프스 버튼을 돌려주되 모모카가 눈치채지 못하고 평생 소중히 간직하게 할 수 있는 방법을.

그래서 페브 안에 숨기게 된 거야. 이렇게라도 하면 내 마음이 정리될 것 같았어. 슈스케는 이미 우리가 모모카에게 결혼 선물로 갈레트 데 루아를 보내게 될 거라는 걸 알고 있었거든."

"슈스케가 그걸 어떻게 알았어?"

"다른 친구들은 아직 모르고 있지만 실은 슈스케와 기요미는……."

"둘이 사귀고 있었던 거야?"

"응. 어쩌면 갈레트 데 루아는 처음부터 슈스케의 아이디어였는지도 몰라. 기요미에게 슈스케가 말했겠지."

왠지 그랬을 것 같았다.

"우루시다니 셰프는 어떻게 설득한 거야?"

"메시지를 담은 페브를 한 개 더 넣고 싶다고 부탁했어. 하지만 처음엔 거절당했어. 먹는 음식에 아무거나 넣을 수는 없다면서. 나와 슈스케가 매달리고 또 매달려서 결국 승낙을 받아냈지. 단, 원래 페브를 매입하는 공방의 재료로 만들겠다는 조건이 붙었어. 슈스케는 공방에서 사용하는 반죽으로 누에콩 페브를 만들고 얇은 종이로 싼 커프스 버튼을 그 안에 숨겼지. 그리고 공방 사람에게 부탁해서 유약을 바르고 가마에 넣어 구웠어. 우루시다니 셰프는 공방에서 완성된 페브를 받아 다른 여섯 개의 페브와 함께 데 루아에 넣었어. 셰프에게는 깜짝 선물이니까 모모카가 물어봐도 절대로 사실대로 말해 주면 안 된다고 미리 부탁해 뒀지."

종업원의 실수로 메모가 전달되지 않았다는 우루시다니 셰프의 애기는 거짓인지도 모르겠다. 사실이라도 크게 달라질 것은 없었겠지만. 적어도 모모카가 직접 물어봤다면 말이다. 나처럼 의혹을 품고 있던 게 아니라면 제법 그럴듯한 설명처럼 들렸을 테니까.

"나 대신 모모카에게 전해 줄래? 커프스 버튼을 한 개만 돌려보낸 건 추억을, 아니 비밀을 공유하고 싶다는 뜻이었어. 동시에 지금처럼 거리를 유지하자는 뜻이기도 해. 감정에 솔직한 것만이 행복한 삶이라고 생각하진 않아. 그래도 가끔은 미치도록 틀에서 벗어나고 싶을 때도 있어. 그렇다고 이제 와서 서로의 가정을 깨고 싶진 않아. 어쨌든 일시적인 감정 때문에 혼란스럽게 해서 미안하다고, 커프스 버튼은 버려도 된다고 전해 줘."

"알았어. 꼭 그렇게 전해 줄게."

조금 비겁하다는 생각이 들었지만 지금으로서는 이것이 최선의 방법이겠지. 나는 끝까지 중립을 지켜야 했다. 그게 다른 사람의 비밀을 알게 된 사람이 지켜야 할 도리이니까.

"고마워."

"결혼식엔 갈 거지?"

"당연하지. 가서 누구보다 더 많이 진심을 담아서 축복해 줄 거야."

결혼식은 기독교식으로 치러졌다. 우리는 한 테이블에 둘러

앉아 대기실에서 모모카와 함께 찍은 사진을 돌려보며 연회가 시작되기를 기다렸다.

“웨딩드레스 정말 예쁘지 않아?”

쇼고가 부러운 듯 연신 감탄사를 터트렸다.

도코도 해맑게 웃으며 기뻐했다.

“신랑이 성격 좋아 보인다. 틀림없이 행복하게 잘 살 거야.”

과연 그럴까? 모모카와 데쓰야가 이대로 서로에 대한 마음을 깨끗이 정리하고 서로의 가정에 충실할 수 있을까? 모모카의 마음이 어떻게 변할지는 아무도 모른다. 추억과 비밀을 공유한 두 사람의 마음은 언제든 다시 격렬하게 불타오를 수 있으니까. 더욱이 싫어서 헤어진 게 아니라 억지로 자신의 감정을 억누르고 있는 사람들이라면 더욱 그렇겠지.

하지만 불길한 생각은 이쯤에서 접어야겠다. 어쨌든 오늘은 경사스러운 날이니까.

사회자의 안내 방송이 나오자 결혼식장의 조명이 모두 꺼지고 행진곡과 함께 신랑신부의 모습이 드러났다. 슈거파우더처럼 새하얀 웨딩드레스를 입은 모모카와 턱시도 차림의 신랑이 하객들의 큰 박수를 받으며 한 발 한 발 천천히 앞으로 내딛었다.

단상 가까이에 다다른 모모카가 이쪽을 힐끗 돌아보며 미소를 지었다.

누구를 향한 걸까? 나는 그녀의 미소가 우리 모두를 향한 것인지, 아니면 데쓰야를 향한 것인지 알 수가 없었다.

제3화

월인장사(月人將士)

누에콩 페브 사건 이후, 나는 쇼콜라 더 루이를 자주 찾게 되었다. 그렇다고 항상 나가미네 셰프를 만나러 가는 건 아니었다. 종종 그와 이야기를 나누기도 했지만 대개는 과자를 사 들고 조용히 돌아왔다.

오키모토 씨가 우리 가게를 찾는 일도 잦아졌다. 대개는 나가미네 셰프를 대신해서 과자를 사러 왔는데 꽤 많은 양을 주문했으므로 가이츄시루코와 양갱이 부족하지 않도록 각별히 신경 썼다. 혼자서 그렇게 많은 양을 먹다니, 생각했던 것보다 심각한 중증 화과자 마니아인 모양이다.

우리는 서로의 가게를 오가며 과자 이야기에 열을 올렸다.

6월에 접어들 무렵이었다. 오키모토 씨가 말했다.

"일본의 여름은 초콜릿을 만들기에는 좋지 않아요."

그는 일본이 유럽과 달리 습기가 많은데 커버처 초콜릿(제과용 초콜릿-옮긴이)이 습기를 빨아들이면 윤기와 맛이 급격히 떨어지기 때문이라고 친절하게 설명해 주었다. 가게의 설비와 규모에 따라 차이는 있지만 개인 점포인 경우 셰프의 판단 하에 여름에는 봉봉 오 쇼콜라를 만들지 않는 곳도 있다고 한다.

"루이는요?"

"저희 가게는 정기 휴일을 제외하곤 평소대로 영업할 겁니다. 초콜릿 파르페를 찾는 손님이 꽤 많거든요. 게다가 새로운 제품도 준비하고 있답니다."

"어떤 거예요?"

"아직은 비밀입니다. 곧 신제품이 출시될 테니, 그때를 기대해 주세요."

그로부터 며칠이 지났다. 아침에 출근하자 미나코가 새로운 사실을 귀띔해 주었다.

"우리도 이번 여름엔 새로운 제품을 출시할 거래요. 공장에서 희망자에 한해 경합을 벌여서 1등으로 뽑힌 과자를 고베 지점과 교토 본점에서 동시에 판매할 모양이에요. 본점 공장장님이 심사위원으로 참여할 거라는 소문도 있어요."

물론 정기적으로 새로운 제품을 출시하고 있지만 경합을 통해 제품을 선정하는 것은 이번이 처음이었다. 지금껏 신상품 기획은 경험이 풍부한 베테랑 장인들의 몫이었다. 그런데 경합으로 신상품을 선정한다는 건 젊은 장인들에게도 기회를 주겠다는 의미이리라. 젊은 장인들의 감성을 가미한 새로운 변화라는 과감한 시도는 아마도 쇼콜라 더 루이를 의식해서가 아닐까?

"그래서 말인데요. 아야베 씨에게 부탁할 게 있어요."

"나한테? 뭔데?"

"제 일은 아니고요. 우리 공장에서 일하는 미요시라는 장인이 있는데, 혹시 알아요?"

공장에서는 근무한 적이 없어서 장인들의 이름까지는 알지 못했다.

"모르겠는데."

"암튼 그 사람이 루이의 셰프를 만나고 싶대요. 그래서 아야베 씨가 셰프님을 만나게 해 주셨으면 해서요."

"나가미네 셰프를? 왜 그를 만나려는 건데?"

"자신의 디자인을 평가받고 싶대요."

"그 사람이 양과자도 만들어?"

"아니요. 화과자 만드는 사람이에요."

"뭐? 근데 왜 나가미네 셰프에게 디자인을 봐 달라는 거야?"

"저도 잘 몰라요. 그냥 새로 만든 화과자의 디자인을 평가받고 싶다고만 했어요."

"새로 만든 화과자 디자인이라면 이번 경합에 낼 디자인을 말하는 거야?"

나도 모르게 목소리가 커졌다.

"맞아요."

"새로운 디자인을 출시하기도 전에 다른 가게 셰프에게 보여 주겠단 말이야?"

"그러니까 비밀로 해 달라는 거죠. 그리고 이런 일을 부탁할 사람이 아야베 씨밖에 없는 걸요."

"하지만 난 나가미네 셰프와 그렇게 친하지도 않은데."

"그래도 몇 번인가 만난 적이 있잖아요. 나가미네 셰프와 만난 사람은 우리 가게에서 아야베 씨뿐인 걸요."

"공장장님한테 들키면 큰일 날 텐데."

"그건 그렇지만 당사자가 저렇게 부탁하니 어떻게 해요."

미나코와 미요시라는 장인은 꽤 친밀한 사이인 모양이었다. 이런 얘기까지 하는 걸 보면. 어쨌든 섣불리 대답할 일이 아니어서 미요시 씨를 직접 만나 보는 게 좋을 것 같았다. 하지만 일단 만나면 부탁을 거절하기도 힘들 텐데 어쩌지?

하지만 분명 나의 호기심을 자극하는 얘기긴 했다. 양과자 셰프의 평가를 듣고 싶어 하는 화과자 장인이라. 과연 그가 만든 과자는 어떤 맛일까? 새로운 맛을 기대할 수 있지 않을까? 꿀꺽! 생각만으로도 군침이 돌았다. 한번 먹어 보고 싶었다. 후쿠오도의 일원으로서 마땅히 말려야 할 일이지만 그 전에 나는 과자 마니아다. 솔직히 말해 거부하기에는 무척 힘든 유혹이었다.

"그럼, 이렇게 하자."

나는 짐짓 무게를 잡으며 말했다.

"미요시 씨에게 가서 우선 내게 먼저 보여 주라고 해. 왜 화과자 디자인을 양과자점 셰프에게 보여 주려는 건지 당사자에게 직접 듣고 싶어. 만일 그럴 만한 이유가 있으면 셰프에게 이야기해 볼게. 그가 뭐라고 대답할진 나도 잘 모르겠지만."

"고마워요. 그럼 내일 일 끝나고 만날 수 있게 이야기해 둘게요."

다음 날 저녁, 나와 미나코는 가게 문을 닫고 근처 선술집으로 향했다. 다음 날 쓸 재료를 준비하느라 좀 늦어지는 미요시 씨를 기다리며 미나코에게 슬쩍 물었다.

"미요시 씨와는 어떻게 알게 됐어?"

그러자 미나코는 수줍은 듯 미소를 지으며 대답했다.

"공장에 물건을 가져다줄 일이 있어서 갔다가 처음 만났어요. 미요시 씨가 먼저 말을 걸었어요. 이곳에서 일한 지 한 3개월쯤 되었을 무렵이었던 것 같아요. 저보고 생과자를 먹어 봤냐고 물었어요."

미나코가 없다고 대답하자 미요시 씨는 눈살을 찌푸렸다. 맛도 모르는 제품을 손님에게 파는 건 말도 안 된다며 몰래 한 개씩 가져다주었다. 한 개 정도는 자신이 어떻게든 가져다줄 수 있다면서 돈은 필요 없다고 말했다고 한다.

하지만 실은 미요시 씨가 자비로 사 준 것이었다. 아무리 한 개라도 멋대로 빼돌릴 수는 없었을 것이다. 재고 관리를 얼마나 철저하게 하는데 어림도 없는 소리지. 그렇다고 만들다가 실패한 과자를 다른 사람에게 먹인다는 것은 장인의 자존심이 허락하지 않았을 터였다.

"그러니까 과자를 핑계로 미나코에게 접근한 거네."

"네. 저도 싫진 않아서 못 이기는 척 받아들였죠."

화과자를 종류대로 다 먹었을 무렵에는 이미 두 사람은 상당히 친밀해져 있었다. 미나코는 과자를 먹은 후에는 반드시 솔직한 감상을 털어놓았고 그것이 미요시 씨의 마음을 사로잡았다. 처음에는 단순히 귀여워서 접근했지만 시간이 갈수록 점점 소중한 파트너로 느껴졌던 거겠지. 그러던 어느 날, 미요시 씨가 미나코에게 나가미네 셰프를 만나고 싶다고 말했던 것이다.

미나코가 말했다.

"미요시 씨는 굉장히 성실한 사람이에요. 그의 머릿속에는 항상 새로운 과자 디자인에 대한 생각들로 꽉 차 있어요. 근데 생각처럼 잘 되지 않는 모양이에요. 아무리 그럴 듯한 디자인도 직접 만들어 보면 생각했던 것과 달라서 실망한 적이 한두 번이 아니거든요."

"너무 의욕에 넘쳐서 그럴 거야. 일을 처음 시작하는 사람들한테 자주 있는 일이야. 계속 경험을 쌓다 보면 감정을 조절하는 법을 배우게 될 거야."

"그렇겠죠? 제 생각엔 자신이 만든 화과자를 다른 각도에서 본 감상을 듣고 싶어서 나가미네 셰프를 만나고 싶어 하는 것 같아요."

먼저 주문한 음식으로 배를 채우고 술잔이 비어 갈 무렵 테이블 위로 그림자 하나가 드리워졌다.

고개를 들어 보니 호리호리한 체격의 청년이 서 있었다. 흰색 로고가 들어간 검은색 티셔츠를 입고 있었다. 짧은 머리와 커다란 눈매 때문인지 앳되어 보였다.

"처음 뵙겠습니다. 미요시라고 합니다."

"아야베라고 해요. 만나서 반가워요."

미나코가 고갯짓으로 앉으라고 권하자 미요시 씨는 미나코의 옆자리에 앉았다. 점원에게 우롱차와 닭 꼬치구이를 시키고 자신을 소개했다.

고등학교를 졸업하고 공장에 들어간 지 올해로 4년째라고 했다. 아직 햇병아리 장인들에게 기회를 주고 동등한 조건으로 평가한다는 것은 이번 경합에 건 후쿠오도의 기대가 얼마나 큰지를 한눈에 알 수 있는 대목이었다.

미요시 씨가 작은 과자 상자를 내밀며 말했다.

"오늘 아침 출근하기 전에 만든 거예요. 드셔 보세요. 만든 지 좀 돼서 맛이 약간 떨어지겠지만."

상자를 열자 한천(寒天: 우무를 얼려 말린 해조가공품-옮긴이)을 굳혀서 만든 고급 생과자의 모습이 나타났다. 풀색의 맛있어 보이는 사각형 아와유키(泡雪: 달걀 흰자를 휘저어 생긴 스펀지처럼 생긴 거품-옮긴이) 위에 투명한 한천이 얹혀 있었다. 한천 속에는 노란색의 동그라미가 있고 그 주위에는 은색 가루가 뿌려져 있었다. 마치 보름달과 별무리를 보는 것 같았다. 보름달을 향해

가려는 듯 뱃머리를 향하고 있는 오렌지색의 가늘고 긴 배도 있었다. 아와유키와는 전혀 질감이 달랐다. 아마도 설탕으로 세공한 모양이다. 한천의 투명한 성질을 잘 살려 여러 각도로 감상할 수 있도록 고안된 디자인이었는데, 배의 날렵한 디자인이 과자의 전체적인 이미지를 살려 주었다.

"이 노란색 동그라미도 아와유키로 만든 건가요?"

"네."

"이 은색 가루는 뭐죠? 혹시 양과자에 사용하는 아전트(케이크 등의 표면에 뿌리는 장식용 은색 가루-옮긴이)인가요?"

"네. 이 노란색 동그라미는 보름달이고 아전트로 별을 표현해 봤어요. 한천을 여러 번 나눠 부어서 별의 원근감을 표현했죠."

"이 오렌지색은 뭐죠?"

"배예요. 밤하늘을 나는 배죠."

"양과자 같은 분위기가 나네요. 주제가 뭐죠? 구체적인 테마가 있을 텐데요?"

"만요슈(万葉集: 8세기 오오토모노 야카모치가 편찬한 일본에서 가장 오래된 노래집-옮긴이)의 칠석가(七夕歌: 견우와 직녀의 전설을 소재로 한 노래-옮긴이)를 배경으로 만들었어요."

그러고는 주머니에서 메모용지를 꺼내어 내밀었다.

큰 배에 올라 노를 저어

넓은 바다를 건너는 월인장사

"가키노모토 히토마로(柿本 人麻呂(?~708): 일본의 시인. 고대부터 일본인들에게 추앙받은 일본 최초의 대문호-옮긴이)가 지은 노래예요. 달을 배, 밤하늘을 바다로 비유한 노래죠."

"아! 그래서 과자 속에도 배가 있었군요."

"노래에서는 원래 달을 배에 비유하고 있어서 배를 넣으면 중복되지만 이게 더 멋있을 것 같아서 만들어 봤어요. 이 배의 주인이 월인장사에요."

"월인장사가 누군데요?"

"월인장사는 밤을 다스리는 신(神)이에요. 원래는 달을 타고 다니죠."

"만요슈에 실린 노래라면 굉장히 오래되었을 텐데 마치 판타지 영화의 한 장면을 보는 것 같네요. 환상적이에요."

"일본 최초의 소설인 다케토리 모노가타리(竹取物語)도 달나라 공주를 주인공으로 하고 있어요. 아마 일본인들은 오랜 옛날부터 달에 대해 특별한 판타지를 품고 있었던 모양이에요. 항간에는 월인장사가 견우라는 설도 있는데, 달이 하늘 끝까지 건너면 직녀와 견우의 만남이 시작된다고 해요."

"그렇군요. 칠월칠석을 표현한 과자군요?"

"히토마로는 월인장사라는 소재를 무척이나 좋아했는지 비슷한 노래가 여러 개 되는데, 월인의 배경이 된 노래는 바로 작자 미상의 이 노래예요."

은하수에 달 배를 띄워 노를 저어 가는 월인장사.
은하수에 구름의 파도를 일으키며 보름달 배가 별 숲으로 노 저어 숨어드네.

"원작 자체도 아름답지만 원작의 이미지를 잘 표현한 것 같아요. 웅장하고 기품 있어요."

"과자의 이름도 '월인'이라고 지을 생각입니다."

그때 미나코가 불쑥 끼어들었다.

"이 정도면 나가미네 셰프에게 보여 줘도 부끄럽지 않겠죠?"

나는 미나코의 물음에 대답하는 대신 미요시 씨에게 물었다.

"먹어 봐도 될까요?"

"그럼요. 그러려고 만들었는걸요."

미요시 씨는 작은 접시에 과자를 덜어 내게 건넸다. 나는 과자를 4등분으로 나눠 한입 떠먹어 보았다. 한천의 깔끔한 단맛과 아와유키의 부드러운 감촉이 혀를 감쌌다. 아전트가 입안을 맴도는 느낌도 재미있었다. 맛도 좋고 먹는 재미도 쏠쏠했다. 향이 은은한 감귤류와 박하의 조화도 맛에 산뜻함을 더해 주었다.

나는 고개를 들어 미요시 씨를 쳐다보았다.

"정말 맛있어요. 굳이 나가미네 셰프에게 평가를 받을 필요가 없을 것 같은데요."

"그것만으로는 부족합니다."

순간 미요시 씨의 눈에 쓸쓸한 빛이 스쳐 지나가는 것을 나는 놓치지 않았다.

"잘 팔려야죠. 제가 나가미네 셰프에게 평가받고 싶은 것도 그 때문입니다. 과연 이 과자가 잘 팔릴 수 있을까 그게 궁금합니다."

"공장장님이나 사장님이 잘 팔리는 과자를 만들라고 하던가요?"

"아니요. 그저 좋은 과자를 만들라고만 하셨어요. 손님들에게 부끄럽지 않게 정성껏 만들라고 하셨죠."

"그럼 이 정도로도 충분하잖아요. 만드는 사람이 판매량까지 신경 쓸 필욘 없어요. 걱정 말아요."

"아야베 씨는 우리 가게가 이대로도 괜찮다고 생각하세요?"

"그건 별개의 문제에요. 판매량이 과자의 질을 좌우하는 건 아니니까요."

미요시 씨의 표정이 살짝 일그러졌다. 어쩌면 내가 공장장의 딸이라서 함부로 반박하지 못하는 것인지도 모르겠다.

나는 개의치 않고 미요시 씨에게 물었다.

"만일 나가미네 셰프의 평가가 기대했던 것과 다르면 어떻게 할 건데요? 잘 팔릴 만한 과자를 만드는 방법이라도 가르쳐 달라고 할 생각인가요? 그럼 경합에 나가는 의미가 없잖아요."

"나가미네 셰프의 평가를 듣고 싶은 뿐, 디자인을 바꿀 생각은 없어요."

"그럼 왜 셰프를 만나겠다는 거죠?"

"이번 경합이 어떤 의도에서 이뤄지는지 정도는 저도 잘 알아요. 그리고 나가미네 셰프에게 기댈 생각은 추호도 없습니다. 전 어디까지나 제 디자인으로 승부할 거예요. 다만 결점이 있다면 알고 싶습니다. 다음번에 완벽한 과자를 만들기 위해서라도 말이죠."

다행히 겉멋 들어 아무 생각 없이 사는 사람은 아닌 것 같았다. 자기만의 원칙도 있는 것 같고.

나는 접시를 옆으로 치우며 말했다.

"알겠어요. 나가미네 셰프에게 말해 보죠."

"고맙습니다."

"나가미네 셰프는 호기심이 강한 분이에요. 이 과자를 보면 틀림없이 흥미를 가질 거예요. 그렇다고 미요시 씨가 원하는 대답을 들을 수 있을 거라는 기대는 안 하는 게 좋겠어요."

"알겠어요. 한번이라도 셰프님과 얘길 할 수 있다면 그것으로도 충분하니까요."

다음 날 저녁, 나는 쇼콜라 더 루이를 찾았다. 나가미네 셰프는 언제나처럼 텅 빈 커피 매장에서 노트에 만년필을 휘갈기고 있었다. 테이블 위에는 숲을 배경으로 한 사진집과 색연필이 펼쳐져 있었다. 선분홍색 꽃이 활짝 핀 나뭇가지 사이로 청록색의 개구리가 보였다. 이번엔 화려하고 색상 대비가 뚜렷한 열대우림 사진집에서 아이디어를 얻은 걸까?

나는 나가미네 셰프 맞은편 자리에 앉았다. 그는 오늘도 과자를 권했다.

"차를 내오라고 할 테니 이것부터 드세요."

접시에는 남색, 연분홍색, 금색으로 물들인 호시코하쿠(干し琥珀)가 담겨 있었다. 호시코하쿠는 한천에 설탕을 묻혀 굳힌 작은 화과자의 일종이다. 겉은 바삭바삭하고 안은 사르르 부서져 내리는 부드러운 느낌이 완전 별미다. 원래는 여름에 즐겨 먹지만 모양이 예쁘고 귀여워서 건과자 세트에 사계절 내내 빠지지 않고 들어간다. 칠월칠석을 겨냥한 상품인지 사각형, 별모양, 물결무늬 등 화려한 무늬가 돋보였다.

잠시 후 종업원이 녹차와 이쑤시개를 얹은 작은 접시를 가져다주었다. 나는 언제나처럼 고맙다는 인사를 건네고는 호시코하쿠를 먹을 만큼 접시에 옮겨 담으며 입을 열었다. 미요시 씨가 나가미네 셰프를 만나고 싶어 한다고.

나가미네 셰프는 이야기를 끝까지 듣고도 아무 말도 하지 않았다. 그저 크고 긴 손가락으로 만년필을 만지작거릴 뿐이었다.

혹시 불쾌했나? 나는 잠자코 그가 먼저 입을 열어 주기를 기다렸다. 조금이라도 꺼리는 것 같으면 이 일은 없었던 일로 하자고 해야지.

이윽고 나가미네 셰프가 만년필을 내려놓았다. 그리고 잔을 들어 입을 축이며 말했다.

"아야베 씨가 말씀하신 미요시라는 분은 내가 자신의 작품을 사실대로 평가해 줄 거라고 생각하고 있던가요?"

"네."

"내가 거짓으로 말거나 아예 말하지 않을 가능성에 대해서 조금도 의심하지 않더란 말이죠?"

"물론이에요. 그런데 셰프가 거짓말을 할 수도 있다니요?"

"충분히 그럴 수도 있죠. 일부러 잘못된 평가를 내려 상대방의 의욕을 꺾을 수도 있습니다. 아마 대부분의 사람들이 그렇게 할 겁니다."

"그렇긴 하지만 셰프는 그런 사람이 아니잖아요."

"어떻게 그렇게 확신하십니까?"

"글쎄요. 이유는 나도 잘 모르겠어요. 하지만 나가미네 셰프가 그런 비열한 사람이었다면 지금껏 내 얘기도 들어 주지 않았겠죠. 미요시 씨도 내가 셰프에게 종종 상담한다는 걸 알고 내게 부탁한 걸요."

"이거야 원. 나를 믿는다는 건지 적수로 생각하지 않는다는 건지, 머리가 복잡하군요."

"부담 갖지 마세요. 싫으시면 거절하셔도 돼요."

"실은 꽤 흥미로운 제안입니다. 아야베 씨가 칭찬할 정도면 제법 솜씨가 쓸 만하겠죠. 게다가 제가 껌벅 죽는 후쿠오도의 장인이기도 하니까요. 그럼 이렇게 합시다. 조금 갑작스럽긴 하지만 오늘 만나기로 약속을 잡는 겁니다. 뭐, 안 된다면 인연이 아닌가 보다 생각하고 포기시키면 되지 않겠습니까?"

"좋은 생각이에요. 어떻게든 만나고 싶다면 시간을 내겠죠. 하지만 만들어 놓은 과자가 없을 텐데."

"과자는 없어도 됩니다. 오늘은 잠시 얘기를 나눠 보고 싶을 뿐이니까요. 아야베 씨도 함께 와 주시겠습니까?"

"제가요?"

"그렇습니다. 이번 일은 예민한 문제라서 훗날 분쟁이 생길 수도 있습니다. 그러니 그런 불상사가 일어나지 않도록 증인이 되어 주십시오."

후쿠오도로 돌아온 나는 공장 안을 기웃거렸다. 한창 재료 준비에 바쁜 장인들 사이로 미요시 씨가 보였다. 재빨리 손짓으로 불러내어 나가미네 셰프의 얘기를 전했다.

"오늘은 별로 바쁘지 않으니까 금방 나갈게요."

미요시 씨는 어린 아이처럼 들떠서 대답했다. 바쁠 때가 아니라서 재료를 준비하는 데도 오래 걸리지 않는 모양이었다.

나는 휴대전화로 쇼콜라 더 루이에 전화를 걸어 나가미네 셰프와 약속 장소와 시간을 정했다.

나가미네 셰프는 번화가에서 조금 떨어진 호텔 라운지에서 만나자고 제안했다. 아직 햇병아리 장인의 월급으로 호텔 라운지에서 만나는 건 부담스럽지 않을까 걱정했는데 다행히 그리 비싼 곳은 아니었다.

나는 일을 마치고 약속 장소로 향했다. 곧장 라운지로 올라가서 장소를 확인했다. 입구에는 메뉴판이 놓여 있었다. 고급스러우면서도 편안한 분위기가 비밀스러운 얘기를 나누기에는 안성맞춤이었다.

아직 약속시간까지는 시간이 좀 남아서 1층 쇼핑몰 안에 있는 패스트푸드점으로 들어가 가볍게 배를 채웠다.

약속 시간이 되어 라운지로 올라갔더니 미요시 씨가 먼저 와서 기다리고 있었다. 오늘도 가벼운 차림이었다. 나가미네 셰프를 만나는 데 실례가 될까 걱정하기에 괜찮다고 말해 주었다.

나가미네 셰프는 약속 시간에 맞춰 나타났다. 지난번 루아조 돌에서 만났을 때처럼 캐주얼한 재킷에 시원한 마(麻) 소재로 된 평상복 바지를 입고 있었다. 큰 키 때문일까? 앳되어 보이는 미요시 씨와 함께 있으니 어른과 학생처럼 보였다.

우리는 가장 안쪽에 있는 테이블에 앉았다. 나는 마르가리타를 주문하고 미요시는 필스너 생맥주, 나가미네 셰프는 글렌피딕 온더록스를 시켰다. 주문한 음료가 나오자 나가미네 셰프가 먼저 입을 열었다.

"먼저 확인해 두고 싶은 게 있습니다."

"네. 말씀하십시오."

미요시 씨는 자세를 가다듬으며 사뭇 진지한 표정으로 대답했다.

“화과자는 화과자 장인에게 평가를 받는 게 가장 좋을 텐데 어째서 내 평가를 듣고 싶다는 겁니까?”

“그건 쇼콜라 더 루이를 찾는 손님이 많기 때문입니다.”

솔직해도 이건 너무 솔직하다. 나는 미요시 씨의 거침없는 발언에 입이 떡 벌어졌다.

“인기 있는 가게의 셰프라면 과자만 보고도 이게 잘 팔릴지 아닐지 알 수 있을 거라고 생각했습니다.”

“하지만 난 과자를 만드는 사람일 뿐, 판촉 전문가가 아닙니다.”

“쇼콜라 더 루이는 특별합니다. 언제나 셰프님이 만든 과자를 찾는 사람들로 북적이니까요.”

“한마디로 당신이 만든 과자가 잘 팔릴지 아닐지를 봐 달라는 겁니까? 화과자의 완성도가 아니라?”

“그건 아닙니다. 물론 완성도도 중요하죠. 다만 어느 정도 수준에 도달했다고 가정했을 때, 팔리고 안 팔리는 과자를 구별하는 기준이 무엇인지, 그걸 알고 싶은 겁니다.”

“처음부터 그걸 안다면 누구나 성공하겠죠.”

“모두들 그렇게 말하는데 전 성공한 사람은 그 기준을 틀림없이 알고 있을 거라고 생각합니다. 그래서 성공할 수 있었겠죠.”

역시 거절할 걸 그랬어. 둘을 만나게 하는 게 아니었는데.

나는 칵테일 잔 가장자리에 묻어 있는 소금을 할짝할짝 핥으며 미요시 씨의 부탁을 거절하지 못한 걸 땅을 치고 후회했다. 성실해서 거짓말을 못하는 건 알겠지만 이건 도가 지나치다. 게다가 장르가 다르긴 해도 같은 과자를 굽는, 게다가 실력 있는 베테랑 장인에게는 더더욱 그랬다.

나가미네 셰프가 입가에 살며시 미소를 띠며 말했다.

"난 말입니다. 초콜릿과 케이크가 좋습니다. 그것도 아주 많이 좋아하죠. 그래서 세상에서 가장 맛있는 과자를 만들고 싶었습니다. 또 그래서 양과자 장인이 됐고요. 그리고 지금껏 내 마음이 가는 대로 과자를 만들어 왔습니다. 그러다가 운 좋게 쇼콜라 더 루이를 맡게 된 것뿐입니다. 성공하는 비결이나 인기 있는 과자를 만드는 조건 따윈 모릅니다. 다른 사람들에게 전수할 만한 대단한 비법은 더더욱 그렇지요."

미요시 씨는 아무 말도 하지 않았다. 하지만 그의 얼굴에는 표정에는 불만이 가득 차 있었다. '과자라면 나도 누구보다도 좋아한다. 그래서 이렇게까지 부탁하는 거다'라고 말하고 있는 것 같았다.

"하지만 과자를 보는 것 정도는 해 줄 수 있습니다. 어떤 과자일지 궁금하기도 하고 후쿠오도의 장인이 만든 거라면 틀림없이 맛있을 테니까요."

"그럼, 제 부탁을 들어주시겠다는 말씀이십니까?"

"그 전에 조건이 있습니다."

"뭐든 말씀만 하십시오."

"난 화과자에 대해서는 아는 게 없습니다. 그래서 내가 해줄 수 있는 말에는 한계가 있습니다. 아마 내 개인적인 취향에 맞는지 아닌지 정도일 겁니다. 그래도 좋다면 기꺼이 하겠습니다."

"좋습니다. 무리한 부탁을 하는 주제에 이것저것 따질 입장이 아니죠."

"그리고 조건이 한 가지 더 있습니다. 신상품을 선정하는 경합에 제출할 작품이 이미 완성되었다고 들었습니다만 그것 하나만으로 미요시 씨의 솜씨를 평가하고 싶지는 않습니다. 완성작을 포함한 스무 개의 신상품 디자인을 보여 주십시오. 디자인을 전부 보고 개인적으로 가장 좋다고 생각되는 것 하나를 고르겠습니다."

나는 나도 모르게 마른 침을 삼키며 물었다.

"마감일까진 2주일밖에 남지 않았어요. 스무 개나 되는 디자인을 만들긴 너무 빠듯할 것 같은데."

"난 미요시 씨의 장인으로서의 능력과 경력에 대해 전혀 아는 바가 없습니다. 그런데 샘플 하나만 보고 평가한다는 건 아무래도 무책임한 짓인 것 같습니다. 샘플은 많을수록 좋습니다. 서른 개 정도면 더 좋고요. 만일 내가 제시한 조건이 마음이 안 들면 오늘 이야기는 없었던 것으로 합시다."

"아니요. 그 조건을 받아들이겠습니다."

미요시가 고개를 크게 끄덕이며 말했다.

"낮에 일하면서 괜찮겠어요? 거절하려면 지금 해요."

내가 걱정스럽게 말하자 미요시 씨가 단호하게 말했다.

"제겐 더없이 좋은 기회에요. 그럴 만한 충분한 가치가 있어요."

"미리 말해 두자면 미요시 씨가 가장 자신 있게 만든 과자와 내 마음에 드는 과자가 다를 수도 있습니다. 그럴 경우 내 판단을 믿을지 당신의 감성과 재능을 믿을지는 당신 스스로 결정해야 합니다."

나가미네 셰프가 쐐기를 박듯 딱 잘라 말했다.

호텔 앞에서 나가미네 셰프와 헤어졌다. 미요시 씨와 나는 역으로 향했다.

"정말 괜찮겠어요?"

"괜찮아요. 걱정 마세요."

미요시 씨가 밝은 목소리로 대답했다.

"'월인장사'를 만들면서 다른 디자인도 몇 개 만들어 놨거든요. 조금 수정하면 다양한 디자인을 만들 수 있을 거예요. 평소에 디자인 노트를 만들어 두길 잘한 것 같아요. 좀 빠듯하긴 해도 어떻게든 맞출 수 있을 거예요."

2주일 후, 미요시 씨가 선보인 스무 개의 디자인 중 '월인장사'가 나가미네 셰프에게 최고의 평가를 받는다면 그는 꿈을 이룰 수 있을 것이다. '월인장사'를 최고의 과자로 평가받기 위해 편법을 쓸 수도 있겠지만 나가미네 셰프는 결코 호락호락한 인물이 아니다. 최선을 다하지 않는다면 두 번 다시 거들떠보지도 않을 것이다.

나는 슬쩍 미요시 씨를 떠보았다. 그러자 미요시 씨가 웃으며 말했다.

"물론 최선을 다할 거예요. 스무 개의 작품 모두 혼신의 힘을 다해 만들 거예요. 이래 봬도 과자 장인이에요. 아직 햇병아리긴 하지만 장인이라는 자부심은 누구 못지않다고요."

그 일이 있은 후로 2주일이 조금 지났을 무렵이었다. 미나코가 출근하는 나를 불러 세웠다.

"쇼콜라 더 루이에서 테이크아웃용 아이스크림을 새롭게 판매한대요. 알고 있었어요?"

미나코의 얘기로는 어젯밤 홈페이지에 들어가 봤더니 신상품 코너가 업그레이드되어 있었다고 한다.

미나코는 유니폼 앞섶에서 종이를 꺼내어 내게 건넸다.

"사이트 기사를 인쇄해 왔어요. 여기 좀 봐요."

종이에는 세피아 계열의 시크한 색채를 배경으로 화려한 글자체의 제목과 선명한 화상이 펼쳐 있었다. 컵에 담겨 있는 아이스크림 사진 몇 장과 아이스크림의 내부를 그린 사진이 실려 있었는데 그 옆에는 상세한 설명이 덧붙여 있었다. 언뜻 보기에도 굉장히 독특한 구성의 아이스크림이었다.

"이번에 출시될 아이스크림이 몇 개 되는데 모두 위에 원반형의 초콜릿이 마치 뚜껑처럼 덮여 있어요. 초콜릿의 두께가 얇아서 스푼으로 가볍게 톡 치면 쉽게 부서진대요. 초콜릿 안에는 프랄린과 캐러멜 소스가 들어 있어서 스푼으로 뜨면 주르륵 흘러나온대요."

아이스크림 안에는 과일 퓌레(육류나 채소류를 갈아서 체로 걸러 농축시켜서 요리에 기본적인 맛을 내는 재료-옮긴이)도 들어 있었다. 상품평에는 초콜릿의 진하고 쌉싸름한 맛과 아이스크림의 달콤한 맛, 퓌레의 새콤한 맛이 한데 어우러져 최고의 맛을 만들어 내고 있다고 실려 있었다.

가격은 개당 350엔. 종류가 다양한 것으로 보아 다가올 여름을 겨냥한 주력 상품이 될 것이다.

"근데 좀 이상해요."

미나코가 다음 페이지를 넘기며 말했다.

"이 초콜릿 디자인이 왠지……."

그때 사무실 직원이 종업원용 출입문을 열고 고개를 빠끔 내밀며 말했다.

"아야베 씨. 지점장님이 찾으세요. 지금 바로 사무실로 오시래요."

지점장과는 아버지 덕에 평소 친분이 있는 편이었다. 어렸을 적에는 가족들끼리 식사를 한 적도 있었다. 하지만 사무실로 호출받은 적은 처음이었다. 무슨 일이지?

나는 인쇄용지를 미나코에게 돌려주고 사무실로 건너갔다.

지점장은 소파에 앉아서 날 기다리고 있었다. 통통한 체구에 동안이었는데 그래 뵈도 아내와 세 명의 아이가 있는 40대 후반의 가장이다.

이곳 후쿠오도 고베 지점은 지점장의 뜨거운 열정으로 탄생된 가게이다. 후쿠오도의 사장인 아버지를 설득해 지점을 내도 좋다는 허락을 받은 그는 본점보다 모던한 가게를 열기 위해 백화점 지하매장이 아닌 이곳 고베에 단독 매장을 오픈했다.

그의 아버지는 양과자 판매의 메카인 고베에 지점을 내겠다는 아들의 생각에 강한 의구심을 품고 있었지만 믿고 맡기라는 할아버지의 뜻에 따라 허락했다고 했다.

지점장은 화려한 화과자를 좋아했다. 화과자도 양과자처럼 얼마든지 화려하고 참신한 창작 과자를 만들 수 있다고 생각했다. 하지만 전통 그 자체가 되어 버린 100년도 더 된 교토 본점을 한순간에 변화시키기란 쉬운 일이 아니었다. 게다가 가격이 비싸서 주머니 사정이 얇은 젊은 고객층을 끌어모으기에는 한계가 있었다. 어쩌면 지점 오픈은 당연한 수순이었는지도 모르겠다. 아니, 언젠가는 누군가 반드시 해야 할 일이었다. 지점장은 이미 20년 전에 그 일을 단행했던 것이다. 선견지명이 있었던 모양이다. 그는 또한 당시 중견 장인이었던 나의 아버지를 고베 지점 공장장으로 취임시켰다. 그리고 지금의 고베 지점이 자리 잡게 되었다.

나는 가볍게 목례를 하고 맞은편 소파에 앉았다. 지점장이 들고 있던 찻잔을 내려놓으면서 말했다.

“아카리, 지금부터 함께 나갔으면 하는데 괜찮겠나? 우선 백화점 지하매장을 둘러보고 점심이나 같이 먹지. 둘이서 긴히 할 이야기가 있으니까.”

“전 상관없는데 미나코 혼자서 매장을 봐야 해서요.”

“그거라면 걱정 말게. 사무실 직원에게 도와주라고 말해 뒀으니까. 가게 일로 자네에게 의논하고 싶은 것이 있거든.”

처음 있는 일이라 당혹스러웠다. 지점장은 따뜻하게 미소 지으며 말했다.

“시간이 좀 걸릴 것 같으니 맛있는 점심이나 함께 먹으며 천천히 이야기하세.”

“알겠어요. 잠깐 유니폼 좀 갈아입고 나올게요.”

“그러게. 그럼 가게 앞에서 기다리겠네.”

잠시 후 우리는 백화점으로 향했다. 백화점 앞에는 영업부 직원이 기다리고 있었다. 잠자코 두 사람의 얘기를 들어 보니 후쿠오도 화과자를 백화점 지하매장에 납품할 계획인 모양이었다.

그래서 경합을 통해 새로운 화과자를 선발하려는 것인지도 모르겠다. 그곳 말고도 백화점을 몇 군데 더 돌아다녔다. 그때마다 지점장은 내게 느낌을 물었다. 그리고 요즘 젊은이들이 어떤 과자를 좋아하고 어떤 셰프가 인기 있는지에 대해서도 물었다. 젊은이들의 솔직한 의견을 듣고 싶다는 것이었다. 그리고 언젠가는 반드시 새로운 화과자를 만들어 널리 알리고 싶다고 진지한 표정으로 덧붙였다.

점심때가 되자 지점장은 미야마(三宮) 해변에 있는 두부요리 전문점으로 갔다. 맛도 있고 양도 제법 많았다.

지점장은 섣불리 입을 열지 않고 일은 재미있냐, 앞으로도 계속 일할 생각이냐고 물었다.

후쿠오도에는 다른 일을 구할 때까지만 있을 생각이었다. 그런데 막상 일을 해 보니 그런대로 재미도 있고 새로운 일자리를 구할 의욕도 이미 사라진 지 오래였다. 그렇다고 후쿠오도에서 평생을 다 바쳐 일할 생각도 없다. 그 정도의 열정이나 애정은 없으니까.

앞으로 천천히 생각해 보려고 한다고 얘기했더니 계속 남아 달라고 부탁했다.

"제가 아니어도 젊은 사원들은 얼마든지 있잖아요?"

"젊은 사람이 필요해서 그러는 게 아니야. 우리 가게에 걸맞은 품격을 가진 직원이 필요한 거지. 자넨 전통의상도 제법 잘 어울리고 고객 대응 능력도 뛰어나서 손님들이 좋아하잖아."

"혹시 미나코가 그만둔다고 하던가요?"

"아니, 그런 의미가 아닐세. 앞으로도 두 사람이 한 팀이 돼서 잘해 줬으면 하네. 자네들이 함께 일한 후로 다들 좋아하고 있어. 매장이 한결 밝아졌다고 말이야."

정말일까? 사람들이 그렇게 생각하고 있는 줄은 전혀 몰랐다. 그렇다면 지금껏 우릴 쭉 지켜보고 있었다는 얘긴데. 아차. 잠시도 게을리해서는 안 되겠다는 생각이 들었다.

식사가 끝나고 디저트로 유자 셔벗이 나왔다. 지점장은 셔벗을 한 스푼 떠먹으며 마침내 본론으로 들어갔다.

"쇼콜라 더 루이 직원들과는 친한가?"

"친한 건 아니고 그냥 좀 알고 지내는 정도에요."

"그럼 과자에 대해서도 자주 얘기하겠군. 서로의 제품에 대해서도 얘기하곤 하나?"

"아예 안 하는 건 아니지만 자주 하는 편은 아니에요."

순간 이상한 기분이 들었다. 짚이는 게 있어서 조심스럽게 물었다.

"혹시 무슨 일 있어요?"

"이걸 좀 보게."

지점장은 가방에서 파일 두 개를 꺼내어 그 중 한 개의 파일을 건넸다. 페이지를 넘기자 신상 화과자의 사진이 눈에 들어왔다. 후쿠오도에는 없는 새로운 디자인이었다. 한눈에도 이번 경합에 출품된 과자라는 사실을 알 수 있었다.

"이번 여름을 겨냥해서 만든 신상품 과자들일세. 젊은 장인들이 출품한 작품이지. 연륜이 있는 베테랑 장인이 만든 과자에 비하면 아직 미흡하지만 굉장히 신선해. 자네가 보기엔 어떤가?"

"밸런타인데이 시즌에 선보인 네리키리는 그냥 그랬는데 이번 건 느낌이 좋네요."

"기왕 변화를 줄 거면 좀 과감하게 주고 싶었네. 그래서 뽑은 과자가 이걸세."

지점장이 가리킨 것은 미요시 씨의 과자가 아니었다. 띠 모양의 네리키리로 앙금을 감싼 심플한 과자였는데 고급스런 연자주색이 인상적이었다. 파도 무늬를 사선으로 새긴 네리키리의 위에는 금은색을 포함한 여덟 가지 색의 가루가 골고루 뿌려져 있어서 무척이나 화려했다.

"이건 뭐예요? 별사탕가루인가요?"

"아닐세. 설탕가루를 굳혀 착색시킨 건데 별사탕가루보다 훨씬 부드럽지. 입안에 들어가면 사르르 부드럽게 녹아내린다네. 네리키리의 본연의 맛과 동시에 색다른 감촉을 느끼게 하지. 얼마나 인기가 있을지는 모르지만 확실히 신선하기는 해."

나는 혀 위로 고운 설탕가루 알갱이가 굴러다니는 느낌을 떠올려 보았다. 부드러운 네리키리와 함께 사르르 녹는 달콤한 알갱이.

"우와, 생각만 해도 군침이 돌아요."

"그렇지? 기대했던 것보다 훨씬 좋은 작품이 나왔어."

과자 이름은 '요카(燁花)'. 빛나는 꽃, 즉 불꽃을 떠올리며 만들었다고 한다. 여름 상품을 만들라는 경합 과제로도 적합하고 디자인과 영향력 면에서도 부족함이 없어 보였다. 아직 먹어 보진 못했지만 틀림없이 맛도 좋을 것이다.

"이번엔 이거 하나만 출시하는 건가요? 이거 말고도 괜찮은 게 있던데."

파일을 넘기며 물었다.

"실은 마음에 드는 과자가 하나 더 있어."

두 번째로 지점장이 가리킨 것은 미요시 씨의 과자 '월인'이었다. '월인'이 출품되었다면 나가미네 셰프에게도 합격했다는 얘긴데. 그런데 어째서 최고의 과자로 선정되지 않은 걸까?

의아하게 생각하고 있는데 지점장이 파일 맨 뒷장에서 컬러 인쇄용지 한 묶음을 꺼내서 그중에서 몇 장을 건네며 말했다.

"근데 문제가 좀 있어서 말이야."

인쇄용지에는 둥글넓적한 초콜릿 사진이 실려 있었다. 초콜릿색이 진한 것으로 보아 단맛을 억제한 쇼콜라 누와르일 것이다. 여러 디자인의 초콜릿 사진이 실려 있고 그중 한 장만 크게 확대되어 있는 것으로 보아 그게 이번에 밀고 있는 주력 디자인인 모양이었다.

좀 더 자세히 살펴보니 초콜릿 표면에는 연두색의 물결무늬가 세 줄로 그려져 있고 위에는 노란색 동그라미가 떠 있었다. 동그라미 주변에는 은색 가루가 뿌려져 있었는데 칠흑같이 어두운 배경과 어우러져 마치 한 무리의 별처럼 보였다. 그리고 초콜릿 위에는 동그랗게 휘어 놓은 얇은 오렌지 필(잼 제조 또는 약용으로 쓰이는 오렌지 껍질-옮긴이) 한 조각이 놓여 있었다. 어디 하나 나무랄 데 없이 깔끔한 디자인이었다. 숙련된 장인의 솜씨가 느껴지는 듯했다.

지점장이 눈을 들어 나를 올려다보았다.

"입체와 평면으로 보는 느낌이 다르긴 하지만 우리 쪽의 '월인'과 굉장히 비슷하지 않아?"

"글쎄요."

모르는 척 시치미를 뗐다. 아니, 아는 척할 수가 없었다.

"이것과 비슷한 디자인은 얼마든지 있잖아요."

"이건 쇼콜라 더 루이에서 이번에 새로 출시할 아이스크림에 들어갈 초콜릿 디자인이야."

말문이 막혔다. 왠지 목구멍이 따끔거리는 것 같았다. 아까 미나코가 이상하다고 한 게 바로 이거였어? 어떻게 된 거지? 나가미네 셰프가 미요시 씨의 디자인을 훔친 걸까? 설마. 우연이겠지.

나는 신중하게 말을 골랐다.

"나가미네 셰프는 남의 디자인을 훔칠 사람이 아니에요."

"그가 훔쳤다는 얘긴 아니야. 다른 사람이 훔쳐서 셰프에게 슬쩍 정보를 흘렸을지도 모르지. 훔친 정보라는 사실을 모르고 그걸 토대로 디자인을 만들었는지도 모르지. 그래서 비슷한 디자인이 나왔는지도."

"하지만 제가 알기론 루이의 작품은 나가미네 셰프 혼자서 구상하는 걸요."

"그럼 이 상황을 어떻게 해석해야 할까? 왜 하필 이 시점에서 비슷한 디자인의 제품을 내놓은 걸까? 마치 우리가 신상품을 출시하려는 타이밍을 노린 것처럼, 그것도 며칠 앞서서 말이야. 이 상태론 '월인'을 제품화할 수 없어."

"상관없을 것 같은데요. 루이랑 우리는 고객층이 전혀 달라서 아마 눈치채지 못할 거예요."

"꼭 그렇지만도 않아. 만에 하나라도 이상하게 생각한 사람이 떠벌리고 다니면 사태는 걷잡을 수 없이 커지고 말 거야. 요즘은 인터넷이 발달돼서 블로그나 미니홈피에 비교 사진이라도 올리는 날엔……. 생각만 해도 끔찍하군. 게다가 우연이라고 하기엔 우리와 루이는 너무 가까이에 있어."

"그러니까 더더욱 이런 방식으로 남의 디자인을 따라 하지는 않을 거예요. 금방 들통 날 것이 빤한데 바보가 아닌 이상 누가 그런 짓을 하겠어요?"

"혹시 우리를 기죽이기 위해 일부러 보란 듯이 이런 짓을 꾸민 건 아닐까?"

갑자기 뭔가 뜨거운 것이 끓어오르는 것을 느꼈다. '그럴 리 없다. 나가미네 셰프는 절대로 그런 비열한 사람이 아니다'라는 말이 목구멍까지 치밀어 오르는 것을 간신히 참으며 물었다.

"설사 그렇다고 해도 이제 와서 어떻게 하시려고요? 며칠 후면 신제품이 출시될 테고, 이의를 제기하려면 루이 쪽에서 우리 디자인을 도용했다는 걸 입증해야 하는데 확실한 물증이라도 있나요?"

"그러니까 지금부터 찾아야지. 만일 정말로 디자인이 누출된 거라면 그 경로를 찾아 철저하게 차단해야지. 두 번 다시는 디자인을 도난당하지 않도록 말이야. 그래서 말인데 자네가 좀 알아봐 줬으면 해."

"하지만 전 탐정이 아닌걸요."

"그렇게까지 부담 갖진 마. 과자에 대해 잘 알고 루이와 교류가 있으면서 믿을 만한 사람이 자네밖에 없어서 그래. 부탁하네."

"그래서 여기까지 와서 점심을 사 주신 거군요."

"뭐, 그런 셈이지."

"아버지도 알고 계세요?"

"자네 아버지에겐 이미 말했어. 하지만 공장장의 입장에서는 확실한 물증을 잡기 전까진 섣불리 움직일 수 없지."

이렇게 된 이상 미요시 씨와 나가미네 셰프가 만난 것은 비밀로 해 두는 게 좋을 듯했다. 대체 두 사람 사이에 어떤 일이 있었던 걸까? 어떤 거래가 있었고 어떤 약속이 오고 간 걸까? 우선은 미요시 씨부터 만나야 했다.

가게로 돌아온 것은 오후 3시가 조금 못 되어서였다. 우선 미나코를 붙들어 아침에 하려던 얘기를 물어보았다. 예상이 맞았다. 미나코는 루이에서 이번에 새로 출시하는 초콜릿 디자인이 미요시 씨의 '월인'과 비슷하다며 의아해했다.

"어떻게 된 걸까요?"

미나코에게는 적당히 둘러대고 공장으로 들어가 미요시 씨를 손짓으로 불러냈다. 그가 나오자 사람들이 없는 조용한 곳으로 데리고 가서 인쇄용지를 내밀었다.

"이게 대체 어떻게 된 일이예요?"

미요시 씨는 인쇄용지를 보고도 시큰둥하니 고개를 숙인 채 담담하게 말했다.

"다른 사람 게 뽑혔어요. 할 수 없죠. 뭐."

"그 이야기가 아니에요. 대체 나가미네 셰프와 무슨 일이 있었던 거예요? 지점장님은 개인적으로 미요시 씨의 과자가 마음에 든다고 하셨어요. 상품으로 내놓아도 좋을 것 같다고 하셨죠. 하지만 루이의 디자인을 보시곤 안 되겠다고 말씀하셨어요. 자칫하면 우리가 루이의 디자인을 따라 했다는 비난을 듣게 될 테니까요."

"정말이에요? 정말 지점장님이 제 디자인이 마음에 든다고 하셨어요? 난 그런 이야기는 듣지 못했는데……."

미요시 씨의 눈이 휘둥그레졌다.

"아직 지점장님과 저만 아는 얘기니까요. 만일 이런 불미스러운 일이 없었다면 아마 미요시 씨 작품이 뽑혔을지도 몰라요."

미요시 씨는 분하다는 듯 입술을 지그시 깨물었다.

"어떻게 된 일인지 말해 봐요."

나는 그 순간을 놓치지 않고 미요시 씨를 다그쳤다.

"그건 말할 수 없어요."

"어째서죠?"

"나가미네 셰프와 약속했으니까요. 자세한 내용은 나가미네 셰프에게 물어보세요. 나도 그가 무슨 생각을 하는지 전부 이해하지는 못하거든요."

과자 샘플을 보여 주는 과정에서 내가 모르는 새로운 조건이 있었던 모양이다. 새로운 디자인을 스무 개나 제출하라는 조건을 걸고, 미요시 씨에게 입단속까지 시킨 나가미네 셰프의 저의가 뭘까?

혹시 내가 그를 잘못 본 게 아닐까? 너무 믿고 있었는지도 모르겠다.

나가미네 셰프의 인생관, 과자를 사랑하는 마음, 셰프로서의 마음가짐을 제외하고는 그에 대해 아는 것이 별로 없었다. 몇 번 그에게 도움을 받았다는 이유로 틀림없이 괜찮은 사람일 거라는 선입관을 가지고 있었던 건 아닐까?

루이는 후쿠오도와는 다르다. 고객층, 매상 등 서로 다른 가게가 같은 경영 원리로 운영될 수는 없는 노릇이다. 때로는 서로에게 이익이 될 수도 있고, 또 때로는 불이익을 줄 수도 있다.

아, 미요시 씨가 나가미네 셰프를 만나게 하지 말았어야 했는데. 때늦은 후회가 밀려왔다.

그날 밤, 작업을 마치고 돌아온 아버지에게 낮에 있었던 얘기를 들려드렸다.

"그래?"

그게 다였다. 아버지는 더는 아무 말씀도 하지 않으셨다.

"혹시 '월인'이라는 작품 기억하세요?"

"그래."

"어떻게 생각하세요? 인상적이었어요?"

"디자인은 그랬지."

"맛은 어떠셨어요?"

"그냥 그랬다. 초보치곤 잘 만들었지만 뭔가 아쉬움이 남는다고나 할까?"

아쉬움이라고? 대체 뭐가 부족했던 걸까? 의아해하는 나를 보며 아버지가 말씀하셨다.

"그 과자엔 여유가 없어. 과자는 단순히 입이 심심할 때 먹는 군것질거리가 아니야. 먹으면서 마음이 따뜻해지는 걸 느낄 수 있는 과자가 좋은 과자지. 월인은 그런 면이 부족했어."

"디자인이 다는 아니라는 말씀이세요?"

"그렇단다."

나는 맛도 모양도 무척이나 마음에 들었다. 하지만 수십 년 과자를 만들어온 베테랑의 입맛을 사로잡기에는 아직 뭔가가 부족했다. 그래도 지점장 마음에 들었다는 것은 그만한 매력이 있다는 얘기일 텐데. 그때 아버지가 계속 말을 이어 가셨다. 평소 과묵한 성격의 아버지로서는 보기 드문 일이었다.

"정말 좋은 과자는 세월이 지나도 사람들에게 사랑받는단다. 또 그러기 위해선 첫인상이 강하진 않더라도 가슴속 깊이 파고드는 영향력이 있어야 하지. 그런데 지점장은 나완 생각이 달랐어. 그는 첫인상이 강한 것을 좋아했거든. 게다가 내 방식으론 젊은 장인들에게 폭넓은 기회를 제공하기 어렵다고 생각했어. 아마 그들이 위축될까 봐 걱정이 됐겠지. 요즘 젊은이들은 툭하면 좌절하잖아. 하지만 애써 만든 과자잖아. 기왕 만들 거, 어떤 과자가 좀 더 오래, 많은 사람들에게 사랑받는지 신중히 생각해 줬으면 좋겠어. 디자인이 특이해서 올해 대히트를 쳤다고 내년에도 과연 그럴까? 정말 좋은 과자를 만들고 싶다면 손님들의 마음부터 좀 더 헤아려야 하지 않겠니?"

"그럼, 이번에 뽑힌 '요카'는 아버지가 말씀하신 조건을 모두 만족시켰어요?"

"아니. 사실 그런 면에서 요카도 100퍼센트 마음에 들진 않아. 다만 종합적으로 봤을 때 굳이 하나만 고르라면 '월인'보단 '요카'가 좀 낫다고 할 수 있지. 어차피 이번 경합은 지점장이 낸 아이디어니까 그가 하자는 대로 맡기려고. 난 그저 손님들이 기뻐하도록 정성껏 과자를 만들기만 하면 돼."

"그렇군요."

"네가 보기에 루이의 나가미네 셰프는 어떤 사람이니?"

"잘은 몰라도 남의 아이디어를 훔칠 사람은 아니에요. 날마다 새로운 아이디어를 만드느라 굉장히 열심히 노력하는 스타일이거든요. 정말로 자신의 일을 좋아하지 않으면 그렇게까지 열심히 하지 못할 거예요."

"그래? 아무튼 아빠는 신경 쓰지 말고 이번 일의 진상을 밝히는 데 최선을 다해라. 좀 냉정하게 들릴지도 모르지만, 사실 난 '월인'이 도용될 만큼 대단한 과자라고는 생각하지 않는다. 틀림없이 뭔가 다른 뜻이 숨겨 있을 거야. 그걸 찾아보렴."

다음 날 나는 점심시간을 틈타 쇼콜라 더 루이를 방문했다.

대체 어떻게 된 일인지 궁금해서 도저히 저녁까지 기다릴 수 없었다. 가게 안으로 들어가려는 순간 뒷문으로 나오는 오키모토 씨가 보였다. 나를 발견한 그는 평소처럼 밝은 미소를 지으며 다가왔다.

"오늘은 초콜릿을 사러 오셨나요? 아니면 셰프를 만나러 오셨나요?"

"나가미네 셰프를 만나러 왔어요. 초콜릿은 다음번에 살게요."

"미안하지만 셰프님은 어제부터 출장 중이라서 안 계세요. 며칠 후에나 오실 것 같은데요."

"양과자점 셰프도 출장을 가요?"

"재료로 쓸 과일의 출고 상황을 체크하기 위해 가끔 출장을 가기도 합니다. 이번엔 다음에 출시할 새로운 디자인에 대한 자료를 얻기 위해 농가 사람과 이야기를 나누고 싶다고 하셨고요."

"그럼 언제쯤 오세요?"

"아마 3일 후에나 오실 거예요. 우유와 계란을 매입하고 있는 농가에도 들렀다가 오신다고 하셨거든요."

3일 후라면 문제의 아이스크림이 출시되는 날이다.

바보. 왜 좀 더 일찍 나가미네 셰프를 찾아오지 않았을까? 어제 곧장 왔더라면 그를 만날 수 있었을 텐데.

"급한 일이세요?"

"네. 연락처를 알 수 있을까요?"

"죄송하지만 그건 좀 곤란합니다."

그랬다. 친분이 있다고는 해도 나는 루이의 직원이 아니었다. 가르쳐 줘야 할 의무는 없다.

"그럼 죄송하지만 뭐 한 가지만 물어봐도 되요?"

"말씀하세요."

"혹시 나가미네 셰프가 새로운 디자인을 만들 때 다른 사람들에게 도움을 받기도 하나요?"

"아니요. 늘 혼자서 하십니다. 루이에서 판매되는 과자는 전부 셰프님이 혼자서 만든 디자인이죠."

"오키모토 씨와도 전혀 상의하지 않나요?"

"물론입니다. 고용된 셰프라고는 해도 루이는 나가미네 셰프의 것이니까요. 무슨 문제라도?"

"아무것도 아니에요. 고마워요."

나는 돌아오는 길에 잠시 공원에 들려 휴대전화를 꺼내 들었다. 지점장의 번호를 누르고 나가미네 셰프와 이야기를 나눠 볼 생각이었으나 출장 중이라 아이스트림 발매일까지는 만날 수 없을 것 같다고 설명했다.

"그렇다면 할 수 없지. 아무래도 '월인'은 포기해야겠네. 만든 사람에게는 미안하지만 운이 없었다고 생각하는 수밖에."

지점장의 목소리에서 안타까움이 묻어났다.

'단지 운이 없었을 뿐이다, 좋은 경험이라고 생각하고 마음 접어라'라는 말로 미요시 씨를 위로할 수 있을까?

"조금만 시간을 주시겠어요?"

"어쩌려고?"

"어쩌면 그 전에 나가미네 셰프를 만날 수 있을지도 모르겠어요. 하지만 그러려면 아무래도 며칠은 출근하기 힘들 것 같아요. 저 대신 가게를 맡아 줄 사람을 구해 주시겠어요?"

"알겠네. 좀 이르지만 여름휴가를 주기로 하지. 가게 일은 내가 어떻게든 알아서 할 테니 걱정하지 말게. 3일 정도는 아르바이트를 써도 될 걸세. 아카리. 이 일은 자네에게 맡기겠네. 자네 뜻대로 하게."

"고맙습니다."

"좋은 소식 기다리고 있겠네."

나는 전화를 끊고 곧장 가게로 돌아갔다. 미나코에게 지금부터 여름휴가를 간다고 선언하고 돌아갈 차비를 하기 시작했다. 느닷없는 폭탄선언에 황당해하는 미나코에게 미요시 씨와 나가미네 셰프, 모두를 구하기 위한 일이라고 말해 두었다.

"그렇다면야 할 수 없죠. 아, 나도 빨리 휴가 갔으면 좋겠다."

"이번 일이 정리되면 휴가 갔다 와. 3일이든 일주일이든 좋을 대로 해."

"정말요? 우와, 신난다. 고마워요. 그럼 잘 해결하고 오세요!"

후쿠오도를 나온 나는 곧바로 서점으로 향했다. 양과자 전문서 코너에서 쇼콜라 더 루이에 대한 기사나 나가미네 셰프의 인터뷰가 실린 책을 닥치는 대로 찾아 필요한 정보가 실린 책을 모조리 사들였다.

집으로 돌아오는 전철에서 책 내용을 체크하고 집으로 돌아와서는 컴퓨터로 루이와 관련된 기사를 검색하기 시작했다.

개인홈페이지는 일단 제외하고 웹진과 인터뷰 자료를 위주로 데이터를 걸러내니 필요한 자료가 어느 정도 집약됐다.

그중에서도 좀 더 자세히 살펴봐야 할 내용은 따로 인쇄하여 커피를 마시며 차근차근 검토해 나갔다.

쇼콜라 더 루이에 과일을 납품하는 농가의 연락처만 알아내면 된다. 특집 기사를 찾아보면 농가 이름을 알 수 있을지도 모른다. 전화번호나 주소가 없어도 어느 지역에 있는지, 무엇을 재배하는지만 알면 농원 이름을 검색하여 소재지를 파악할 수 있을 것이다.

운영 방침상 비밀에 붙여 두는 곳도 있을 것이다. 아니 대부분이 그렇겠지만 단 몇 군데만이라도 알면 나가미네 셰프의 동향을 파악할 수 있을지도 모른다. 그렇게 믿고 싶었다.

지금부터는 운에 의지하는 수밖에 없었다. 내가 전화를 건 농가에 때마침 나가미네 셰프가 있을 가능성과 몇 시간 전에 들렀다가 갔을 가능성, 앞으로 방문할 가능성 중 하나라도 걸리면 나가미네 셰프를 찾을 수 있겠지만 그렇지 않다면 그야말로 운명으로 받아들이고 포기하는 수밖에 없겠지.

농가 리스트가 완성되자 나는 고개를 들어 시간을 확인했다. 오후 5시. 아직 시간은 있다.

나는 리스트에 적힌 연락처로 일일이 전화를 걸기 시작했다.

이렇게까지 했는데도 나가미네 셰프의 행방을 알 수 없다면 깨끗이 포기하는 수밖에.

나가미네 셰프를 찾을 수 있는 방법은 두 가지. 이미 방문한 농원 사람에게 다음 방문지를 물어보거나 때마침 전화를 건 곳에 나가미네 셰프가 있는 경우였다.

나는 농원에 전화를 걸어 신분을 밝히고 루이의 오키모토와 아는 사이임을 증명한 후 나가미네 셰프가 그곳에 방문했는지를 확인했다. 농원 사람들은 후쿠오도와 루이에 전화를 걸어 신원을 확인한 후 친절하게 물음에 대답해 주었다. 덕분에 비교적 순조롭게 나가미네 셰프의 행방을 쫓을 수 있었다. 오키모토 씨의 암묵적인 지원이 없었다면 불가능한 일이었다. '오키모토 씨, 고마워요.' 나는 마음속으로 그에게 감사했다. 만일 그가 농원 사람들에게 아무것도 알려 주지 말라고 했다면 이 방법은 실패다.

다행이 마지막으로 전화를 건 곳에서 나가미네 셰프가 같은 관리 시스템 하에 있는 다른 농원에서 내일 포도 출고 상황을 둘러볼 예정이라는 사실을 알아낼 수 있었다.

나는 곧장 포도농장 관리사무실에 전화를 걸었다. 담당자에게 나가미네 셰프가 내일 방문하는지, 그를 만나려면 어디에서 기다려야 하는지 물었다. 담당자는 농원은 관계자 외에는 출입할 수 없고 근처에 마땅히 기다릴 만한 장소가 없으니 농원 입구에 있는 관리사무소에서 기다리라고 친절히 알려 주었다. 나는 포도농장의 주소를 물은 뒤 전화를 끊었다. 우선 지도를 펼쳐 포도농장의 위치를 확인했다. 야마나시(山梨) 현 고후(甲府)시에 위치한 농장이었다. 최대한 빨리 도착하려면 산요(山陽) 신간선을 타고 도쿄로 갔다가 그곳에서 쥬오(中央) 본선으로 갈아타야 한다. 신간선 막차 시간은 밤 9시. 지금 바로 출발하면 늦지 않게 도착할 수 있을 것이다. 한밤중이 되어 열차에서 내린 후에는 비즈니스호텔에서 묵거나 24시간 하는 음식점에서 밤을 새우고 다음 날 아침 일찍 쥬오 본선을 타고 고후로 가면 된다. 역에서 포도농장까지는 택시로 이동하면 될 것이다.

필요한 최소한의 짐을 가방에 넣고 나는 기차역으로 향했다.

진실을 파헤치려면 직접 만나서 담판을 지어야 했다. 전화로는 대답을 회피할 수도 있으니까.

다음 날 나는 계획대로 포도농장 관리사무소를 찾았다. 이른 시간인데도 직원들은 이미 각자의 자리에서 성실하게 하루 일과를 시작하고 있었다.

직원 한 명이 소파에 앉으라고 권했다. 나는 고맙다고 말하고 소파에 앉았다. 잠시 후 중년의 남자 직원이 농원 팸플릿과 농업 관련 잡지를 가져다주었다. 내가 화과자점 직원이라는 얘기를 듣고 새로운 거래처가 될 수도 있겠다고 생각한 걸까? 왠지 미안한 마음이 들었다. 후쿠오도는 이미 거래하는 농원이 있지만 새로운 상품을 계속해서 출시하려면 새로운 거래처를 알아 두는 것도 좋을 것 같아서 천천히 책장을 넘겨 보았다.

팸플릿에는 농원에서 취급하는 포도에 관한 기사가 실려 있었다. 그냥 먹는 것과 과자 재료로 쓰는 것, 와인 원료로 쓰는 것 등 제법 품종이 다양했다. 특히 백화점 선물 코너에 납품하는 고가의 포도는 일일이 수작업으로 포도알을 다듬어 송이당 포도알의 수를 균일하게 맞춰 출하한다고 적혀 있었다. 우와, 정말? 설마 포도알 수까지 일일이 맞출 줄이야. 이렇게 생각지도 못한 부분까지 세심하게 신경 쓰고 있다니, 비쌀 만했다.

시간이 얼마나 지났을까? 이윽고 문이 열리는 소리가 들렸다. 고개를 들어 보니 직원 두세 명과 흰색 옷을 입은 남자가 사무실로 들어오는 모습이 눈에 들어왔다. 나가미네 셰프였다.

여직원 한 명이 자리에서 일어나 나가미네 셰프에게 A4 사이즈의 서류 봉투를 건넸다. 그는 고맙다고 말하고 나를 향해 다가왔다.

"용케 이곳까지 찾아왔군요."

나가미네 셰프는 어이없다는 얼굴로 말했다. 그리곤 일부터 처리하고 얘기는 나중에 하자고 덧붙였다.

나는 고개를 끄덕이며 말했다.

"시간은 얼마든지 있으니까 기다릴게요. 얼마나 걸려요?"

"오전 중에는 힘들 것 같고 여러 가지 자질구레한 일까지 처리하고 나면 점심이 지나서나 시간이 날 것 같습니다."

"그 다음에는요?"

"다음 목적지로 가야 합니다."

"그럼 출발할 때까지 얼마나 시간이 있죠?"

"30분도 안 될 겁니다."

"그 정도면 충분해요. 몇 가지만 확인하면 되니까요."

오후 1시가 넘었을 무렵 나가미네 셰프가 사무실로 돌아왔다. 그는 사무실 입구에서 손짓으로 나를 불러냈다.

"아무래도 다른 사람들이 있는 곳에서는 말하기 껄끄러운 내용일 것 같아서 불렀습니다. 조금 덥지만 밖에 있는 그늘에서 이야기합시다."

나가미네 셰프는 복도에 있는 자판기에서 병에 들어 있는 사이다를 두 개 뽑아 그 중 하나를 내게 건넸다. 사무실 정원에는 그늘막이 쳐져 있었다. 나가미네 셰프는 사이다를 테이블에 올려놓고 플라스틱 의자를 끌어당겼다. 나는 그를 똑바로 주시할 용기가 나질 않아 맞은편 옆자리에 앉았다.

풋풋한 풀 향기가 나는 습한 흙냄새가 코끝을 물들였다. 햇살이 따가웠지만 그늘에 들어가니 한결 견딜 만했다. 하지만 그것도 잠시, 뜨거운 햇살이 서서히 살갗으로 파고들었다.

"오키모토에게 가르쳐 주지 말라고 일러 뒀는데 용케 알아냈군요."

나가미네 셰프가 쓴웃음을 지으며 말했다.

"오키모토 씨가 가르쳐 준 게 아니에요. 제가 직접 찾아낸 거죠. 그를 난처하게 할 순 없으니까요."

"그렇군요."

"묻고 싶은 게 있어요."

"뭡니까?"

"공식 사이트에서 쇼콜라 더 루이의 아이스크림용 초콜릿 사진을 봤어요. 초콜릿 디자인이 내가 알고 있는 화과자와 매우 흡사하더군요. 우리 지점장님도 이 건에 대해 혹시 알고 있냐고 물으셨어요."

"그랬군요. 그래서 뭐라서 하셨습니까?"

"루이의 셰프는 남의 디자인을 훔칠 사람이 아니라고 말했어요."

"날 옹호해 준 겁니까?"

"아니요. 다만 내가 느낀 대로 얘기한 것뿐이에요. 하지만 그건 어디까지나 내 개인적인 생각이고, 실제로는 다를 수도 있다는 생각이 들더군요."

나가미네 셰프는 사이다 병을 들어 알루미늄 뚜껑을 비틀어 열었다.

"이거라도 마시고 마음을 좀 가라앉힙시다. 얼마 전부터 이 농원에서 직접 만들어 실험적으로 판매하고 있는 이 지역 특산 사이다입니다."

"지방 특산 사이다요?"

"지방 특산 맥주와 마찬가지로 이 지방에서만 맛볼 수 있는 사이다죠. 대기업이 판매에 간섭하지 못하도록 법률로 보호하고 있어서 대량 생산까지는 힘들어도 좁은 지역 내에서는 그럭저럭 유통되고 있습니다."

나는 뚜껑을 따서 한 모금 마셔 보았다. 알싸한 소리를 내며 톡톡 쏘는 기포가 무더위에 지친 목을 상쾌하게 풀어 주었다. 달콤한 레모네이드 향이 기분 좋았다. 대기업에서 만든 상품과는 달랐다. 그게 뭔지 딱 꼬집어 말할 순 없지만.

"어때요? 먹을 만합니까?"

"네."

"다행이군요."

왠지 그에게 휘둘리고 있다는 느낌이 들 무렵, 나가미네 셰프가 먼저 입을 열었다.

"아야베 씨, 진실은 이 세상 어디에도 존재하지 않습니다. 다만 진실의 단편만이 존재할 뿐이죠. 인간들은 그 단편을 멋대로 끼워 맞춰 이야기를 만들어 내고 그것을 진실이라고 부르며 스스로를 이해시키고 있습니다. 자신의 모든 것을 털어놓을 수 있는 인간은 없습니다. 언제나 뭔가는 은닉하고 침묵과 함께 묻어 버리기 마련입니다. 그렇다고 스스로를 속일 수도 없습니다. 무엇이 거짓이고 무엇이 진실인지 확인할 수 있는 확실한 방법이 없는 한, 진실 따윈 존재하지 않습니다. 그저 환상일 뿐이죠."

누구에게나 말 못할 비밀이 있다는 건 나도 잘 알고 있다. 지난번 누에콩 페브 사건을 통해 뼈저리게 느꼈으니까. 그렇다고 이대로 포기할 순 없었다.

"설사 그게 환상이라고 해도 난 알아야겠어요."

"후쿠오도를 위해서요? 아니면 아야베 씨 자신을 위해서요?"

"나가미네 셰프!"

"말씀해 주십시오."

"그런 알쏭달쏭한 얘기는 그만두세요. 난 그렇게 참을성이 많지 않아요."

"아야베 씨가 꼭 알아야겠다면 얼마든지 원하는 쪽으로 얘기를 지어낼 수 있습니다. 똑같은 일을 두고도 얼마든지 다른 이야기를 만들 수 있다는 얘깁니다. 계란과 밀가루, 버터, 설탕만 있으면 다양한 과자를 만들 수 있는 것과 같죠."

"그 얘긴 지금 나한테 그럴듯하게 거짓말이로라도 둘러대겠단 뜻인가요?"

"내 얘기가 거짓인지 사실인지를 최종적으로 판단하는 건 후쿠오도 지점장의 몫입니다. 혹은 아야베 씨가 될 수도 있겠죠."

내가 아무 말도 하지 않자 나가미네 셰프는 계속 말을 이어갔다.

"어렵습니까? 그렇다면 내가 몇 가지 선택사항을 말해 보겠습니다. 아야베 씨는 내가 디자인을 훔쳤다고 생각하십니까? 아니면 그렇지 않을 거라고 믿고 싶으십니까?"

"휴우, 당연이 후자 쪽이라는 걸 당신도 잘 알고 있잖아요."

"그렇다면 루이의 셰프는 남의 디자인을 훔치지 않았다는 전제로 얘기를 만들어 봅시다. 이 경우 후쿠오도의 과자와 루이의 초콜릿 디자인이 비슷하다면 어떤 상황을 떠올릴 수 있을까요?"

"으흠. 우선 두 사람이 서로 의논해서 만든 경우를 생각할 수 있겠죠?"

"애초에 작정하고 벌인 일이라면 또 모르겠지만 이번 경우에는 그렇게 생각하기에는 무리가 있습니다."

"그럼, 우연의 일치?"

"좋습니다. 조금 엉뚱한 것 같아도 상황에 따라서는 설득력을 가질 수 있으니까요. 루이와 후쿠오도는 여름을 겨냥한 새로운 디자인을 만들고 있었습니다. 여름 하면 떠오르는 이미지로는 산과 바다 말고도 불꽃놀이, 은하수, 별이 쏟아지는 밤하늘 등등 수없이 많은 것들이 있습니다."

나가미네 셰프는 웃옷 주머니에서 종이 한 장을 꺼내서 내 앞에 펼쳐 놓았다. 화집에서 발췌한 듯한 여러 장의 일본화가 한 장에 실려 있었다.

"아야베 씨가 이곳에 온다는 얘기를 듣고 오키모토에게 부탁해서 스캔받은 자료입니다. 이곳 관리사무실에서 프린트로 출력했죠."

언제가 본 기억이 났다. 그렇다. 이 그림은 지난번 누에콩 페브 사건으로 나가미네 셰프에게 의논하러 갔을 때 그가 들여다보고 있던 일본화였다. 그러고 보니 아까 나가미네 셰프가 관리사무실에 들어왔을 때 여직원이 건넨 봉투가 바로 이것인 모양이다.

"요코야마 다이칸(橫山 大觀: 전통 일본화를 부활시킨 일본 화가로 정감이 넘치는 그림을 그려 일본 근대 회화의 최고봉이라는 평가를 받았다-옮긴이)의 작품입니다."

나가미네 셰프는 조용히 말을 이어갔다.

"다이칸은 평범한 일본화 화가가 아닙니다. 아주 다재다능한 화가였죠. 처음부터 그림을 그리려고 했던 것도 아닙니다. 원래는 이공계를 목표로 공부하기도 하고 영어도 배우는 등 근대 시대를 살았던 인물답게 서양 문물에 대해 강한 흥미를 가지고 있었죠. 덕분에 전통적인 일본화 세계에 새로운 영역을 개척할 수 있었습니다. 지금 봐도 작풍이 화려하지 않습니까? 유럽의 인상파 사이의 공통성이 거론되기도 하죠. 이렇듯 여러 방면에 재능을 갖고 있는 화가의 그림은 굉장히 흥미롭습니다. 〈초하죽림(初夏竹林)〉, 〈동정추월(洞庭秋月)〉, 〈밤 벚꽃(夜桜)〉, 〈들꽃(野の花)〉 등 이 무렵의 분위기를 조합하여 이번 아이스크림에 얹을 초콜릿 디자인을 만들었다고 말한다면 아무도 반론을 제기할 수 없을 것 같습니다만."

그의 말이 옳았다. 〈초하죽림〉의 맑고 차가운 초여름 공기의 느낌, 월인장사의 배를 연상시키는 〈동정추월〉의 작은 배, 〈밤 벚꽃〉의 화려함과 살짝 모습을 드러낸 보름달의 존재감, 〈들꽃〉의 꿋꿋이 살아가는 들풀의 날카로운 묘선을 조합하여 루이의 추상적인 초콜릿 디자인이 완성되었다고 해도 전혀 이상하지 않았다.

나가미네 셰프가 평소에도 새로운 디자인을 만들기 위해 여러 방면으로 두루 공부하고 있다는 사실은 루이의 직원이라면 누구나 잘 알고 있다. 나도 몇 번인가 책을 보며 아이디어를 짜내고 있는 모습을 목격하지 않았던가. 다이칸의 그림을 보고 영감을 얻었다는 말도 일리가 있고, 그림을 그대로 사용한 것도 아니므로 저작권상의 문제도 전혀 걸릴 게 없었다.

"어떻게 생각하십니까?"

"상당히 그럴듯하네요. 하지만 이걸로 지점장님을 이해시킬 수 있을지는 모르겠지만 적어도 난 당신이 만들어 낸 얘기라는 걸 알잖아요. 난 거짓으로 스스로를 이해시킬 생각은 추호도 없어요. 아직 꺼림칙한 부분도 있고요."

"시간이 모든 걸 해결해 줄 겁니다."

나가미네 셰프는 자리를 털고 일어서며 말했다.

"미안하지만 다음 예정지로 떠나야 할 시간이라서 이만 실례해야겠습니다."

"나도 따라가겠어요. 모든 의혹이 풀리기 전까진 절대로 돌아가지 않겠어요."

"따라온다고 해도 더는 아무 말도 안 할 겁니다. 날 믿는다면 이쯤에서 돌아가세요."

더는 매달릴 수가 없었다. 장인의 완고함은 익히 알고 있는 터였다. 아무것도 말하지 않겠다고 말한 이상 어떤 이야기도 하지 않을 것이다. 이쯤에서 포기하고 돌아가는 수밖에.

나가미네 셰프는 그대로 등을 돌리고 다시는 돌아보지 않고 성큼성큼 가 버렸다.

여름 내내 쇼콜라 더 루이의 신상 아이스크림은 날개 돋친 듯 팔려 나갔다. 후쿠오도의 요카도 반응이 좋았지만 루이의 아이스크림 판매량과는 비교도 안 됐다.

그래도 단골손님들에게 호평을 받고 있어서 지점장은 무척이나 기뻐했다. 요카는 신선하면서도 정통파 화과자에 걸맞은 고급스러움을 갖추었다는 평가를 받았다. 잡지에 실린 스위트 특집 기사를 보고 찾아오는 손님도 제법 있었다. 그리고 여름에만 한정판매하는 아이스 모나카를 찾는 손님들이 크게 늘었다. 특히 젊은 고객층에서 반응이 뜨거웠다. 고급 생과자보다 친숙하고 가격이 저렴하다는 이유였다. 백화점 지하 매장에서도 요카의 반응은 폭발적이었다.

하지만 나는 왠지 루이의 신상 아이스크림을 먹기가 겁났다. 정말 맛있다며 "강추, 강추!"를 외쳐 대는 미나코의 모습을 보고도 포도농원에서의 일이 떠올라 좀처럼 발길이 떨어지지 않았다.

아침저녁으로 기온이 떨어져 스산한 기운이 감돌고 아이스 모나카의 냉동 진열장을 정리할 시기가 다가왔을 무렵이었다. 미나코에게서 미요시 씨가 그만둔다는 얘기를 들은 건.

인사이동이 있는 것도 아니었다. 그런데 왜? 양과자 장인이 되기 위해 일을 그만둔다는 얘기를 듣고 나는 눈이 휘둥그레졌다.

"이번 대회에서 떨어진 충격이 생각보다 컸나 봐."

"기껏 도와줬더니……. 이렇게 끈기 없는 사람인 줄 정말 몰랐어요. 실망이에요."

미나코는 분한 듯 말했지만 미요시 씨라면 양과자 장인으로도 충분히 실력을 발휘할 수 있을 것이다. '월인'에서 보여 준 감각이라면 틀림없이 양과자도 잘 만들겠지. 어쩌면 화과자보다 양과자가 더 그에게 맞을지도 모르겠다.

이윽고 미요시 씨가 후쿠오도에서 일하는 마지막 날이었다. 하루 일과를 마치고 탈의실에서 옷을 갈아입고 밖으로 나왔더니 미요시 씨가 기다리고 있었다.

미요시 씨가 고개를 숙이면서 말했다.

"오늘부로 후쿠오도 고베 지점을 떠나게 되었어요. 그동안 고마웠습니다."

"미나코에게 그만둔다는 얘긴 들었어요. 양과자 장인이 된다고요?"

"전향이라기보다 유학 간다는 표현이 맞을 것 같아요. 본격적으로 양과자를 배워 보고 싶어졌거든요."

"루이 때문인가요?"

"전부터 생각은 하고 있었는데, 나가미네 셰프가 확실한 계기를 마련해 준 셈이죠."

"그럼 이제 화과자에는 흥미를 잃은 건가요?"

"아니에요. 그런 의미가 아닙니다. 다만 내가 만들고 싶은 화과자를 만들려면 양과자에 대해서도 좀 더 공부해야겠다고 느꼈을 뿐이에요. 그래서 일단 적극적으로 양과자점 주방에서 일해 보기로 결심했어요."

"그렇군요. 하지만 다시 화과자를 만들게 되더라도 후쿠오도로 돌아오지는 않겠죠? 그렇다면 마지막으로 가르쳐 줄래요? '월인'의 디자인이 어째서 루이의 신상 아이스크림의 초콜릿 디자인으로 탈바꿈한 거죠?"

"……좋아요. 실은 이번 일에 대해서 제 진로가 결정되기 전까진 비밀로 해 두라는 나가미네 셰프의 충고가 있었어요."

"나가미네 셰프가요?"

"네. 그래서 지난번엔 아무 말도 할 수 없었죠."

"그럼, 아이스크림 출시일에 그가 루이를 비운 건……."

"맞아요. 일부러 출장을 핑계로 자리를 비운 거죠. 누구와도 만나지 않고 이번 일을 마무리하려는 나가미네 셰프의 배려였어요. 걸으면서 얘기할까요? 아, 정말 오랜만에 일찍 퇴근해 보네요."

아직 가로등이 켜지지 않은 얕게 땅거미가 내려앉은 거리를 걸으며 미요시 씨가 중얼거리듯 말했다.

"화과자 장인에게 계절의 변화는 중요한 소재가 되죠. 사계절의 특징이 과자 무늬에 고스란히 담겨 있으니까요. 그래서 난 화과자가 좋아요."

어디에서인가 밤 굽는 냄새가 진동했다. 루이의 주방에서 나는 냄새일까? 차갑게 식은 바깥 공기를 뚫고 향긋하면서도 따뜻하고 달콤한 밤 냄새가 코끝을 부드럽게 간질였다.

밤 몽블랑 생각이 절로 났다.

미요시 씨라면 양과자점에서 파는 밤이 듬뿍 들어간 롤 케이크나 과자도 맛있게 만들겠지?

내가 무슨 생각을 하고 있는지 알 리 없는 미요시 씨가 진지하게 이야기를 이어 갔다.

“몇 번에 나눠서 내가 만든 샘플을 나가미네 셰프에게 보여줬습니다. 나가미네 셰프는 첫날 평가를 내리기 전에 두 가지 조건이 있다고 말하더군요.”

“그게 뭐였죠?”

“샘플을 모두 보고도 마음에 드는 디자인이 없으면 그냥 없다고 솔직히 말하겠다는 것과 만일 마음에 드는 게 있다면 그 중에서 가장 마음에 드는 디자인을 평가에 대한 사례로 갖겠다는 것이었죠.”

“어떻게 그런 일이!”

“나가미네 셰프는 ‘월인’을 골랐고, 그래서 그 디자인이 이번 신상 아이스크림 초콜릿 디자인으로 채택되었던 거예요.”

“어째서 그런 말도 안 되는 조건을 받아들인 거죠? 다른 사람에게 줄 디자인이었다면 왜 나가미네 셰프에게 보여 준 거예요?”

“그렇게 해서라도 나가미네 셰프의 평가를 받고 싶었으니까요.”

“나가미네 셰프도 그래요. 어떻게 그런 조건을 걸 수 있죠? 도무지 이해가 되질 않아요.”

“그런 것쯤은 이미 각오했어요. 나가미네 셰프가 말하더군요.

만일 다른 사람에게 부탁했다면 고의로 날 속이고 디자인을 빼앗아 갈 수도 있고 자신도 느낀 대로 솔직히 평가해 주리라고는 장담할 수 없다고 말이에요. 그 말이 오히려 더 믿음이 갔어요. 그래서 그에게 모든 걸 맡기기로 했죠. 이 사람이라면 믿어도 된다, 어떤 대가를 치르더라도 그의 평가를 들어야 한다고 말이죠."

"그랬군요. 그런데 만일 미요시 씨의 작품이 경합 대회에서 우승을 했다면 나가미네 셰프는 어떻게 할 생각이었을까요?"

"그는 아마도 '월인'이 뽑히지 못할 거라는 걸 꿰뚫어 보고 있었던 것 같아요. 그래서 그런 조건도 걸었던 거고요. 양과자와 화과자는 분명 다르지만 그의 안목은 최고니까요. 게다가 후쿠오도의 오랜 고객이기도 하잖아요. 물론, 일종의 모험이었을지도 모르지만요."

"하지만 만에 하나 '월인'이 채택되었다면 그땐 어떻게 할 생각이었을까요?"

"만일을 대비해 다른 디자인을 준비해 뒀을 거예요. 그리고 출시하기 직전에 바꿨겠죠. 일부러 그 디자인을 사용해 날 궁지에 몰아넣을 수도 있었겠지만 어쨌든 공장장님에게는 아무 말도 안 했을 거예요. 아마도 그게 내게 보내는 나가미네 셰프만의 성원이 아니었을까요? 디자인을 조금만 수정하면 충분히 상품화할 수도 있고 양과자 디자인으로도 바꿔 쓸 수 있다는 걸 가르쳐 주기 위해 일부러 초콜릿 디자인으로 채택한 게 아닐까요? 혹은 상품화하려면 이 정도는 되어야 한다는 걸 가르쳐 주려고 한 건지도 모르죠."

미요시 씨의 이야기를 듣고 나는 문득 내가 얼마나 어리석었는지를 깨달았다.

화가 날 정도로 허망했다. 미요시 씨와 나가미네 셰프는 처음부터 곧장 앞만 보고 달려가는데 나만 지금껏 진실의 주변을 빙빙 돌고 있었던 것이다.

"덕분에 비로소 깨달았어요. 내가 내 가게를 갖고 싶어 한다는 걸요. 전통적인 화과자가 아닌 화과자풍의 스위트를 만들어 싶어 한다는 걸 말이죠. 그러기 위해서는 언제까지고 후쿠오도에 안주하고 있을 수만은 없어요. 조금 이른 감이 있지만 양과자를 제대로 공부해서 언제고 반드시 화과자의 세계로 다시 돌아올 거예요. 그리고 누구도 본 적 없는 화과자풍의 멋진 스위트를 내 손으로 직접 만들고 말 거예요."

"그랬군요. 그럼 꼭 열심히 해서 그 꿈을 이루길 바라요. 그리고 미나코에게도 제대로 설명해 줘요. 오해하고 있으니까."

"알겠어요. 새로운 작품이 만들어지면 이번에도 모니터해 주실래요?"

"양과자든 화과자든 언제든지 대환영이에요. 미요시 씨가 만든 과자, 정말 맛있었거든요."

미요시 씨와 헤어진 후 나는 쇼콜라 더 루이로 발걸음을 옮겼다.

만일 포도농원에서 끝까지 나가미네 셰프를 다그쳐 사건의 진상을 들었다면 과연 어떻게 결말이 났을까?

별로 좋은 결과는 얻지 못했겠지. 미요시 씨의 계획이 지점장과 공장장에게 발각되어 나와 미나코가 관련되어 있다는 사실까지 발각되고, 미요시 씨는 장인으로서의 자격을 박탈당하고 불명예스럽게 후쿠오도를 떠나야 했을지도 모르겠다.

내게 더는 아무 말도 안 하겠다면서 단호하게 돌아서던 나가미네 셰프. 그는 그런 상황까지 염두에 두고 있었던 걸까? 내가 자신을 오해하고 있다는 걸 알면서도 미요시 씨를 위해 그렇게 말을 아꼈던 걸까?

휴우. 그때 돌아서길 잘했지. 돌이킬 수 없는 일을 저지를 뻔했다. 만일 그랬다면? 생각만 해도 등골이 오싹했다.

쇼콜라 더 루이 앞에 도착한 나는 조금의 주저함도 없이 문을 열고 안으로 들어갔다. 폐점 시간이 다 되어 생크림케이크 진열장은 이미 텅텅 비어 있고 봉봉 오 쇼콜라도 몇 개 남지 않았다.

"여름 한정판매 아이스크림이 아직 남아 있나요?"

"네. 아직 조금 남아 있습니다."

"어떤 게 남아 있죠?"

"종류별로 두세 개씩 남아 있는데, 어느 걸 하시겠어요?"

"언제까지 판매하죠?"

"오늘까지예요. 내일부터는 가을 메뉴가 출시되거든요."

"그럼 종류별로 하나씩 싸 주세요."

"알겠습니다."

커피 매장에 나가미네 셰프가 있다면 말을 걸어 볼까도 생각했지만 이내 그만두기로 했다. 이제 와서 무의미한 짓이라는 생각이 들었기 때문이었다.

꺼림칙한 기분이 들어 이번 여름 내내 한 번도 먹지 않았던 루이의 한정판매 아이스크림을 나는 그날부터 날마다 한 개씩 꺼내 먹었다.

초콜릿의 달콤 쌉싸름한 맛이 아이스크림의 부드러운 맛과 잘 어울렸다. 나가미네 셰프를 처음 만났을 때 먹었던 스위트와 비슷한 느낌이 났다. 아니, 그 이상이었다. 과일 퓌레의 새콤한 맛이 가슴에 촉촉하게 스며들었다.

덕분에 그동안 괜한 고집을 부리며 먹지 않았던 걸 땅을 치고 후회해야 했다. 이제 와서 이런 말 해 봐야 소용없지만 좀 더 일찍 사실을 알았더라면 몇 번은 더 먹을 수 있었을 텐데. 아깝고 아까웠다.

포도농원에서 등을 보이며 냉정하게 돌아서던 나가미네 셰프의 모습이 다시금 떠올랐다. 그의 모습 위로 월인장사의 모습이 오버랩되었다. 칠흑같이 어두운 밤하늘을 홀로 노를 저어 가는 월인장사의 모습이.

제4화

약속

"혹시 이번 주말에 시간 있어요?"

밤 맛 모나카를 사러 온 오키모토 씨가 대금을 지불하면서 조심스레 물었다. 나는 거스름돈을 건네며 대답했다.

"네. 무슨 볼일이라도 있으세요?"

"그럼 저녁식사 같이 안 하실래요? 제가 쏠게요."

"글쎄요."

선뜻 대답을 못하자 오키모토 씨는 재빨리 사정을 설명했다.

"실은 셰프님과 같이 갈 예정이었는데 갑자기 감기에 걸리셨지 뭐예요. 좀처럼 아프지 않는 분인데. 취소하기도 미안하고 혼자서 먹기도 좀 그러던 차에 아야베 씨가 생각났어요. 같이 가면 좋을 것 같아요."

"말씀은 고맙지만 폐 끼치고 싶지 않아요."

"아이쿠, 전혀 안 그래요. 게다가 아야베 씨는 제법 미식가인데다가 비평하는 눈도 예리하시잖아요."

"그 말씀은 음식을 먹고 모니터를 해 달라는 거예요?"

"실은 제가 아는 사람 가게거든요. 셰프님과 전 1년에 한 번씩 코스 요리를 먹으러 간답니다. 그와 약속했거든요. 음식과 디저트를 먹고 느낀 점을 말해 주기로."

"그럼 나가미네 셰프의 감기가 다 나을 때까지 기다렸다가 가는 게 좋을 것 같은데요."

"올해는 이래저래 일이 많아서 이미 세 번이나 연기했는데, 더는 미안해서 못하겠어요. 그래서 제가 먼저 가고 셰프님은 다 나으면 가시기로 했어요. 그리고 우리가 아는 사람 중에 전문가는 아니지만 과자를 좋아하고 많이 먹어 본 사람, 게다가 솔직담백하게 감상을 말할 수 있는 사람은 아야베 씨뿐인 걸요. 물론 싫으시다면 억지로 끌고 갈 생각은 아닙니다. 다만 괜찮으시면 같이 가 달라는 거죠."

지난 번 미요시 씨 사건 이후로 지금껏 나는 나가미네 셰프를 만나지 않았다.

일부러 피한 건 아니다. 그저 만날 기회가 없었을 뿐이지. 지난번 사건을 통해 나는 나가미네 셰프에 대해 아는 게 없다는 사실을 뼈저리게 깨달았다. 그렇다고 그에게 직접 물어볼 용기도 나지 않았다. 그 정도로 허물없는 사이도 아니고. 그럼 이번 기회에 오키모토 씨에게 물어볼까? 그럼 한결 자연스럽겠지?

"어떤 곳이에요?"

"프랑스 식당이에요. 가정적인 분위기의 개인 레스토랑이죠. 오사카에 있어서 아무래도 일을 다 마치고 가려면 늦을 것 같아서 마지막 시간대로 예약해 뒀어요. 같이 가실 거죠?"

결국 나는 그의 초대에 응하기로 했다. 프랑스 요리를 좋아하기도 하지만 나가미네 셰프에 대해 알고 싶었으니까.

레스토랑 '라 올리브(La olive)'는 생각보다 꽤 컸다. 가정적인 분위기의 개인 레스토랑이라고 해서 작고 아늑한 공간을 생각했는데 단체고객을 위한 넓은 방도 있어서 결혼식 피로연 장소로도 그만이었다. 그리고 특이하게도 매장 입구에 진열장이 있어서 가게 안으로 들어가지 않고도 케이크를 살 수 있었다. 케이크를 사려는 손님들의 잦은 출입으로 레스토랑의 분위기가 흐트러지지 않게 하기 위한 방안이었다. 한마디로 파티세리를 겸한 레스토랑이었다.

진열장에는 과일을 듬뿍 얹은 타르트를 비롯해 알록달록 예쁜 케이크들이 손님들을 유혹하듯 아름다운 자태를 뽐내고 있었다. 어지간히도 과일을 좋아하는 사람인가 보다. 저렇게 아낌없이 과일을 얹은 걸 보면. 오키모토 씨와 내가 가게 안으로 들어서는 동안에도 진열장 앞은 귀엽고 사랑스러운 케이크를 찾는 손님들의 발길로 분주했다.

오키모토 씨가 이름을 밝히자 종업원이 자리를 안내해 주었다. 주문은 오키모토 씨에게 맡겼다.

토마토와 올리브유가 듬뿍 들어간 요리는 이탈리아 요리에 가까웠다. 프랑스 요리의 특징이란다. 마늘이 들어간 에스카르고(프랑스의 대표적인 달팽이 요리-옮긴이)와 향이 강하고 아삭아삭 씹히는 질감이 일품인 야채, 소스로 버무린 어패류와 고기 등 어느 것 하나 흠잡을 데 없이 완벽했다.

음식이 나오기 전에 반병와인(한 병은 많고 한 잔은 부족하다고 느끼는 고객들의 요구에 맞춰 출시된 적은 용량의 와인-옮긴이)이 먼저 나왔다. 묵화(墨畵) 느낌의 일러스트가 그려져 있는 와인 라벨에는 병입 날짜가 표기되어 있었다.

"드디어 디저트를 먹을 시간이군요."

오키모토 씨가 속삭였다. 역시 그의 최대 관심사는 디저트였다. 우리는 잔뜩 기대에 부풀어서 디저트가 나오기만을 목이 빠져라 기다렸다.

잠시 후 종업원이 접시에 세 종류의 디저트를 세팅해 주었다. 딸기와 블루베리, 크랜베리로 장식한 크렘 브륄레(푸딩 윗면에 캐러멜을 입힌 것-옮긴이)와 겉에 설탕가루를 뿌린 작고 귀여운 가토 쇼콜라(타르트의 고소함과 초콜릿의 진하고 달콤함을 느낄 수 있는 초콜릿케이크-옮긴이), 마지막으로 연분홍색 마카롱이 접시 위에서 한껏 우리의 손길을 유혹하고 있었다.

알맞게 잘 구워진 브륄레와 새콤한 맛이 강한 과일의 조합이 환상적이었다. 프랑부아즈(산딸기-옮긴이) 풍미의 마카롱 안에 들어 있는 잼은 입에 넣는 순간 사르르 녹아내리듯 부드럽게 혀를 감쌌다. 바삭바삭한 겉과 부드럽고 쫄깃한 속살의 오묘한 조화가 일품이었다. 가토 쇼콜라는 맛이 다른 두 종류의 초콜릿 생지에 피스타치오 크림이 들어 있었다. 크기는 작아도 초콜릿의 진하고 깊은 맛이 응축되어 있는 듯 식감이 살아 있었다.

"맛이 어때요?"

"정말, 정말 맛있어요. 아, 너무 행복해요. 역시 오키모토 씨와 나가미네 셰프가 인정한 솜씨라 다르네요. 특히 초콜릿을 고르는 안목이 탁월한걸요."

"브릴레는 어때요?"

"브릴레의 단맛과 과일의 새콤한 맛이 잘 어우러진 것 같아요. 이 마카롱도 정말 맛있어요. 이렇게 심플한 과자일수록 만든 사람의 개성이 잘 드러나는 법이죠."

"다시 또 오고 싶을 정도인가요?"

"물론이에요. 제 돈을 내고 먹어도 전혀 아깝지 않을 정도에요. 다음에는 친구와 함께 와야겠어요."

"고마워요. 주방에 있는 친구가 들으면 무척 기뻐할 겁니다."

"정말 맛있었다고 꼭 좀 전해 주세요."

디저트를 다 먹은 후에도 우리는 따뜻한 홍차를 마시면서 느긋하게 시간을 보냈다.

이때다 싶어 나는 슬쩍 얘기를 꺼냈다.

"나가미네 셰프와 알고 지낸 지는 얼마나 됐어요?"

"한 10년쯤 됐을 겁니다."

"어디에서 처음 만났어요?"

"도쿄에서 처음 만났죠. 고등학교를 졸업하고 지방에 있는 빵집에서 일하면서 한 5년 정도 기술을 익혔습니다. 그리고 다양한 경험을 쌓기 위해 도쿄로 올라갔죠."

"그럼 여러 곳에서 일했겠네요."

"실제로 일한 데는 한 곳뿐입니다. 처음엔 여러 곳을 돌며 되도록 많은 경험을 쌓고 싶었는데 처음 들어간 곳이 마음에 들어서 눌러앉아 버렸거든요. 특히 초콜릿 만드는 기술이 뛰어난 곳이었습니다."

"유럽으로 건너갈 생각은 없어요?"

"글쎄요. 다른 나라에서는 든든한 후원자나 인맥이 없으면 일하기가 어렵습니다. 자칫하면 먼 타향 땅까지 가서 다른 사람들 뒤치다꺼리나 하다 끝날 수도 있으니까요. 인건비가 싼 동양인 잡부 정도로 생각하는 사람이 적지 않거든요. 일단 국내에서 제대로 된 가게를 찾아 일을 배우고 실력이 쌓이면 정보 수집 차원에서 유럽에 다녀올 생각이었는데 이제는 파리의 일류 과자 장인들이 오히려 도쿄로 견학하러 오는 시대가 되었죠."

"그런데 나가미네 셰프는 옛날부터 원래 그랬나요?"

"그게 무슨 말이죠?"

"굉장히 논리적이고 자신의 감정을 좀처럼 드러내지 않잖아요."

"하하. 제대로 보셨군요. 예전에도 논리적이기는 했는데, 처음 만났을 땐 지금보다 더 까칠한 성격이었죠. 아마도 그땐 일이 너무 많아서 마음에 여유가 없었던 것 같아요."

호기심에 가득 찬 나를 보며 오키모토 씨가 장난기 섞인 눈빛으로 웃으며 말했다.

"나가미네 셰프에 대해 알고 싶으세요?"

"네."

"그럼 직접 물어보시지 그래요?"

"묻기 껄끄러운 것도 있어요."

"나도 잘은 모릅니다. 한때 같은 직장에서 있었고 때마침 쇼콜라 더 루이에서 다시 함께 일하게 되었을 뿐이니까요. 워낙에 자신에 대해 말하는 스타일이 아니거든요."

"그럼 그와 함께 일하면서 겪었던 일이라도 얘기해 주세요. 나가미네 셰프가 어떤 사람인지는 맘대로 상상해 볼게요."

"글쎄요. 특별히 기억나는 게 없는데요."

"그러지 말고 케이크 만드는 얘기라도 해 주세요."

"흠. 정 그러시면 이 레스토랑에 대해 얘기해 볼까요? 나가미네 셰프와 저도 조금 관련이 있거든요. 그렇다고 너무 기대하지는 마십시오. 그냥 그런 얘기니까요. 그리고 또 한 가지. 지금부터 하는 얘기는 우리 둘만이 아는 비밀로 해 두셔야 합니다."

오키모토 씨는 당부하듯 말하고 그때의 추억이 되살아나는 듯 그리움이 밴 목소리로 얘기를 시작했다.

내가 일했던 도쿄의 파티세리는 주방에 쇼콜라 룸이 딸려 있는 규모가 상당히 큰 가게였어요. 긴자에 본점을 둔 '파티세리 이와타'라는 가게였죠.

백화점 지하에 두 개의 지점을 두고 네트워크로 구운 과자와 초콜릿을 통신판매하고 있었죠. 전국적으로 소문난 가게여서 정신없이 바빴습니다. 만들고 또 만들어도 주문을 따라가기 어려울 정도였죠. 그야말로 밑 빠진 독에 물 붓기였습니다.

오너이자 수석 셰프인 이와타(磐田) 씨는 이벤트나 인터뷰 때문에 가끔 주방을 비우긴 했지만 그렇다고 사람들 앞에 나서는 것을 좋아하는 편은 아니었습니다. 그보단 오히려 주방 한쪽에서 묵묵히 과자를 만들 때 행복을 느끼는 사람이었죠. 매스컴의 바람을 타고 스위트 붐이 급속하게 퍼지는 것에 대해 늘 걱정하고 있었습니다. 열심히 일을 하다 보면 유행에 상관없이 언젠가는 사람들에게 인정받을 날이 온다고 믿고 있었지만 현실은 다르다는 걸 진저리나도록 봐 왔으니까요.

양과자점 중에는 일체 취재에 응하지 않는 가게도 있습니다. TV는 물론이고 잡지사 인터뷰까지 거절하는 셰프도 있죠. '내가 아닌 과자에 대해 쓰라. 그리고 그 전에 반드시 직접 먹어 보라. 진정한 셰프는 맛있는 과자를 만들면 그뿐, 우리를 우상시하지 마라.' 고지식하다고 할까? 암튼 그런 생각을 가진 사람들이 아직도 꽤 많거든요.

이와타 셰프도 고지식한 편이었지만 긴자라는 지역의 특성상 가게를 꾸려 나가려면 화려한 눈요기도 필요하다는 걸 잘 알고 있었습니다. 아마 좀 더 많은 사람들에게 자신의 과자를 먹이고 싶다는 욕망도 있었을 겁니다.

장인으로서의 이상과 경영자로서의 현실 사이에 갈등이 꽤 깊었을 텐데도 결코 고민하는 모습을 보이지 않았습니다. 그것이 이와타 셰프의 가장 큰 장점이었죠. 내가 '파티세리 이와타'에 들어갔을 때 이미 그의 나이는 쉰 살이 넘었지만 늘 젊음을 유지하고 있었습니다.

'파티세리 이와타'는 신입 장인은 채용하지 않았습니다. 곧바로 작업에 투입될 수 있는 실력을 갖춘 인재를 필요로 했죠. 나도 다른 가게에서 일한 경력 때문에 들어갈 수 있었습니다. 주방 스태프는 모두 서른 명. 남녀의 비율은 거의 비슷했습니다. 긴자 본점에서 모든 과자를 만들었기 때문에 아틀리에의 규모가 굉장히 컸죠.

작업장은 과자 파트와 초콜릿 파트로 나눠져 있었습니다. 물론 주방도 따로 있었죠. 과자와 초콜릿은 온도 관리와 작업 공정이 다르니까요. 이와타 셰프는 오전과 오후로 나누어 양쪽을 오가며 작업을 지시했습니다. 장인 한 명이 지나치게 오랫동안 작업하지 않도록 교대로 일하게 했는데도 주방은 늘 바빴습니다. 눈이 핑핑 돌 정도였죠.

첫 출근하던 날이었습니다. 첫날이니 다른 사람들보다 일찍 가 있으려고 일찍 집을 나섰죠. 그런데 가게에 도착하여 탈의실에 들어가 보니 나보다 먼저 출근한 사람이 있더군요. 나이는 저랑 비슷해 보였습니다. 키가 크고 얼굴이 갸름했는데 밝은 색으로 물들인 머리카락이 잘 어울린다기보다는 눈에 거슬렸습니다.

내가 고개를 숙여 인사를 하자 그 사람이 묻더군요.

"혹시 이번에 새로 들어왔습니까?"

"그렇습니다. 앞으로 잘 부탁드립니다."

"휴우. 다행이다. 나도 이번에 새로 들어왔습니다. 입사 동기가 있으니 한결 마음이 놓이네요. 난 우메자키라고 합니다. 앞으로 잘 부탁해요."

선배인 줄 알았는데 알고 보니 입사 동기였습니다. 나이는 나보다 두 살 위인 스물다섯 살이었습니다. 그는 쩌렁쩌렁한 목소리로 나에 대해 이것저것 물어보더군요. 사교성이 좋다고 하기보다는 조금 성가신 사람이라는 느낌을 받았습니다. 그렇다고 처음부터 쌀쌀맞게 대할 수도 없는 노릇이고 해서 잠시 이야기를 나누었죠.

그는 내가 다른 곳에서 5년 동안 일한 적이 있다는 얘길 듣고 깜짝 놀라더군요.

"우와, 그럼 동기가 아니라 선배네."

"우메자키 씨는 얼마나 됐는데요?"

“2년 됐어.”

그도 나처럼 제과학교에는 다니지 않았더군요. 그런데도 두 살 아래인 나보다 경력이 짧아서 이상하게 생각하고 있었죠. 그게 표정에 나타났는지 우메자키 씨는 “원래는 다른 일을 했어. 얼마 전까진 이삿짐센터 일을 했거든.”라고 말해 주었습니다.

“이삿짐센터요?”

TV에서 자주 흘러나오는 CM송을 흥얼거리며 우메자키 씨는 자신이 일했던 회사 이름을 가르쳐 주었습니다.

“일이 너무 고돼서 과자 장인으로 전향했지. 케이크를 만드는 일이라면 어릴 적부터 좋아해서 현장에서 2년 정도 배우니까 금방 손에 익더라고. 어차피 똑같은 육체노동을 할 거라면 케이크 만드는 작업이 훨씬 재미있잖아.”

나는 놀랐다기보다는 충격 그 자체였습니다. ‘파티세리 이와타’는 채용 심사가 까다롭다고 소문이 났거든요. 대체 어째서 저렇게 경력이 짧은 사람이 뽑힌 걸까? 도무지 이해가 되지 않았습니다.

그래서 처음에는 일손이 부족해서일지도 모른다고 생각했죠. 그것도 아니면 설거지할 사람이 필요했거나. 냄비를 닦는 일은 신입 장인의 몫이니까요. 나야 면접 볼 때 이미 그런 허드렛일은 하지 않기로 얘기가 되어 있었죠. 담당자가 따로 있다고 하던 말이 기억나서 아마 우메자키 씨일 거라고 생각했죠.

그런데 막상 주방에 들어가 보니 설거지를 담당하는 아주머니가 계시더군요. 그 아주머니가 과자 상자를 나르거나 구운 과자 포장을 돕거나 제과용 도구를 애벌 설거지를 해서 식기세척기에 넣고 우리들에게 가벼운 식사를 만들어 줬습니다. 아침과 저녁에는 식사하러 나갈 시간도 없이 바빠서 일손이 빈 사람이 빵을 구워 주거나 가벼운 요깃거리를 만들어 주면 굉장히 도움이 되거든요.

물론 허드렛일을 하는 아주머니라고 해서 얕잡아 봐서는 안 됩니다. 흡사 전쟁터를 방불케 하는 주방을 장인들에게 방해가 되지 않도록 기민하게 움직인다는 건 상당히 큰 일이니까요. 다시 생각해 보니 우메자키 씨에게 적합한 일은 아닌 듯했습니다.

우메자키 씨와 나는 곧바로 과자를 만드는 일에 투입되었습니다.

쩨쩨하게 들릴지도 모르겠지만 문득 우메자키 씨와 나의 급여가 같을지도 모른다는 생각이 들었습니다. 내가 경력이 더 많으니까 당연히 급여도 많아야 한다고 생각했지만 아닐 수도 있다는 생각에 솔직히 실망스러웠습니다.

우리는 같은 팀에 배속되었습니다.

양과자는 생지 만들기, 생크림케이크 조립 및 장식, 과자 굽기, 오븐 관리 등 각 팀별로 작업을 진행합니다.

셰프가 모든 상품의 디자인과 레시피를 만들지만 혼자서 그 많은 물량을 소화하는 건 불가능합니다. 그래서 레시피를 보고 그대로 만들 수 있는 숙련된 장인들이 필요하죠. 셰프의 솜씨는 가게의 얼굴입니다. 하지만 그를 보좌할 실력 있는 장인들이 없다면 번화가에서는 살아남기 어렵습니다. 하루 소비량이 얼마 되지 않는 한적한 지방도시라면 또 모를까요. 어쨌든 도심지에서 규모가 큰 가게를 꾸려 나가려면 이 두 가지를 모두 충족시켜야 합니다.

'파티세리 이와타'는 꽤 오래된 가게입니다. 그래서 옛날 설비들을 그대로 쓰고 있을 거라고 생각했죠. 그런데 주방에 들어서는 순간 입이 쩍 벌어지더군요. 모든 설비가 최신식으로 갖춰져 있었거든요. 은색의 커다란 냉장고가 벽 가장자리에 일렬로 늘어서 있었고 최신식 각반기도 여러 대 구비되어 있었습니다. 그 옆에는 커다란 가마 세 대가 쉴 새 없이 가동되고 있었죠. 에어컨에서 바닥 사양은 물론이고 자질구레한 소도구조차 모두 최신식이었습니다. 더 좋은 것이 나오면 과감히 교체하는 분위기였죠. 내가 일하는 동안에도 기기를 싹 다 바꾼 적이 있을 정도였어요. 고객의 요구에 응하려면 무엇보다 효율적으로 제품을 만들어 내야 했으니까 당연한 일이었죠. 그만큼 이와타의 제품을 찾는 고객이 많았다는 의미이기도 하고요. 다행히 주방이 지하에 있어서 넓은 공간을 확보할 수 있었습니다.

나가미네 셰프는 우리가 배속된 팀의 일원이었습니다.

그 당시엔 지금처럼 초콜릿을 만들지 않고 생과자를 만들고 있었죠. 가끔 쇼콜라 팀의 작업을 돕긴 했지만 기본적으론 우리가 속한 팀의 리더였습니다. 나이는 이미 30대에 들어서 있었죠. 지금의 나가미네 셰프를 보면 이해가 가지 않겠지만 당시엔 그냥 한 팀의 리더였습니다. 아직 부셰프의 자리에도 오르지 못했죠.

우메자키 씨와 내가 다가가 인사를 건네자 무뚝뚝하게 살짝 고개를 끄덕일 뿐이었습니다. 주방에서는 매일 아침 하루 일과를 시작하기 전에 전체 회의를 합니다. 그때 이미 소개를 받았으니 그걸로 충분하다고 생각했는지도 모르죠. 어쨌든 그는 도구와 재료가 어디에 있는지 알려 주곤 우리가 어떤 작업을 할 수 있는지부터 물었습니다.

그리곤 바로 작업에 투입할 수 있다는 걸 알고 재료와 도구를 건넸습니다. 곧장 일을 시작하라고 지시했죠. 우리에게 주어진 첫 임무는 케이크를 장식하는 작업이었습니다. 준비된 재료를 보고 어떤 케이크를 만들어야 할지 금방 알 수 있었습니다. 이와타에 들어가기 전부터 모든 제품을 몽땅 조사해 두었거든요. 모든 일이 그렇지만, 이 일은 내가 일하는 가게와 과자에 대한 애정 없이는 오래 견디기 힘듭니다. 진열장에 진열된 케이크의 디자인은 이미 내 머릿속에 깊이 각인되어 있었죠. 실제로 돈을 내고 사 먹어 본 적도 있었으니까요. 덕분에 나가미네 셰프의 대략적인 설명만 듣고도 감이 팍 오더군요.

막 케이크를 장식하려는데 우메자키 씨가 작은 목소리로 묻더군요.

"방금 뭐라고 한 거야? 너무 빨라서 못 알아듣겠어."

"어떤 케이크가 있는지만 알면 쉽잖아요."

"하지만 오늘은 출근 첫날이야. 그걸 어떻게 알아?"

"그런 무책임한 말이 어디 있어요?"

"거 참! 그냥 적당히 만들면 되려나?"

갑자기 불안한 기운이 엄습해 왔습니다. 그래서 재빨리 순서를 가르쳐 줬죠. 놔두면 뭔가 큰 사고를 칠 것 같았으니까요.

잠자코 듣고 있던 그가 속삭였습니다.

"나가미네 씨도 자네처럼 친절하면 얼마나 좋아."

순간 식은땀이 주르륵 흘러내렸습니다. 나가미네 셰프도 들었을 거라고 생각하니 정신이 아득해졌죠. 작게 말했다고 해도 좁은 공간에 같이 있는데 못 들었을 리 없으니까요.

나는 무서워서 도저히 나가미네 셰프의 얼굴을 쳐다볼 용기가 없었어요. 대신 우메자키 씨를 재촉해 케이크를 만들기 시작했죠. 우메자키 씨도 고맙다고 말하고 작업대로 돌아갔습니다. 그런데 이게 어찌 된 일인지 그때부터 전혀 다른 사람을 보는 것 같았습니다. 우왕좌왕하고 있지 않을까 걱정했는데 괜한 걱정이었죠.

그는 빠르게 케이크를 완성시켜 갔습니다. 입이 쩍 벌어질 정도로 빨랐죠. 게다가 장식하는 센스도 대단했습니다. 조금 전의 어리바리하던 그 사람이 맞나 싶을 정도였죠. 마치 기계로 찍어 내듯 깔끔한 솜씨로 케이크를 만들고 있었습니다.

저게 과연 2년밖에 안 된 사람의 솜씨란 말인가! 내 눈을 의심해야 했습니다. 어쩌면 레스토랑 같은 데서 일하면서 과자를 만들어 본 적이 있는 지도 모른다는 생각이 들었습니다. 그렇다면 까다롭기로 유명한 '파티세리 이와타'에 들어오게 된 것도 이해가 되니까요.

눈코 뜰 새 없이 바빴던 하루의 일과가 모두 끝나고 둘만 남겨졌을 때 우메자키 씨에게 물었습니다.

"혹시 레스토랑 같은 데서 과자 만든 적 있어요?"

"아니, 전혀. 아까도 말했지만 파티세리 주방에서 2년 있었던 게 다야."

"그런데 어떻게 그렇게 빠를 수 있죠? 게다가 한 번 듣고도 정확히 기억하고 있었잖아요."

"2년 정도 일했으면 그 정도는 돼야지. 그리고 자네가 쉽게 설명해 줬잖아."

마침 집 방향이 같아서 우리는 가는 동안 이런저런 이야기를 나누었습니다.

"오늘 정말 바빴지? 역시 유명한 가게라 다르긴 달라."

"통신판매로 들어오는 주문량도 장난 아니던데요."

"TV 방송엔 언제쯤 나갈 수 있을까?"

"TV 방송이라뇨?"

"요즘 방영 중인 〈먹기에 안성맞춤 쇼 타임〉이라는 프로그램 알지?"

'먹기에 안성맞춤 쇼 타임'이라는 프로그램은 당시 인기리에 방영했던 요리 방송입니다. 한 시간 동안 요리를 만드는 과정을 보여 주며 패널로 출연한 연예인들이 조리 과정과 재료에 대한 퀴즈를 푸는 프로그램인데, 완성된 요리는 우승팀에게만 시식할 기회가 주어지죠.

종종 유명 스위트 전문점의 과자 장인이 출연하기도 하는데, 그럴 때면 시청률이 껑충 뛴다고 하더군요. 맛집과 스위트 붐을 타고 시청률도 고공행진하고 있었죠.

물론 다른 요리 프로그램도 있었습니다. 하지만 〈먹기에 안성맞춤 쇼 타임〉은 셰프뿐만 아니라 같이 일하는 장인들에게도 출연할 수 있는 기회가 주어진다는 점에서 차별화되었죠. 가령 양과자점이 출연하면 케이크, 파르페, 세공 등 각 파트의 담당자가 출연해 멋진 과자 세트를 만드는 거예요. 출연료는 대개 머릿수대로 나누는데 그 돈으로 회식을 하는 가게도 있었어요. 우리 가게에선 특별수당으로 급여에 얹어 주었죠. 이래 봬도 과거에 세 번이나 출연한 인기 최고의 양과자점이었거든요.

그런데 오늘 갓 입사한 우메자키 씨가 언감생심 TV 출연을 꿈꾸고 있다니요. 어이가 없더군요.

"가게를 선전할 수 있는 절호의 기회인데 당연히 실력 있는 선배들이 나가겠죠. 우리 같은 햇병아리는 아직 멀었어요. 어쩌면 우리 차례가 되기도 전에 프로그램이 종영될지도 모르구요."

"TV에 출연하려고 이곳에 지원한 건데 못 나간다면 애써 들어온 의미가 없는데."

"잠깐만요. 단지 TV 방송에 출연하려고 지원했단 말이에요? 이와타에서 만드는 과자가 좋고, 좋은 기술을 배워 좀 더 맛있는 과자를 만들어 손님들을 기쁘게 하기 위해서가 아니고요?"

이 일을 계기로 난 우메자키 씨를 멸시하게 되었습니다. 그땐 아직 철이 없었죠.

우메자키 씨는 내가 자신을 어떻게 생각하는지도 모른 채 계속 TV 출연에 대한 이야기를 늘어놓았습니다. 하지만 전혀 들리지 않았죠. 머리론 어차피 남의 일이고 저마다 생각이 다르다는 걸 알면서도 가슴으론 도저히 그를 받아들일 수 없었거든요. 이제 와서 돌이켜 보니 그냥 있는 그대로 받아들였으면 좋았을 거라는 생각도 듭니다.

나중에서야 알게 됐지만 당시 나가미네 셰프도 TV 출연에 목메는 우메자키 씨를 몹시 못마땅해했다고 하더군요. 우메자키 씨는 늘 그런 식이었습니다. 우리를 자극시키는 뭔가를 가지고 있었죠. 그땐 그게 뭔지 알지 못했지만요.

우메자키 씨는 무척 성가신 사람이었습니다. 하지만 일은 똑 부러지게 잘했죠. 특히 장식에 두각을 나타냈어요. 똑같은 케이크인데도 그가 장식을 하면 왠지 달라 보였으니까요. 신기하게도 그가 소스를 뿌리거나 과일을 자르면 예쁜 과자가 더욱 화려하게 빛나기 시작했어요. 마치 마술을 보는 것 같았죠. 보는 사람은 물론이고 본인 스스로도 무척 즐거운 일이었습니다.

그러던 어느 날이었습니다. 여느 때처럼 일과를 시작하기 전에 회의를 시작했죠. 그때 우메자키 씨가 불쑥 셰프에게 제안했습니다.

"셰프, 프루트타르트의 구성을 바꿔 봤으면 합니다."

모르는 사람이 봤다면 틀림없이 경험이 풍부한 베테랑인 줄 알았을 거예요. 그러고 나서 태연하게 말하더군요.

"지금 디자인은 너무 평범합니다. 프루트타르트라는 이름이 무색할 정도죠. 좀 더 화려하게 만들어야 합니다."

하지만 이와타의 프루트타르트는 그의 말처럼 결코 평범하지 않았습니다. 맛도 좋고 디자인도 고급스러워서 꾸준히 사랑받는 인기 메뉴의 하나였거든요. 그런데 용감한 건지 무모한 건지 그런 타르트에 문제를 제기하고 나섰던 겁니다. 그것도 셰프와 선배들 앞에서 말이죠.

선배들은 화가 났다기보다는 어이없어했습니다. 실소를 터트리는 사람도 있었죠. 나가미네 셰프는 얼굴을 찌푸린 채 아무 말도 하지 않았습니다. 나는 너무 놀라서 이러지도 저러지도 못하고 그저 멍하니 서 있었죠.

이와타 셰프가 물었습니다. 마치 어린아이의 응석을 받아 주듯 온화한 미소를 짓고 있었죠.

"자네 말대로 좀 더 화려하게 만들려면 어떻게 하면 좋겠나? 구체적으로 말해 보게."

"과일 종류를 좀 더 늘리고 토핑 방법을 바꾸는 겁니다. 현재 판매되고 있는 프루트타르트는 지나치게 고급스럽습니다."

"그 프루트타르트는 전임 부셰프가 디자인한 걸세. 그런데 이제 갓 들어온 자네가 그걸 바꿔야 한다고 말하는 건가?"

"현대인들은 화려한 걸 좋아합니다. 그런 현대인들의 시선을 사로잡으려면 좀 더 화려한 디자인으로 바꿔야 합니다. 만일 저라면 이렇게 만들겠습니다."

우메자키 씨는 작업복 주머니에서 종이를 꺼내더니 셰프 앞에 펼쳤습니다. 커다란 종이 위엔 알록달록 화려한 프루트타르트가 그려져 있었습니다. 선배들은 할 말을 잃은 채 넋을 놓고 종이를 들여다보고 있었습니다.

대체 어떻기에 저러나 싶어서 들여다보니 역시나 할 말이 없었습니다. 디자인이 멋있어서가 아니었습니다. 기가 막혀서였죠.

그가 당당히 들이민 종이에는 마치 과일 수레를 보는 듯한 프루트타르트가 그려져 있었습니다. 아이들이 좋아하는 과일이 잔뜩 쌓여 있었죠. 기존의 디자인과는 완전 달랐습니다. 나가미네 셰프는 떨떠름한 표정을 짓고 있었고, 선배들 중에는 남의 디자인을 패러디한 게 아니냐며 비웃는 사람도 있었죠.

우메자키 씨는 사람들의 부정적인 반응을 보고도 전혀 개의치 않았습니다. 마치 승소판결문을 받아 든 사람처럼 당당하게 사람들에게 자신의 디자인을 보여 주었죠. 무척이나 자신감 넘쳐 보였습니다.

잠시 후 이와타 셰프가 입을 열었습니다.

“자네가 말한 대로 고객의 시선을 사로잡는 효과는 있는 것 같군. 하지만 이렇게 과일을 많이 얹으려면 단가가 올라갈 텐데 그 문젠 어떻게 처리할 생각인가?”

“가격은 그대로 유지할 겁니다.”

“그래?”

“과일이 많아져도 종전의 가격을 유지해야 소비량이 늘어날 테니까요.”

“적자를 각오하고서라도 일단 사람들의 관심을 집중시켜 매출을 올리고 리스크를 회수하겠다는 거군. 그게 생각처럼 잘될까?”

“적어도 아이들에게는 인기가 있을 겁니다.”

우메자키 씨는 여전히 뜻을 굽히지 않았습니다.

“어른들을 위한 고급 과자와 아이들을 위한 맛과 재미를 동시에 느낄 수 있는 과자를 같이 팔면 손님들도 크게 기뻐할 겁니다. 아이들에게 줄 과자를 사기 위해 다른 가게를 찾지 않아도 되니까요. 게다가 아이들을 위해 먹고 싶은 과자를 포기하지 않아도 되죠. 이 프루트타르트는 양주를 넣지 않고 오로지 과일의 단맛과 타르트의 아삭아삭한 맛으로 손님들의 입맛을 사로잡을 겁니다. 정말 멋지지 않습니까?”

“기발한 생각이긴 하네. 하지만 얼마 전부터 새로 출시할 프루트타르트를 만들고 있어서 아마 다음 주부터 발매하게 될 거야. 다음엔 좀 더 독창적인 과자를 만들어 보게. 언제든 진지하게 검토해 볼 테니."

새로 출시된 프루트타르트는 생지에 진한 초콜릿을 가미한 제품이었습니다. 감귤류나 베리류와 잘 어울리는 초콜릿이었죠. 여러 개의 초콜릿을 배합하여 자체 제작한 초콜릿을 넣어 만든 생지는 천사도 울고 갈 정도로 맛있었습니다.

프루트타르트는 날개 돋친 듯이 팔렸습니다. 기존의 프루트타르트와 같이 사 가는 사람이 있는가 하면 커피 매장에서는 두 가지를 한꺼번에 주문하는 사람도 있었죠. 그야말로 이와타의 명성에 걸맞은 환상적인 타르트였습니다. 새로 출시된 프루트타르트가 나가미네 셰프가 아이디어를 내고 이와타 셰프가 완성시킨 디자인이었다는 사실은 나중에서야 알게 되었습니다.

실력 차이가 확연히 드러나는 결말이었죠. 선배들은 당연한 결과라고 수군댔지만 우메자키 씨는 전혀 개의치 않았습니다. 심지어 직접 사서 먹어 보기까지 했는걸요. 역시 일류 양과자점에서 사용하는 과일 맛은 다르다면서 아이처럼 기뻐했죠.

우메자키 씨는 타르트 위에 있는 딸기를 집어 올리며 내게 물었습니다.

"맛있는 딸기를 어떻게 식별하는지 알아?"

"빨갛게 잘 익고 윤기가 있으면서 꼭지가 싱싱한 걸 고르면 되죠."

"맞아. 알고 있었네."

"딸기는 가장 많이 사용되는 재료니까요. 이 정도는 기본이죠."

"그럼 딸기 한 알에도 부분에 따라서 단맛에 차이가 있다는 것도 알아? 꼭지 부분하고 끝에 뾰족한 부분하고 어디가 더 당도가 높게?"

나는 잠시 생각한 뒤에 대답했습니다.

"덜 익은 딸기는 꼭지 부분이 파란 색이니까 아무래도 그쪽이 당도가 낮을 테니 끝부분이 더 당도가 강하겠죠."

"맞았어. 그럼 딸기 씨는 어디에 있게?"

"겉에 보이는 이 작은 알갱이들 아니에요?"

"틀렸어. 이건 열매야."

"이게 열매라고요?"

"더 정확하게 말하자면 헛열매라고 해. 딸기의 씨는 그 안에 들어 있지."

"그럼 우리가 열매라고 알고 있는 이 빨간 부분은 뭐예요?"

"꽃받침이 자란 거야. 꽃턱이라고도 하는데 말하자면 가짜 과일인 셈이지. 무화과도 실은 열매가 아니라 꽃이야. 이렇게 꽃받침이나 꽃대 부분이 비대해져서 된 과실을 위과(僞果) 또는 헛열매라고 해."

"그렇군요. 근데 딸기에 대해서 잘 아네요."

"과일은 알면 알수록 참 재미있어. 나중에 양과자점을 하려면 과일에 대해서도 두루 알아 두는 게 좋거든."

우메자키 씨와 이야기를 나누면서 몇 가지 새로운 사실을 알게 됐죠.

우선 내가 생각했던 것처럼 개념 없는 사람은 아니라는 거였어요. 꽤 논리적이고 생각도 깊었죠. 그리고 아침 회의가 형식상의 절차가 아니라는 것도 알게 되었죠. 이와타 셰프는 우리처럼 갓 들어온 신입의 이야기에도 귀를 기울여 주었습니다. 다만 아이디어가 채택되려면 그만한 노력이 따라야 했죠. 새로운 이미지를 만들어 낼 수 있을 만큼 창조적이고 강한 영향력이 있어야 했으니까요.

"혹시 나중에 레스토랑을 경영할 생각이에요?"

"어떻게 알았어?"

"그릇을 세팅하는 솜씨가 예사롭지 않던데요. 집에서도 연구하나 봐요?"

우메자키 씨는 수줍은 듯 미소를 지으며 말했습니다.

"내 가게를 갖는 게 꿈이야."

"그럼 언젠가는 요리도 배우겠네요?"

"아니. 요리는 실력 있는 사람을 고용할 생각이야. 나는 오너 겸 디저트를 담당할 거고. 요리에 어울리는 정말 맛있는 디저트를 만들어 사람들을 깜짝 놀라게 하고 싶어. 그게 내 꿈이야."

"프랑스 식당을 할 생각이에요?"

"응. 토마토나 올리브가 듬뿍 들어간 이탈리안 음식에 가까운 메뉴를 팔 거야. 먹고 나면 배가 든든해서 기분이 좋아지거든. 물론 케이크도 팔 거야. 레스토랑 손님이 집에서도 디저트를 즐길 수 있도록 진열장 안에 항상 갓 구운 생과자를 진열해 둘 생각이야."

"그럼 여기에서 계속 있을 생각이 아니었군요."

"물론이지. 그러는 자넨 이곳에 계속 남아 있을 생각이야?"

"처음엔 어느 정도 일을 배우면 그만둘 생각이었는데 이곳이 무척 마음에 들어서 고민 중이에요."

"계속 있는 건 별로 바람직하지 않은 것 같아."

"어째서요?"

"케이크 만드는 솜씨가 좋아서 계속 그 일만 시킬 테니까."

"열심히 노력하면 새로운 일도 할 수 있을 거예요."

"물론 그렇겠지. 하지만 후배들에게 추월당할 수도 있어. 이와타 셰프는 실력 위주로 인재를 발탁하니까 절대로 긴장을 늦춰서는 안 될 거야."

그의 말이 옳았습니다. 지금도 막내인 우리들의 목소리에 귀를 기울여 주는 사람이라면 훗날 후배들에게도 예외는 아니겠죠.

"그래서 하루라도 빨리 TV에 나가려는 거야."

"또 TV 타령이에요?"

"일단 방송에 나오면 과자에 대해 전혀 모르는 사람들에게도 쉽게 어필할 수 있거든."

"그렇게까지 파급력이 클 것 같진 않은데요."

"그건 TV의 영향력을 잘 몰라서 하는 소리야. 사람들은 TV 방송에 민감해. 우리가 상상하는 그 이상으로."

"그런가요?"

그로부터 반년쯤 지난 어느 날이었습니다.

이와타 셰프는 봉봉 오 쇼콜라 신작을 만드느라 쇼콜라 룸에 거의 틀어박혀 있었습니다. 나는 나가미네 셰프의 부탁을 받아 특별 주문받은 생일 케이크를 만들고 있었죠. 특별히 힘든 작업은 아니었습니다. 수평으로 자른 스펀지 생지에 초콜릿 크림을 발라 과일을 얹고 다시 스펀지 생지를 얹는 작업을 몇 차례 되풀이하고, 마지막으로 케이크 전체에 크림을 바른 뒤 과일을 장식했죠. 완성된 케이크를 나가미네 셰프에게 보여 주고 OK 사인이 떨어지면 보관 케이스에 넣으면 되는 간단한 작업이었습니다.

과일을 준비하고 있는데 우메자키 씨가 슬며시 다가오더니 속삭였습니다.

"그 케이크, 내가 장식해 보면 안 될까?"

"네?"

"디자인을 조금 바꿔 보고 싶어서."

우메자키 씨는 목소리를 한층 낮추고 말했습니다.

"이건 너무 밋밋하잖아. 좀 더 화려하게 만들어 보고 싶어."

"그건 안 돼요. 우린 위에서 하라는 대로만 하면 되요."

"알아. 하지만 이건 생일 케이크잖아. 손님들에게 작년과는 다른 케이크를 맛보게 하고 싶어."

"대체 어쩌려고요?"

"멜론이랑 키위를 넣어 보려고. 녹색 계열이 들어가면 베리류의 빨간색이 한층 돋보일 거야."

"파란색의 블루베리가 들어가서 지금도 충분히 멋스러운걸요."

"아이들이 먹을 거잖아. 그러니까 좀 더 화려한 게 좋을 거야."

"하지만 케이크를 주문한 건 아이들이 아니라 부모들이라고요."

그러서 나서 나는 나가미네 셰프를 힐끗 쳐다보았습니다. 조금 떨어진 작업대에서 나가미네 셰프가 틀에 무스 반죽을 넣고 있었습니다. 다행히 우리의 얘긴 듣지 못한 듯했죠.

"이봐, 믿고 한번 맡겨 봐."

그리곤 나를 밀어내려고 했죠. 당황한 나는 다리에 힘을 주어 간신히 버티며 말했어요.

"안 돼요. 이건 나가미네 씨가 내게 맡긴 일이에요. 꼭 하고 싶다면 허락부터 받아요."

순간 우메자키 씨의 표정이 일그러졌습니다. 마치 내가 나쁜 사람이 된 것 같았죠. 안 되겠다 싶어서 우메자키 씨의 팔을 잡아끌고 나가미네 셰프에게 다가갔습니다.

"선배님, 우메자키 씨가 이번 케이크를 장식해 보고 싶다는데요."

나가미네 셰프는 여전히 반죽을 넣으며 말했습니다.

"그건 내가 자네한테 시킨 것 같은데."

"겉에 크림 바르는 것까지는 제가 했고요."

"케이크 위에 얹을 과일 디자인을 바꿔 보고 싶습니다. 지금 상태에서 멜론과 키위를 더 얹어 볼 생각입니다."

우메자키 씨가 불쑥 끼어들었습니다.

"안 돼."

나가미네 셰프는 단칼에 거절했습니다.

"케이크 디자인은 셰프의 소관이야. 그런데 자네가 멋대로 바꿔도 된다고 생각하나?"

"잘 압니다. 하지만 매번 똑같은 케이크를 먹는 건 너무 시시하잖아요."

"손님이 견본을 보고 직접 고른 거니까 우린 손님이 원하는 대로 정성껏 만들면 돼."

"매년 다른 케이크를 고른다고 해도 언젠가는 한 바퀴 돌아서 또 같은 케이크를 먹게 되겠죠."

결국 나가미네 셰프의 인내심도 한계에 도달했는지 다 짜낸 짤주머니를 스테인리스 볼에 던져 넣고 우메자키 씨를 무섭게 노려보았습니다.

"그냥 내키는 대로 하는 것 같아도 손님들이 제품을 고르는

데는 저마다의 사정이 있는 거야. 자네의 생각 따윈 중요치 않아. 우린 고객이 원하는 대로 해 줘야 할 의무가 있어. 게다가 저 케이크를 먹는 가족 중에는 자작나무와 돼지풀 알레르기가 있는 사람이 있단 말이야."

"네?"

"알레르기 환자가 있다구. 멜론이나 키위를 먹어도 발작을 일으키지. 한번 호흡곤란 상태에 빠지면 죽을 수도 있단 말이야."

우메자키 씨의 눈이 휘둥그레졌습니다. 그리고 잠시 후 조금 억울한 듯 중얼거렸다.

"그런 얘기는 못 들……."

"그렇다고 멋대로 케이크에 손대는 사람이 어디에 있나?"

우메자키 씨의 말이 채 끝나기도 전에 나가미네 셰프의 불호령이 떨어졌습니다.

"손님이 원하는 대로 만들어 주는 게 우리의 임무야. 그렇게 멋대로 하고 싶다면 차라리 그만둬. 다른 사람들에게 피해 주지 말고."

요즘은 전용 스위트가 있을 정도로 알레르기 질환에 대한 인지도가 높아졌지만 그땐 전혀 인식하지 못하고 있었죠. 그건 우메자키 씨도 마찬가지였습니다.

작업대로 돌아온 우메자키 씨가 풀이 죽은 목소리로 물었습니다.

"자넨 케이크를 주문한 손님 가족 중에 알레르기 환자가 있다는 사실을 알고 있었어?"

"당연하죠. 칼이나 볼을 같이 사용하면 과즙이 섞여 들어가 위험할 수 있다고 전달받았거든요."

"그랬으면 처음부터 말해 줬어야지."

"아무래도 직접 듣는 게 더 좋을 같아서요. 조금 전에 정말 대단하지 않았어요? 마치 천둥번개가 치는 것 같던걸요."

"정말 무서운 사람이군."

우메자키 씨는 탄식하듯 말했습니다.

"알았어. 이제부턴 자네 일에 두 번 다시 끼어들지 않을게. 대신 나중에 힘든 일이 생겨도 절대 도와주지 않을 거야."

마치 투정부리는 아이 같았죠. 나는 웃음을 참느라 눈물이 날 지경이었습니다.

다음 날, 우메자키 씨에게 매장에서 일하라는 셰프의 지시가 떨어졌습니다. 오후에는 커피 매장의 일도 도와야 했죠.

우메자키 씨는 화가 나서 셰프에게 따져 물었습니다.

"어째서 매장 일을 도우라는 겁니까? 그런 일은 안 해도 된다고 해 놓고 이제 와서 이런 일을 시키는 이유가 뭡니까?"

이와타 셰프는 조금도 동요하지 않고 언제나처럼 온화한 모습으로 대답했습니다.

"손님을 대하는 방법은 이미 알고 있을 테니 다시 알려 줄 필요 없겠지? 만일 모르겠다면 매장 책임자에게 물어보게. 친절하게 가르쳐 줄 거야."

"내겐 그럴 시간이 없습니다."

평소 그답지 않게 무척 흥분하더군요.

"셰프님도 잘 아시잖아요. 내겐 시간이 없다고요."

"자넨 아직 배울 게 많아. 되도록 빨리 이곳의 방식을 익혔으면 하네. 그리고 영업시간이 끝난 후에는 바닥 청소하는 것도 잊지 말게."

"그럼 오키모토랑 같이 하게 해 주세요. 저한테만 이러시는 건 너무 불공평해요."

"오키모토는 자네완 달라. 지금도 충분히 잘하고 있으니까."

아마도 어제 생일 케이크 사건이 원인이었던 모양입니다.

우메자키 씨는 나가미네 씨가 셰프에게 고자질했다고 생각했는지, 자기 마음에 들지 않는다고 주방에서 쫓아내는 건 비겁한 짓이라며 방방 뛰었습니다.

나가미네 셰프가 그럴 사람으로 보이진 않았습니다. 하지만 어제 불같이 화를 내던 그의 모습을 떠올려 보면 그가 셰프에게 뭔가 언질을 줬을 가능성도 배제할 수 없었죠. 물론 무서워서 확인해 보지는 못했지만 말이에요.

그때 이와타 셰프가 말했습니다.

"결정하게. 난 마음을 바꿀 생각이 전혀 없어. 그러니 못 받아들이겠다면 당장 그만두게."

그 말을 듣는 순간 작업모를 집어던지고 나가 버리는 우메자키 씨의 모습이 떠올랐죠. 하지만 그런 일은 벌어지지 않았습니다. 우메자키 씨는 셰프를 무섭게 노려보며 입술을 꾹 다물고 있었습니다. 치밀어 오르는 분노를 참느라 주먹을 꽉 쥐고 부들부들 떨고 있었습니다. 용케 잘 참아내더군요. 그때 깨달았죠. 그에게 이와타를 그만둘 수 없는 말 못할 사정이 있었다는 걸요. 그게 뭔지 그땐 알지 못했지만요. 아무튼 그래서 주방에서 나가라는 말이 더 분하고 억울했겠죠.

만일 그때 내가 자청해서 우메자키 씨와 함께 매장에서 일하겠다고 나섰다면 상황은 달라졌겠죠. 하지만 그러고 싶지 않았습니다. 과자를 만들기 위해 이와타에 들어왔으니까요.

이와타 셰프는 빨리 움직이라고 말하곤 우메자키 씨의 앞을 지나쳐 가 버렸습니다. 그와 동시에 긴장이 풀어졌는지 우메자키 씨의 주먹이 맥없이 풀어졌습니다.

그리곤 키득거리는 선배에게 일부러 몸을 부딪치고 매장으로 향했습니다. 문을 나서기 전 나가미네 셰프를 돌아보며 매서운 눈초리로 노려보았지만 나가미네 셰프는 전혀 신경 쓰지 않았습니다. 무표정한 그의 얼굴에서는 어떠한 감정도 읽어 낼 수 없었죠.

정말 고된 하루였습니다.

주방에 있는 동안은 나가미네 셰프와 계속 얼굴을 마주해야 했고, 오후가 되면서 커피 매장 일을 돕기 시작한 우메자키 씨가 수시로 주방에 들락거리기 시작했거든요.

우메자키 씨는 커피 매장을 찾은 손님을 위해 커피를 만들거나 다른 장인들이 장식한 접시를 가져다 날랐습니다. 내 작업대는 커피 매장으로 연결되는 통로와 가까웠습니다. 그래서 오후부터는 평소 우메자키 씨가 하던 접시 꾸미는 일까지 떠맡게 되었죠. 지옥이 따로 없었어요.

우메자키 씨는 잠자코 내가 장식한 스위트 접시를 은색 쟁반에 담아 커피 매장으로 내갔습니다. 그러기를 수차례. 그때마다 우메자키 씨는 뭔가 못마땅한 표정이었습니다. 한눈에도 내가 꾸민 접시가 마음에 들지 않는 눈치였죠. '이봐! 제대로 하란 말이야. 그렇게 대충 하면 어떡해?'라고 말하고 있는 것 같았습니다. 하지만 끝내 아무 말 없이 입을 꾹 다문 채 접시를 들고 갔습니다.

"나도 좋아서 이러고 있는 게 아니라고요. 이제 제발 그만해요."라는 말이 목구멍까지 치밀어 올랐습니다. 도무지 집중할 수가 없었거든요.

폐점 시간이 되어 다음 날 쓸 커스터드 크림을 만들기 시작했습니다. 우메자키 씨는 아직 주방으로 돌아오지 않았죠. 통신판매용 과자 포장 작업을 돕고 있었거든요. 별실에서 판매직원들과 얘기하는 소리가 들려왔습니다. 조금 기분이 풀렸는지 간간이 웃음소리도 들렸죠. 하지만 잠시 후에 같이 집에 갈 생각을 하니 암담했습니다. 어떤 얘기를 해야 할지도 모르겠고,

무슨 말을 하건 삐딱하게 굴 것 같았거든요. 그래서 따로 가기로 결심했죠.

포장 작업이 끝나자 우메자키 씨는 청소를 시작했습니다. 대걸레로 바닥을 닦고 선반을 옮기며 바닥 매트에 청소기를 돌렸습니다. 한 마디 불평도 없이 혼자서 묵묵히 그 큰 가게를 깨끗이 치웠습니다.

하루 일과가 끝나고 탈의실에 단둘이 남게 되었을 때에도 우리는 서로 아무 말도 하지 않았습니다. 어색한 분위기가 싫어서 재빨리 옷을 갈아입고 툭 던지듯 말했죠.

“먼저 갈게요.”

“잠깐. 그렇게 멋대로 가지 말고 기다려.”

비로소 그가 입을 열었습니다.

“들를 데가 있어서 그래요.”

“그럼, 여기에서 말할 테니 내 말 잘 들어.”

우메자키 씨가 짐짓 강한 어조로 말했습니다.

평소와 달리 사뭇 진지한 모습에 솔직히 조금 긴장이 되더군요. 이러다 불시에 한 대 맞는 건 아닐까 내심 걱정이 되거든요.

“내가 매장 일을 하는 동안 줄곧 자네가 접시를 꾸민 거야?”

“물론 다른 사람들도 했지만 아마 내가 제일 많이 했을 거예요. 자리가 매장에서 제일 가까우니까요.”

“그럼 요령을 가르쳐 줄게. 내일부턴 내가 가르쳐 주는 대로 해 봐.”

"왜 우메자키 씨가 그런 것까지 간섭하죠?"

나는 차갑게 말했습니다.

"우메자키 씨의 솜씨가 좋다는 건 알아요. 하지만 손님들은 케이크를 먹으러 오는 거지 접시를 어떻게 꾸미는지 따윈 신경 쓰지 않는다고요. 그건 볼거리를 제공하기 위한 일종의 서비스에 불과해요."

"진심이야?"

"물론 그런 것까지도 섬세하게 체크하는 사람도 있겠죠. 올 때마다 디지털카메라로 사진을 찍어 인터넷에 올리는 사람도 있으니까요. 하지만 그게 뭐가 그렇게 중요해요? 어차피 그 사람들은 내가 누군지도 모르는데. 아무리 멋지게 만들어도 그때뿐이라고요."

우메자키 씨는 한동안 아무 말도 하지 않다가 작은 소리로 중얼거렸다.

"알았어. 듣고 보니 자네 말도 일리가 있네. 미안, 아까 했던 말은 잊어 줘."

풀이 확 죽어 있는 모습을 보니 나도 모르게 술이나 한잔 하자는 말이 불쑥 튀어나왔습니다. 뭐, 한 시간쯤은 괜찮을 것도 같았습니다. 나도 기분 전환이 필요했으니까요.

우리는 가게 근처에 있는 술집으로 들어갔습니다. 카운터 자리에 앉아 술과 안주를 시켰죠. 잠시 후 술이 나오자 우리는 서로 아무 말 없이 묵묵히 술잔을 비웠습니다.

우메자키 씨는 언젠가는 반드시 나가미네 셰프를 죽이고 말겠다면서 술을 벌컥벌컥 들이켰습니다. 분위기상 적당히 맞장구를 쳐 주었지만 내 생각은 달랐습니다. 좀 까칠하긴 해도 나쁜 사람처럼 보이진 않았거든요. 게다가 항상 옳은 말만 했으니까요. 우메자키 씨를 매장으로 보낸 것도 그의 미래를 생각하면 오히려 잘된 일이었죠. 비록 그것이 이와타 셰프의 독단적인 판단이었다고 해도 누군가가 귀띔을 해 주지 않았다면 생각하지 못했을 거예요. 나가미네 셰프는 멀리까지 내다볼 수 있는 그런 사람이었죠. 결코 개인적인 원한 때문에 경솔한 짓을 할 사람이 아니었어요.

"그런데 말이야. 도쿄는 뭐든 너무 비싸. 우리 월급으로는 생활비 대기도 빠듯하단 말이야."

"어쩔 수 없죠. 세계에서 가장 물가가 비싼 도시이니까요."

"자네 혼자 살지?"

"그런데요?"

"나도 혼자 사는데, 혹시 룸메이트 구할 생각 없어? 집값도 반으로 줄일 수 있고 식사 준비도 교대로 하면 편하잖아."

"싫어요."

"이봐. 사람이 말을 하면 끝까지 들어 줄 줄도 알아야지. 어떻게 그렇게 단칼에 잘라 버리나?"

"물론 같이 살면 좋은 점도 있겠지만, 집값을 혼자서 지불하고서라도 난 혼자만의 공간을 갖고 싶어요."

"이유가 뭔데?"

"집은 일종의 휴식처니까요. 바꿔 말하면 돈으로 자유를 사는 셈이죠."

"하여튼 알 수 없는 녀석이라니까."

"우메자키 씨야말로 다른 가게도 있는데 이와타에 집착하는 이유가 뭐예요?"

우메자키 씨의 표정이 살짝 일그러지며 투덜거리듯 속삭였습니다.

"난 이곳이 좋아. 과자도 좋고 셰프도 좋아. 배울 수 있는 건 모조리 배울 거야. 도중에 포기하면 지는 거니까."

"그럼 우메자키 씨도 최선을 다해야겠네요. 나도 그래요. 이와타에서 계속 일하기 위해서 지키고 싶은 게 있다고요. 그걸 이해해 줬으면 좋겠어요."

"돈만 있으면, 돈이 조금만 더 있으면 모든 것이 쉽게 해결될 텐데."

그의 입에서 탄식이 흘러나왔습니다. 더 있으면 안 될 것 같아서 우메자키 씨를 재촉해 서둘러 술집을 나왔습니다. 평소처럼 함께 전철을 타고 그가 먼저 내렸습니다. 문득 낮에 그가 셰프에게 했던 말이 떠올랐습니다.

"내겐 그럴 시간이 없습니다."

대체 무슨 뜻이었을까요? 우메자키 씨가 그만두고 싶어도 그만둘 수 없는 이유와는 어떤 관계가 있을까 궁금해졌습니다.

그로부터 며칠 뒤, 드디어 쇼콜라 룸에 출입할 수 있게 되었습니다. 이제 나도 봉봉 오 쇼콜라를 만드는 작업에 참여할 수 있게 된 거죠. 무척이나 설레는 일이었습니다. 초콜릿을 만드는 기술을 배우는 것이 이와타를 선택한 가장 큰 이유였으니까요.

쇼콜라 룸은 좀 으스스했습니다. 초콜릿은 섭씨 24도가 넘으면 녹아내려서 쇼콜라 룸은 일반 주방보다도 추운 편이죠. 봉봉 오 쇼콜라의 적정 보존 온도는 섭씨 18도. 녹는 걸 방지하기 위해 실온도 18도에 맞춰 놓죠. 그 때문인지 숙련된 쇼콜라티에들 중에는 몸이 찬 사람이 많습니다. 몇 십 년 동안이나 추운 곳에서 일하다 보니 몸이 알아서 체온을 낮춰 버린 거죠. 작업할 땐 좋을지 몰라도 너무 차가우면 놀랄까 봐 함부로 아이들을 안지도 못한다고 하더군요. 안타까운 일이죠.

아무튼 추운 곳에서 장기간 작업을 하고 있자니 머리가 띵하고 기분도 가라앉았습니다.

쇼콜라 룸에는 과자에 초콜릿을 입히는 엔로바라는 거대한 기계가 있는데, 쉴 새 없이 초콜릿을 입힌 봉봉 오 쇼콜라가 쏟아져 나왔습니다. 나는 하루 종일 봉봉에 무늬를 넣고 기계에 넣을 초콜릿 포장지를 벗겼습니다.

이와타에서 사용하는 초콜릿은 바로나 사 이외에도 여러 제조사의 초콜릿이 들어갑니다. 유명하지 않은 제조사의 초콜릿을 포함해 여러 종류의 초콜릿을 배합해 이와타 특유의 초콜릿을 자체 제작하고 있었죠.

카카오 콩은 산지나 종류, 생산농장에 따라 맛과 향이 전혀 다릅니다. 쌉싸름한 맛, 새콤한 맛, 과실이나 수목의 향, 너트와 같은 구수한 맛, 꽃 같은 달콤한 향 등등. 어떤 제품을 얼마나 혼합하는지에 따라 초콜릿의 맛도 다양해집니다. 물론 배합하는 방법과 비율은 셰프와 몇몇 장인만이 아는 일급비밀이었죠.

한참 일하고 있는데 이와타 셰프가 부르더군요. 그를 따라 복도로 나가 보니 TV에 나갈 생각 없냐고 묻더군요.

"TV라면 혹시?"

"OO방송에서 방영중인 요리 프로그램 말일세."

우메자키 씨가 나가고 싶다고 노래를 부르던 〈먹기에 안성맞춤 쇼 타임〉을 얘기하는 거였죠. 뜻밖의 제안에 어안이 벙벙했습니다.

"방송국에서 이번에 특집으로 젊은 장인들을 출연시키고 싶다더군. 그래서 부셰프인 요코오를 리더로 나가미네와 쓰노다가 출연하기로 했네. 초콜릿을 메인으로 케이크와 파르페를 만들 생각인데 자네가 초콜릿 피어스몬테를 맡아 주었으면 해. 케이크와 파르페는 출연한 게스트들이 맛을 봐야 하니까 선배들에게 맡기고 자넨 멋진 피어스몬테를 만들어 시청자들의 시선을 사로잡아 보게. 좋은 경험이 될 거야."

요코오 부셰프는 이미 셰프와 출연한 경험이 있었습니다. 그래서 그를 리더로 근속연수와 숙련도를 고려하여 나가미네 셰프와 쓰노다 선배, 그리고 내가 뽑혔던 거죠.

피에스몬테가 뭔지 아십니까? 대형 공예 과자를 말하는데, 주로 손으로 엿을 빚어 만든 엿 세공이 유명합니다. 초콜릿으로 만들기도 하는데 제과 콩쿠르 심사 대상의 하나죠.

초콜릿으로 만든다고 해서 온통 갈색일 거라는 생각은 버리십시오. 에어 스프레이로 식품용 착색료를 뿌리면 얼마든지 화려한 색을 만들어 낼 수 있으니까요. 엿 세공이 유리처럼 투명한 아름다움이 돋보인다면 초콜릿은 무게감 있는 무광택의 조각을 조합한 치밀한 블록과도 같습니다.

초콜릿은 쉽게 모양이 변합니다. 그래서 식물이나 일용품을 실리콘으로 본떠 초콜릿을 넣고 굳히면 실물과 똑같이 만들 수 있죠. 이미 시중에는 다양한 모양의 실리콘 틀이 시판되고 있습니다. 손바닥으로 뜨거운 엿을 빚어 독자적인 모양을 만드는 엿 세공과는 조금 다르죠.

크기도 다양해서 작게는 손가락만 한 것에서 크게는 조각상만 한 것도 얼마든지 만들 수 있습니다. 다만 엿 세공과 마찬가지로 쉽게 부서져서 각별히 조심해야 합니다. 운반하는 도중에 부서져 버리는 경우도 허다하니까요.

만일의 경우 기지를 발휘해 재빨리 디자인을 수정할 수 있는 순발력이 필요한 작업이기도 하죠.

"정말입니까?"

물론 기뻤지만 한편으론 망설여지기도 했습니다.

"저보다 더 적합한 사람이 있을 텐데요."

"우메자키 말인가?"

"아니요. 선배 중에 적임자가 있을 것 같아서요."

"촬영을 하더라도 가게 일에 지장을 줘선 안 되지. 일 잘하는 사람들을 모두 빼내 가면 가게는 어떡하라고? 하하. 아무튼 자네가 출연해 줬음 하네. 혹시 TV에 출연하는 게 싫어서 그러나?"

"그건 아닙니다."

"자넨 누구보다도 성실히 일해 왔네. 다른 사람은 신경 쓰지 말게. 나갈 자격이 충분하니까."

결국 그 말에 힘입어 셰프의 제안을 받아들이기로 했죠.

"우메자키 씨는 언제쯤 주방으로 돌아올 수 있나요?"

"지금 하는 일에 불평하지 않고 열심히 하면 제자리로 돌려보낼 생각이네. 우메자키의 꿈이 뭔 줄 아나? 자신의 레스토랑을 갖는 거지. 경영자가 되려면 고객을 잘 다룰 줄 알아야 해. 그리고 어떤 상황에서든 신속하게 대처할 수 있는 임기응변 능력은 필수야. 지금은 못마땅하겠지만 다 나중에 피가 되고 살이 되는 좋은 경험이 될 걸세."

이와타 셰프는 처음부터 우메자키 씨가 레스토랑을 갖고 싶어 한다는 걸 알고 있었던 모양이에요. 아마도 면접 볼 때 본인에게 직접 들었겠죠.

"그러니 자네는 신경 안 써도 되네. 자, 이제 그만 돌아가서 하던 일이나 마저 하게."

얘기를 마치고 나와 이와타 셰프는 나란히 쇼콜라 룸으로 돌아왔습니다.

셰프와 무슨 얘길 했는지 묻는 사람은 아무도 없었습니다. 그저 일상적인 얘기거니 했겠죠. 셰프가 스태프를 불러 작업에 대한 주의 사항을 일러주는 일은 평소에도 자주 있으니까요. 하긴 눈코 뜰 새 없이 바빠서 다른 사람들 일에 신경 쓸 여유도 없었죠.

자리로 돌아와 쇼콜라에 금박가루와 피스타치오가루를 뿌리면서 생각했습니다. 세상 참 요지경이라고요. 그리고 나도 모르게 입술이 한쪽으로 치켜 올라갔습니다.

'허! 그렇게 나가고 싶다고 노래를 부르던 우메자키 씨를 제치고 관심도 없던 내게 출연 제의가 들어오다니. 세상, 참. 그가 이 사실을 알면 뭐라고 할까? 설사 해코지하진 않겠지? 아니지. 어쩌면 자기에게 양보해 달라고 떼쓸지도 몰라. 아무리 집요하게 매달려도 절대 바꿔 주지 말아야지. 암, 그래야지.'

기왕 이렇게 된 거, 끝까지 최선을 다해 보고 싶었습니다. 그게 이와타의 일원으로 마땅히 해야 할 임무였으니까요.

초콜릿 피에스몬테의 디자인은 너무 화려해선 안 됐죠. 이번 방송의 메인 메뉴는 요코오 부셰프와 선배들이 만들 초콜릿 케이크와 파르페였으니까요. 물론 TV 방송에 나가는 장식인 만큼 그에 걸맞는 화려함은 필요했죠. 그래서 무엇보다 메인 메뉴와 어울리는 디자인이 필요했습니다.

그날 작업이 모두 끝나고 요코오 부셰프를 비롯해 출연하기로 한 멤버들이 한자리에 모였습니다. TV 출연 건에 대해 의논하기 위해서였죠. 이런저런 얘기를 나누고 마지막으로 케이크와 파르페 디자인을 확인했습니다.

케이크는 너트가 들어간 초콜릿 크림과 프랑부아즈 무스를 넣은 생지를 쇼콜라 느와르로 코팅한 뒤 금색의 엿 세공과 빨간 구스베리를 얹어 화려하게 만들 예정이었습니다.

한편 파르페는 나가미네 셰프의 아이디어로 과일과 두 종류의 초콜릿 아이스크림, 그리고 거품 샴페인을 넣고 악센트를 주기 위해 반달 모양으로 자른 오렌지를 가장자리에 얹어 칵테일의 분위기를 자아내기로 했죠.

어떤 디자인의 피에스몬테가 어울릴까? 집으로 돌아오는 내내 온통 그 생각뿐이었습니다.

집으로 돌아온 나는 옷을 벗는 둥 마는 둥 스케치북에 떠오르는 대로 밑그림을 그려 보았습니다. 여러 개의 밑그림 중 난꽃 모양이 제일 마음에 들었습니다. 식상하게 느껴질 수도 있는 소재라서 꽃병 대신 수반(水盤)에 꽂혀 있는 그림으로 몇 장 그렸죠. 그리고 다음 날 요코오 부셰프와 나가미네 셰프에게 보여 줬습니다.

나가미네 셰프가 그중에서 한 장을 골라 줬습니다. 그리고 조형과 소재 선택에 대해 자세히 조언해 주었죠. 그의 설명을 듣는 내내 침이 꼴딱꼴딱 넘어갔습니다. 초콜릿에 대한 지식이 풍부할 뿐만 아니라 디자인의 재능도 상상 그 이상이었거든요. 정말 대단했어요. 그때 직감적으로 그가 쇼콜라티에가 될 거라는 걸 알 수 있었죠. 만일 그렇지 않다면 대체 얼마나 대단한 사람이란 말인가! 상상만으로도 온몸에 전율이 흘렀습니다.

점점 방송일이 다가왔습니다. 걱정했던 것과는 달리 우메자키 씨는 아무 말도 하지 않았습니다. 해코지하는 일도, 자신에게 양보하라고 조르는 일도 전혀 없었죠.

다만 평소보다 말수가 적어진 듯했죠. 다시 주방으로 돌아온 후에도 그는 작업대에서 묵묵히 일만 했습니다. 나 말고는 친하게 지내는 사람이 없어서 나와도 얘길 하지 않으면 완전히 고립되어 버렸죠. 정작 본인은 전혀 신경 안 쓰는 것 같았지만요.

나는 단순히 그가 분해서 그러는 거라고 생각했습니다. 하지만 내가 자신보다 경력이 길다는 건 그도 잘 알고 있었죠. 그래서 불평 대신 침묵으로 자신의 감정을 억누르고 있는 거라고, 그렇게 생각했어요. 그래서 나도 아무 말도 하지 않았습니다. 허세를 떨지도 않았지만 위로를 건네지도 않았습니다. 직장 동료인 동시에 라이벌이라고 생각했으니까요. 모르는 척하는 게 상대에 대한 예의라고 생각했죠.

녹화는 큰 문제 없이 성공리에 마쳤습니다. 과자 만들기가 취미라는 젊은 미남 배우가 출연해 예능의 끼를 맘껏 발산하며 분위기를 한껏 고조시켜 주었죠.

스튜디오의 열기가 너무 뜨거워 피에스몬테가 녹을까 걱정했지만 역시 베테랑답게 방송국 스태프들이 실내 공기는 물론이고 작업대 주변 온도까지 완벽하게 맞춰 준 덕분에 어렵지 않게 작업에 집중할 수 있었습니다.

우선 에어 스프레이로 착색료를 뿌려 조각을 다양하게 물들였습니다. 각각의 조각은 액상 초콜릿으로 붙이고 냉각 스프레이를 뿌려 이음새 부분을 급속 냉각시켰죠. 밝은 자주색, 흰색, 노란색의 작은 난꽃과 녹색의 줄기와 잎을 잘 조합시켜 화려한 피에스몬테를 완성시켜 나갔습니다. 처음 생각했던 디자인보다 훨씬 멋졌습니다. 나가미네 셰프가 조언해 준 덕분이었죠. 하지만 어쨌거나 만든 건 나였습니다. 조각을 만들고 색을 입혀 조립하기까지 모두 혼자의 힘으로 해냈다는 데 강한 자부심을 느꼈습니다.

너무 긴장돼서 손이 보기 흉하게 떨리면 어쩌나 걱정했는데 다행히 카메라가 돌아가자 작업에 열중하느라 카메라는 안중에도 없었습니다. 어차피 만드는 모습이 클로즈업돼서 TV에는 손밖에 안 나왔지만요.

요코오 부셰프는 출연자들의 질문에 대답하고 중간 중간 작업 공정에 대해 설명을 해 주었습니다. 퀴즈의 답도 그가 가지고 있었죠.

드디어 녹화가 끝나고 우리는 가까운 술집으로 향했습니다.

내일은 또다시 일상으로 돌아가야 했으므로 가볍게 한잔 마시기로 했죠. 맥주가 나오자 다 같이 건배를 하고 시원하게 들이켰습니다.

"처음이라 긴장됐을 텐데 다들 잘해 줬어. 고생 많았어."

요코오 부셰프는 기분이 무척 좋아 보였습니다.

"메인 메뉴도 잘 만들었지만 피에스몬테도 잘 만들었던걸. 아, 어떤 모습으로 비춰질지 기대되는군. 다들 가족이나 친구들한테 꼭 챙겨 보라고 말해 둬."

일이 너무 바빠서 평소에는 전혀 회식할 기회가 없었습니다. 그래서 그날이 이와타에 들어가서 처음 갖는 회식 자리였죠. 뭔가를 공동으로 이뤄 냈다는 성취감 때문이었을까요? 마치 오래된 친구들과 있는 것처럼 편하고 즐거웠습니다. 주방에서 일어난 에피소드와 요즘 인기 있는 신작 스위트 얘기로 한창 분위기가 무르익었을 때였습니다.

요코오 부셰프에게서 뜻밖의 얘기를 들었죠.

곧 〈먹기에 안성맞춤 쇼 타임〉이 종영된다는 것이었습니다. 방송 관계자한테 직접 들었다고 하더군요. 앞으로는 취재팀이 과자점을 직접 돌면서 제과 현장을 촬영하고 추천 메뉴와 기간 한정판매 스위트를 소개할 예정이라고 했습니다. 설문조사를 통해 TV에서 소개된 스위트가 실제로 어디에서 팔리고 있는지 궁금해하는 시청자들의 요구에 부응하기 위해 내린 결정이라고 하더군요.

쓰노다 선배가 눈이 휘둥그레져서 물었습니다.

"그럼 오늘 녹화분이 마지막 방송이 되는 거예요? 와우, 운이 좋았군요. 하마터면 TV에 못 나올 뻔한 거잖아요. 방송이 개편돼도 셰프야 계속 출연하겠지만 우린 힘들 테니까요."

요코오 부셰프가 고개를 끄덕이며 말했습니다.

"아마 그렇겠지. 우리 일이란 게 셰프와 스태프가 공동으로 하는 작업이기는 하지만 셰프가 돋보이는 구도로 만들어야 셰프의 이미지가 한층 부각되고 시청자들에게도 공감대를 형성시킬 수 있을 테니까 말이야. 셰프와 가게의 이미지를 부각시키기 위해서는 우리는 빠져 주는 게 낫지."

그의 말대로라면 우메자키 씨는 TV에 나갈 기회를 영영 놓치고 맙니다.

의도한 건 아니지만 실망할 우메자키 씨를 생각하니 마음이 무거워지더군요. 실은 별거 아니라고 생각했거든요. 내가 먼저 출연했을 뿐, 언젠가는 그에게도 기회가 있을 거라고 생각했죠. 그런데 이렇게 되고 보니 내가 그의 미래와 가능성을 빼앗아 버린 것 같아 마음이 편치 않았습니다. 돌이키기엔 너무 늦었지만요.

"TV 방송이라는 게 원래 그런 거야. 일단 가게가 잘돼야 하거든."

나가미네 셰프가 말했습니다.

어느덧 돌아가야 할 시간이 되어 우리는 자리를 털고 일어났습니다. 요코오 부셰프가 카운터에서 술값을 지불하고 있을 때였습니다. 나가미네 셰프가 아무렇지도 않은 듯 다가오더니 귓가에 속삭였습니다.

"아까 자네가 만든 피에스몬테, 정말 멋있었어. 초콜릿에 상당한 재능이 있는 것 같던데 제대로 살려 보는 게 어때?"

물론 술김에 한 소리인지도 모르겠습니다. 하지만 나는 눈물이 날 정도로 기뻤습니다. 내 실력을 인정해 줬으니까요. 설령 빈말이었다고 해도 그가 내게 편하게 말을 걸어 줬다는 건 정말이지 기분 최고였습니다.

"고맙습니다. 나가미네 선배야말로 쇼콜라티에가 되실 생각이죠?"

"맞아. 그래서 이와타에 들어왔으니까. 언제가 때가 되면 쇼콜라티에가 돼서 고베로 돌아가 본격적으로 일을 시작해 볼 생각이야."

"어? 선배도 그쪽 출신이세요? 저도 그런데."

"그래?"

"일을 배우고 좀 더 경력이 쌓이면 고베나 아시야(芦屋)에서 새로운 일자리를 찾을 생각이에요."

"그럼 언젠가는 라이벌이 되겠군."

"라이벌은 무슨, 제가 선배와 경쟁이 되겠어요? 그보다는 선배와 함께 일하고 싶어요."

"쓸데없는 소리! 각자 가고 싶은 길을 가는 거지 굳이 날 따라올 필요는 없어."

"그래도 만일 인연이 닿는다면 그땐 꼭 같이 일해 보고 싶습니다."

"나랑 일하려면 먼저 일류가 돼야 해. 얘긴 그때 가서 다시 하자고."

방영일을 며칠 앞두고 방송 출연에 대한 공지가 나간 후에도 달라지는 건 아무것도 없었습니다. 그건 방송이 나간 후에도 마찬가지였죠. 이와타의 스태프라면 그 정도는 기본이라는 인식이 자리 잡고 있었으니까요.

방송이 나간 후에도 크게 달라진 건 없었습니다. 방송을 보고 일부러 찾아오는 손님들이 간간이 눈에 띄었지만 그게 다였죠. 방송에서 만들었던 메뉴는 가게 메뉴판에는 없었거든요. 비슷한 구성으로 된 과자가 있고 원하는 대로 만들어 주는 특별 주문 서비스도 있었지만 역시 방송에는 한계가 있었습니다. 그런 의미에서 개편은 당연했죠.

어느덧 이와타에서 근무한 지 1년이 지난 어느 날이었습니다. 우메자키 씨가 불쑥 그만두겠다고 말하더군요.

아직도 그때 일을 가슴에 담고 있었던 걸까? 순간 가장 먼저 떠오른 생각은 지난번 TV 출연이 좌절되었던 앙금 때문일지도 모른다는 것이었습니다. 하지만 다시 생각해 보니 그런 일로 꿍해 있을 사람은 아니었죠. 혹시라도 그것 때문이라면 실망이었습니다. 그런 일로 그만둔다는 건 어른스럽지 못한 행동이니까요.

타르트 디자인을 좀 더 화려하게 바꿔야 한다고 위풍당당하게 떠들어 대던 그는 어디로 가 버린 걸까요? 일이 너무 고돼서 그때의 열정과 패기가 사라져 버린 걸까요? 머릿속이 복잡했습니다. 아마 그게 얼굴에 나타났던 모양이죠. 우메자키 씨가 차분한 목소리로 설명해 주더군요.

"처음부터 1년만 있을 생각이었어. 미리 말 안 해서 미안해. 이제 내가 하던 일까지 자네가 해야겠지만 자네라면 혼자서도 충분히 할 수 있을 거야."

"혹시 일이 힘들어서 그래요? 아니면 분위기가 마음에 안 들어요?"

"그런 게 아니야. 파티세리 작업은 주방에서 1년만 있으면 계절별 전 과정을 한 번씩 배울 수 있어. 내년부터는 똑같은 일이 반복돼. 그래서 다른 곳으로 옮기려는 거야. 내 꿈을 이루려면 좀 더 효율적으로 운영 방법을 익혀야 하거든."

"하지만 전에 있던 가게에서는 2년 동안 있었다고 했잖아요."

"그거야 처음으로 일한 과자점이었으니까. 첫 해에 배웠던 걸 확인하는 차원에서 한 해 더 머물렀던 것뿐이야. 덕분에 요령은 익혔으니까 앞으론 1년으로도 충분해."

"그렇게 일자리를 자주 바꾸면 고용주들이 좋아하지 않을 거예요. 틀림없이 우메자키 씨에게 문제가 있다고 생각할 거라고요."

"만일 그렇게 되면 그때가 새로운 인생의 전환점이 될 거야. 고용인이 아닌 고용주로서의 삶이 시작되겠지. 그때부턴 레스토랑을 준비할 거니까."

"좀 더 진득하니 일을 배우면 좋잖아요. 도대체 알다가도 모르겠어요."

"후후. 내 일은 내가 알아서 할 테니 너무 걱정하지 마."

"TV에 출연하고 싶다는 꿈은 이제 포기한 거예요? 〈먹기에 안성맞춤 쇼 타임〉은 끝났지만 이곳에 있으면 다른 기회가 올지도 모르잖아요."

내 말에 우메자키 씨는 살며시 미소를 지으면서 말했습니다.

"자네를 보고 깨달았어. TV에 나와 봐야 의미가 없다는 걸. 물론 방송을 보고 찾아오는 손님들도 제법 있었지. 하지만 금방 빠져나가 버리더라고. 덕분에 깨달은 게 많아."

지금껏 아무 말도 안 했지만 냉정하게 상황을 판단하고 있었던 겁니다. 결코 생각 없는 사람이 아니었죠. 내게 뒤처졌다고 꿍해 있는 건 더더욱 아니었습니다. 어른답지 못한 건 오히려 나였죠.

"자네는 여기에 남아서 열심히 해. 나도 멀리서나마 응원할게."

"고마워요."

"가기 전에 하나만 충고해도 될까?"

"뭔데요?"

"과일을 좀 더 소중히 다뤄 줘."

"그게 무슨 뜻이에요?"

"실은 우리 부모님이 과일가게를 하셔. 할아버지 때부터 대대로 이어 온 제법 오래된 가게인데 좋은 농가를 많이 알고 계시지. 한때는 과일가게 하면 우리 가게를 떠올릴 만큼 크게 번창했던 때도 있었어. 그런데 시대가 변해 농업이 공업화되고 대기업의 시장 점유율이 높아지면서 레스토랑과 과자점이 소매를 통하지 않고 직접 농가와 거래를 하게 되고부터는 매출이 곤두박질치기 시작했지. 결국 아버지는 가게 문을 닫아야 할 것 같다고 말씀하셨어. 그래서 아버지께 말씀드렸지. 내가 유명한 파티시에가 될 때까지 기다려 달라고, 이제 곧 스위트의 시대가 열리고 케이크의 소비가 크게 늘어나면 품질 좋고 신선한 과일을 많이 찾게 될 거라고, 그렇게 되면 내가 아버지의 첫 번째 거래처가 되어 드릴 테니 부디 그때까지만 기다려 달라고 말이야. 다른 가게에서는 절대로 먹을 수 없는 프루트케이크를 만들어 우리나라에서 가장 유명한 가게가 되어 아버지의 과일가게를 널리 알려 주겠다고 호언장담을 했지."

그 순간, 과일 수레를 보는 듯한 그의 프루트타르트 디자인이 떠올랐습니다. 그것은 결코 장난이 아니었습니다. 그의 꿈이었죠.

"언젠가 레스토랑을 열면 초대해 줄래요? 우메자키 씨가 만든 케이크를 꼭 먹어 보고 싶어요. 물론 요리도요."

"좋아. 언제라도 와, 자네가 온다면 가장 좋은 자리로 준비해 둘게."

우메자키 씨가 떠나고 없는 주방에는 마치 커다란 구멍이 뚫린 것처럼 휑했습니다. 그의 후임자가 아직 오지 않은 탓도 있지만 그게 전부는 아니었죠.

그의 빈자리가 눈에 보이는 것도 아니고, 누가 뭐라고 하는 것도 아닌데 왠지 주방 한편이 잘려 나가고 그 자리에 묘하게 슬픈 뭔가가 자리 잡고 있는 것처럼 느껴졌죠.

"파트너가 없어서 쓸쓸한가?"

어느 날, 이와타 셰프가 물더군요.

"우메자키 씨를 파트너라고 생각한 적 없습니다. 하지만 좋은 동기였다는 건 인정합니다."

"우메자키의 아버지가 과일가게를 한다는 거 알고 있나?"

"네. 그가 말해 줬습니다."

"언젠가 그의 아버지가 나를 찾아온 적이 있었지."

이와타 셰프는 봉봉 오 쇼콜라의 마무리 상태를 체크하며 말했습니다.

"우메자키가 과자 장인이 되기로 결심한 동기를 말해 주더군. 그리고 '제 아들이 실력 있는 파티시에가 될 만한 재능이 없다는 건 잘 압니다. 그 아이에게 억지로 가업을 잇게 할 생각은 없습니다. 가망 없다고 판단되면 언제라도 그만둘 생각입니다. 그렇게까지 하면서 자식에게 기댈 생각은 추호도 없으니까요. 하지만 그 아이의 마음과 의지만큼은 높이 사고 싶습니다. 부탁드립니다. 부디 그 아이가 평범한 파티시에라도 될 수 있도록 도와주십시오. 녀석이 혼자서도 살아갈 수 있도록 힘을 기르게 하고 싶습니다.'라고 말하더군."

그 얘길 듣고 후회막심이었습니다. 그가 떠나기 전에 좀 더 많이 얘기를 나눌걸. 과자, 과일, 우리의 미래……. 우리는 같은 시기에 같은 장소에서 함께 과자를 만들어 왔습니다. 하지만 평생 같이할 수는 없었죠. 길고 긴 일생에서 우리가 같은 길을 걷는 순간은 찰나에 지나지 않았습니다. 그리고 내가 그를 마음에 들어 하건 아니건 남들이 보기에 우린 분명 파트너였습니다. 하지만 난 어리석게도 그가 떠날 때까지도 그 사실을 깨닫지 못했던 거죠.

"그에게 약속했습니다."

나는 작업대 위에 놓여 있는 쇼콜라를 보며 말했습니다.

"우메자키 씨가 언젠가 레스토랑을 열면 꼭 찾아가겠다고요. 언제든 환영이라고 말하더군요. 하지만 전 두렵습니다. 그의 꿈이 이뤄지지 않을까 봐요. 재능이 있다고 누구나 레스토랑을 경영할 수 있는 건 아니니까요. 만일 그렇게 된다면 전 평생 후회할 거예요. 우메자키 씨가 TV에 출연할 수 있도록 양보했어야 했다고, 그의 꿈 하나 정도는 이뤄 줘도 좋았을 거라고 말이에요."

"우메자키가 자네에게 아무 말도 하지 않은 모양이군."

"그게 무슨 말씀이세요?"

"TV에 나온 자네의 피에스몬테를 보고 우메자키는 칭찬을 아끼지 않았다네. 자신이 나가지 못한 건 억울하지만 정말 멋진 작품이었다고. 만일 자신이 나갔다면 그렇게 멋지게 만들지 못했을 거라고 하더군. 자네에게는 말하지 않은 모양이군. 자네의 실력이 부러워서 그랬나 보네."

나는 아무 말도 할 수가 없었습니다.

그로부터 8년이라는 세월이 지났습니다. 그해 나는 이와타를 그만두고 간사이로 돌아와 루아조 돌에서 초콜릿을 만들고 있었죠.

그러던 어느 날 우메자키 씨에게서 갑작스런 엽서를 받게 되었습니다.

레스토랑 개점을 알리는 안내문이었죠. 그가 간절히 바라던 프랑스 요리점을 드디어 갖게 되었던 것입니다.

날짜까지 지정해 두었더군요. 특별 메뉴를 만들어 기다리고 있겠다며, 만일 상황이 되지 않아 못 올 경우에는 가능한 날짜를 알려 달라고 적혀 있었습니다.

특별한 일도 없고 해서 엽서에 적혀 있던 날짜에 우메자키 씨의 레스토랑을 찾아갔습니다.

이름을 말하자 종업원이 예약석으로 안내해 주더군요. 그런데 그곳에는 놀랍게도 나가미네 셰프가 먼저 와서 기다리고 있었습니다. 깜짝 놀라 눈이 휘둥그레진 나와는 달리 그는 내가 온다는 걸 이미 알고 있었나 봅니다. 표정에 변화가 전혀 없었거든요.

오랜만에 보는 나가미네 셰프는 이전보다도 침착하고 관록이 느껴졌습니다. 주방에서 우메자키 씨에게 불호령을 내리던 그때와는 또 다른 위엄이 느껴졌죠.

나가미네 셰프가 입가에 살며시 미소를 띠며 말했습니다.

"오랜만이야. 이와타 셰프도 초대되었는데 사정이 있어서 못 오신다고 하더군. 아마 내일쯤 오실 거야."

"나가미네 선배도 초대한 줄은 몰랐어요."

"모니터를 해 달라는 의미겠지. 그나저나 이렇게 빨리 레스토랑을 오픈하다니, 근성 하나는 높이 살 만하군."

혹시 우메자키 씨가 8년 전 나가미네 셰프에게 혼났던 일을 아직도 가슴에 품고 있었던 걸까요? 하지만 그랬다면 일부러 초대장을 보낼 리 없었겠죠. 그것도 아니라면 나가미네 셰프를 신뢰한다는 의미일 텐데. 실은 두 사람이 서로에 대해 어떻게 생각하는지 난 전혀 모르고 있었습니다. 그래서 더 궁금했죠.

"우메자키 씨가 이와타를 그만둔 후에도 나가미네 선배에게는 연락했나 봐요."

"아니, 전혀. 그땐 그래도 친한 편이었는데 그만둔 후로는 일체 연락하지 않았지."

"두 사람이 친했다고요?"

"그래. 다른 사람들은 몰랐겠지만 종종 우메자키를 따로 불러내 무섭게 꾸짖기도 하고 주의를 주기도 했지."

아이쿠. 역시 나가미네 셰프였습니다. 보통 이런 사이를 두고 친하다고는 하지 않죠. 하지만 틀린 말은 아니었습니다. 언젠가 술에 취해 나가미네 셰프를 죽이고 말겠다고 이를 갈던 그가 레스토랑 개업 파티 초대장을 보낸 걸 보면 둘 사이에 뭔가 있었던 거죠. 나가미네 셰프를 다시 보게 된 계기가 있었던 게 아닐까요? 이 사람이라면 신뢰할 만하다고 생각될 만한 사건이 있었거나 혹은 꾸지람을 들으면서 그의 진심을 깨달았는지 모르죠.

어쩌면 그때 이미 알고 있었는지도 모르겠습니다. 다만 인정하기 싫어서 오히려 더 아닌 척했는지도요. 아마도 후자일 듯싶습니다만.

"자네는 지금 어디서 일하나?"

"'루아조 돌'이라는 양과자점에서 초콜릿을 만들고 있습니다."

"초콜릿?"

"네. 과자보다 초콜릿이 적성에 맞는 것 같아서요."

"그럼, 언젠가는 다시 도쿄로 갈 생각인가?"

"아니요. 이쪽에서 일할 겁니다. 최근에는 간사이 지방에서도 봉봉 오 쇼콜라의 인기가 굉장히 높아졌으니까요."

"그렇군."

"선배는 아직 도쿄에 계세요?"

"아니. 나도 얼마 전에 이쪽으로 돌아왔어. 지금은 초콜릿을 만들고 있지."

"어디에서요?"

"'쇼콜라티에 아마노'"

"우와, 거기라면 도쿄와 파리에 지점이 있는 굉장히 큰 파티세리잖아요."

"그래. 언젠가는 독립할 거라는 조건으로 일하고 있지."

"선배도 자신의 가게를 가질 생각이군요. 파티세리를 열 생각인가요?"

"메인은 쇼콜라트리지만 이쪽에선 그것만으로는 살아남기 어려우니까 구운 과자나 생과자도 같이 만들 생각이야."

식사가 나오기 전 우메자키 씨가 인사차 테이블에 들렀습니다. 예전 그대로였습니다. 나잇살이 좀 찌긴 했지만 오히려 안정감 있어 보였죠. 여전히 머리는 밝은 색으로 염색하고 말투도 여전했습니다. 그는 초대에 응해 줘서 고맙다며 정중히 인사했습니다. 좋은 시간 됐으면 좋겠다는 말도 잊지 않았죠.

우메자키 씨가 주방으로 돌아가자 나가미네 셰프가 피식 웃으며 말했습니다.

"저 녀석, 하나도 안 변했군."

"우메자키 씨도 우릴 보고 같은 생각을 하고 있지 않을까요?"

그러자 나가미네 셰프는 겸연쩍게 웃더군요.

드디어 기다리던 요리가 나왔습니다. 어느 것 하나 흠잡을 데 없이 완벽, 그 자체였습니다. 용케 실력 있는 셰프를 찾아낸 모양입니다. 나가미네 셰프 입맛에도 맞는지 "으흠. 솜씨가 좋군."이라고 중얼거리듯 말했습니다.

그리고 마침내 운명의 시간이 다가왔죠. 우메자키 씨가 직접 만든 디저트가 나왔거든요. 접시에는 두 종류의 스위트가 놓여 있었습니다. 우선 크렘 앙글레즈를 살짝 뿌린 순백의 바바리안 크림(거품을 낸 크림에 과일 퓌레와 계란, 초콜릿, 젤라틴을 넣어 만든 디저트-옮긴이) 가장자리에는 싱싱한 딸기와 블루베리, 프랑부아즈가 꽂혀 있었습니다. 평소 과일에 강한 집착을 보이던 그답게 색이 곱고 알이 꽉 차 있었죠. 그리고 생크림을 곁들인 퐁당 쇼콜라는 초콜릿 선별과 혼합에 각별히 신경 썼다는 걸 알 수 있었죠.

정말 훌륭했습니다. 먹는 내가 다 뿌듯할 정도였죠. 하지만 나가미네 셰프는 카운터 앞에서 기다리고 있던 우메자키 씨에게 무뚝뚝하게 말하더군요.

"초콜릿에 대해 좀 더 공부해야겠어. 유명 제품을 썼다고 다 맛있는 건 아니니까. 그리고 앞으로도 과일과 곁들일 생각이라면 서로의 조화를 고려해서 만들어. 이번 건 각각의 맛은 좋지만 맛이 어울리지 않아서 제각각이라는 느낌이 들거든."

나가미네 셰프의 지적에도 우메자키 씨는 조금도 기분 나빠하지 않았습니다. 오히려 기분 좋아 보였죠.

"좋은 충고, 고맙습니다. 앞으로 참고하겠습니다. 괜찮으시면 앞으로도 시간 날 때마다 들러 주세요. 나가미네 선배와 오키모토의 입맛은 믿을 만하니까요. 가게의 발전을 위해서라도 두 분의 의견을 듣고 싶습니다."

"우리에게 모니터해 달라는 건가?"

"그렇게 직접적으로 말씀하시니까 하는 얘긴데 비용은 받지 않을 테니 부담 갖지 마시고 솔직하게 느낀 대로 말씀해 주시면 됩니다."

"그건 싫어."

나가미네 셰프는 단칼에 거절해 버렸습니다.

"난 공짜로 먹는 음식은 매력 없거든. 내가 선택한 곳에서 내 돈을 내고 먹는다는 자부심과 기쁨을 놓치고 싶진 않아."

"그러십니까? 그렇다면 억지로 권하지는 않겠습니다."

"하지만 내 돈을 내고 먹게 해 준다면 1년에 한 번 정도는 들르지. 하지만 그때까지 열심히 실력을 쌓아야 할 거야. 다음에 왔을 때에도 그 전과 똑같으면 두 번 다신 발걸음도 하지 않을 테니까."

"알겠습니다. 기대해 주십시오. 다음엔 반드시 선배가 흡족해

할 만한 맛있는 디저트를 만들어 보이겠습니다."

우메자키 씨는 자신 있게 말했습니다.

그리고 우리는 밖으로 나왔습니다.

"아까 우메자키 씨가 만든 디저트, 제 입맛에는 맛있던데 선배님 입맛에는 별로였어요?"

"맛없진 않았어. 하지만 그 정도로 만족해서는 안 돼."

"아, 그런 의미였군요."

"나는 앞으로도 그 녀석을 칭찬하지 않을 거야. 녀석은 칭찬해 주면 금방 해이해지거든. 갈 때마다 결점을 찾아 지적할 거야. 언젠가 정말로 맛있는 과자를 만들게 돼도 칭찬하는 일은 없을 거야. 난 그 녀석이 평생 노력하길 바라거든. 진정한 장인이 되는 길은 끝이 보이지 않는 달리기와 같은 거니까. 멈추지 않는 한 녀석은 언젠가 사람들과 자신이 바라는 것 이상의 것을 얻게 될 거야."

그때서야 비로소 나가미네 셰프가 우메자키 씨를 미워한 게 아니었다는 사실을 깨달았습니다. 오히려 그의 솜씨를 인정하고 그가 더 잘 달릴 수 있도록 묵묵히 지켜봐 줬죠. 성격상 드러내 놓고 응원하기가 부끄러웠거나 혹은 우메자키 씨를 위해 일부러 숨겼는지도 모르겠습니다.

어쩌면 이와타 셰프에게 우메자키 씨를 잘 이끌어 주라는 부탁을 받았는지도 모르죠. 그래서 더 엄하게 대했는지도요.

"난 느낀 대로 솔직히 말할 거예요. 그게 더 마음이 편하거든요."

"그럼 앞으로 같이 오면 되겠군. 자네와 내가 합치면 좋은 평가단이 될 거야."

그 후로 우리는 매년 함께 우메자키 씨의 레스토랑을 찾았습니다. 나가미네 셰프는 내게 말한 대로 정말로 단 한 번을 칭찬하지 않더군요. 신기할 정도로 매번 결점을 찾아내어 우메자키 씨를 채찍질했습니다.

하지만 우메자키 씨는 한 번도 화내지 않았습니다. 항상 웃으며 그의 충고를 진지하게 받아들였죠. 나가미네 셰프의 진심이 뭔지 알고 있었기 때문이 아닐까요? 물론 내심 울화가 치밀어 오르는 것을 가까스로 참은 걸 수도 있지만요.

오키모토 씨의 이야기는 거기에서 끝났다. 지금까지 알지 못했던 나가미네 셰프의 새로운 모습에 나는 왠지 씁쓸했다.

우메자키 씨와 미요시 씨가 나태해지지 않도록 엄하게 대하는 그의 모습이 이상하게도 더 끌렸다.

"나가미네 셰프가 루이의 셰프가 된 건 오키모토 씨가 양보해서였나요?"

"그래요. 쇼콜라 룸의 전임 셰프가 그를 추천하긴 했지만 나도 그라면 기꺼이 양보할 수 있었죠. 하지만 처음엔 거절하더군요. 아무리 고용된 셰프라고 해도 새로 영입된 셰프가 기존의 스태프를 통솔하기는 힘들다는 이유였죠. 물론 심리적으로 부담이 된다는 건 나도 잘 압니다. 하지만 그래도 그가 셰프가 돼 주길 진심으로 바랐죠. 그가 기술적으로든 정신적으로든 나보다 훨씬 뛰어나다는 걸 잘 알고 있었으니까요. 그래서 만일 문제가 생기면 바로 교체해 주겠다는 조건으로 간신히 그를 설득했습니다. 현명한 선택이었죠. 스태프들은 처음엔 회의적이었습니다. 하지만 그것도 잠깐, 그가 만든 쇼콜라를 먹어 보고는 완전히 그의 추종자들이 되어 버렸죠. 더욱이 도저히 그를 받아들일 수 없는 사람들은 이미 그만둬서 남은 스태프들을 이끌어 가는 데 전혀 문제가 없었습니다."

"그랬군요. 그럼 오늘은 제가 어떻게 하면 되죠? 난 전문가가 아니잖아요. 게다가 나가미네 셰프처럼 날카로운 눈을 가진 것도 아니고."

"아야베 씨는 그냥 느낀 대로 솔직히 말씀해 주시면 됩니다. 그게 우메자키 씨가 바라는 거니까요. 그럼 이제 슬슬 집으로 돌아갈까요?"

오키모토 씨와 나는 자리에서 일어나 카운터로 향했다.

카운터 옆에는 작업복을 한 남자가 서 있었다. 키가 크고 머리를 밝은 색으로 물들인 중년의 남자. 오키모토 씨가 말한 우메자키 씨였다.

그는 오키모토 씨를 보고 부드럽게 미소를 지었다. 오키모토 씨도 밝게 웃으며 그에게 다가갔다.

나는 조금 떨어진 곳에서 두 사람을 지켜보았다. 왠지 범접할 수 없는 기운이 느껴졌다. 마치 다른 세상 사람들처럼 보였다.

하지만 조금도 불쾌하지 않았다.

오히려 그런 그들이 부러웠다. 미치도록.

제5화

꿈의 초콜릿 하우스

가을 햇살을 받아 감나무 열매가 아름답게 익어 가고 있었다. 아침저녁으로 차가운 바람이 성큼 다가온 가을을 알려 주고 있었다.

삐거덕. 정막을 깨고 50대 초반의 부인이 가게 안으로 들어섰다. 우리 가게 단골손님은 4,50대가 많다. 하지만 그녀는 처음 보는 얼굴이었다.

부인은 곧장 진열장 앞으로 다가왔다. 과자는 거들떠보지도 않았다. 그녀는 핸드백에서 사진을 한 장 꺼내며 내밀었다.

"실례지만, 최근에 이 사람을 본 적 있나요?"

사진 속에는 부인과 비슷한 연배의 남자가 활짝 웃고 있었다. 얼마 남지 않은 머리카락을 이대팔 가르마로 단정하게 빗어 넘겼고 이마가 굉장히 넓은 사람이었다. 살집이 좀 있고 배경에 찍힌 키 작은 나무들과 별반 차이가 없는 걸로 보아 키는 작은 편인 모양이었다. 여행 가서 찍은 사진인지 뒤로 푸른 바다가 보였다. 처음 보는 얼굴이었다.

사진을 건네받은 미나코도 고개를 가로저었다.

"손님, 죄송하지만 저희는 이분을 뵌 적이 없습니다. 혹시 다른 사람들은 알고 있을지도 모르니 확인해 봐 드릴게요."

"고마워요. 그럼 부탁할게요."

나와 미나코는 일한 지 몇 년 안 돼서 모르는 게 많다. 그럴 때면 공장이나 사무실 사람들에게 SOS를 청하곤 한다. 이번에도 그들의 도움이 필요했다. 사진을 들고 각 부서를 돌아다녀 봤지만 사진 속의 남자를 아는 사람은 아무도 없었다.

마지막으로 사무장에게 사진을 건네자 "글쎄, 처음 보는 얼굴인데. 중요한 사람을 찾는 건지도 모르니 좀 더 자세히 물어보는 게 좋겠군. 내가 직접 만나 보겠네."라고 말해 주었다.

"고마워요."

사무장은 고베 지점에서 일한 지 가장 오래됐고, 그래서인지 믿음이 갔다.

사무장은 매장으로 건너가 기다리고 있던 부인에게 자세한 사정을 물었다.

"전 사람을 찾는 게 아니에요. 혹시 나중에라도 이 사람이 오면 아무것도 주지 마세요. 전병이나 작은 젤리 같은 것도 절대 안 돼요. 만일 가이츄시루코나 고급 생과자를 사겠다고 하면 어떻게든 말리셔야 해요."

"실례하지만 이분과는 어떤 사이십니까?"

"집사람입니다. 이 사람이 내 남편이죠. 남편은 당뇨병을 앓고 있어요. 그런데 단 음식을 너무 좋아해서 끊지 못하고 있어요. 요 바로 앞에 있는 약국 아세요?"

몇 집 건너 약국 입간판을 본 기억이 떠올랐다. 사무장이 고개를 끄덕이자 부인은 계속해서 말을 이어 갔다.

"병원에서 처방전을 받는 날이면 약국에 들렀다가 항상 이 주변에서 과자를 사곤 해요. 그러면 안 된다고 아무리 말려도 듣질 않아서 이렇게 나서게 된 거예요."

이 주변에는 쇼콜라 더 루이 말고도 양과자점이 몇 개 있었다. 에끌레르(슈 페스트리로 만든 작은 타원형의 크림 페스트리. 휘핑크림이나 바닐라페스트리크림을 채워 넣고 초콜릿을 위에 입힌 것-옮긴이)나 데니시 페스트리(덴마크 고유의 단단한 버터를 사용하는 페스트리로, 설탕, 유지, 계란이 많이 들어가서 맛이 풍부하고 달콤하다-옮긴이)를 파는 빵집도 있어서 당뇨병 환자에게는 유혹의 손길이 뻗치는 악마의 거리로 보일 수도 있으리라.

"사정은 잘 알겠습니다만, 만일 남편분이 오셔서 거래처에 보낼 선물이라고 말씀하신다면 우리로서는 팔 수밖에 없습니다."

"그래서 이렇게 일부러 찾아와서 부탁하는 거잖아요. 무리한 부탁이라는 건 잘 알지만 남편이 쓰러지는 걸 두 손 놓고 보고 있을 수만은 없어요."

부인은 몹시 초조해 보였다.

"하지만 우리가 거절해도 다른 가게로 가실 텐데요."

"그건 걱정 마세요. 다른 가게에도 들러서 부탁할 거니까요."

사진을 여러 장 뽑아온 모양이었다. 부인은 아무쪼록 부탁한다는 말을 남기고 아무것도 사지 않고 쌩하니 돌아가 버렸다. 남편이 당뇨병 환자라서 그랬겠지만 썩 유쾌하진 않았다.

"어유. 되게 극성스러운 아줌마네요. 루이에도 들렀을까요?"

옆에서 지켜보고 있던 미나코가 한숨을 내쉬며 말했다.

"아마도 그랬을걸. 초콜릿이 화과자보다 훨씬 칼로리가 높잖아. 어쩌면 나가미네 셰프에게 가서 가게 문을 닫으라고 했을지도 몰라."

초콜릿은 당뇨병 환자에게는 쥐약이다. 당분뿐만 아니라 대량의 유지가 들어 있기 때문이다. 당분을 뺀 비터 초콜릿(다크 초콜릿 중에서도 코코아 함량이 가장 높은 초콜릿으로 너무 달지 않고 카카오의 깊은 향을 느낄 수 있다-옮긴이)이라고 안심해서는 안 된다. 기름 덩어리나 마찬가지니까.

아직 흥분이 가라앉지 않은 우리와 달리 사무장은 태연했다. 비슷한 경험이 있는 걸까?

"손님이 원하시는 대로 해 드려. 바로 대응할 수 있게 사진도 잘 보이는 데 붙여 두고."

저녁 무렵 쇼콜라 더 루이로 건너갔다. 루이에서는 어떤 일이 벌어졌을까? 또 이놈의 호기심이 발동을 걸었다.

텅 빈 커피 매장에서는 나가미네 셰프가 언제나처럼 잡지를 보면서 노트에 만년필로 무언가를 끼적이고 있었다. 이번엔 기상천외한 디자인과 색깔의 건물 사진이 실린 건축 서적을 보고 있었다. 마치 현대미술 오브제를 보고 있는 듯했다.

과자 접시에는 와산본이 수북이 쌓여 있었다. 와산본당(和三盆糖: 사탕수수에서 추출한 특수한 형태의 설탕-옮긴이)을 굳혀 만든 화과자였다. 설탕 덩어리라서 크기가 작아도 단맛이 강한 것이 특징이다. 학, 거북이, 신선 등 상서로운 무늬나 계절 과일, 야채, 식물을 본떠 만든 것도 있다. 맛은 같아도 모양과 색이 다양하고 풍부해서 골라 먹는 재미가 쏠쏠하다. 주로 상자에 넣어서 세트로 판매하는데, 엿 세공이나 호시코하쿠를 함께 넣으면 한층 멋스럽다.

여느 때처럼 나가미네 셰프가 과자를 권했다. 나는 고맙다고 말하고 과자를 받아 들었다.

"낮에 굉장히 유별난 손님이 왔다 갔어요."

나가미네 셰프는 페이지를 넘기던 손을 멈추고 나를 올려다보며 물었다.

"유별난 손님이라니요?"

"남편이 당뇨병 환자인데 단 음식을 굉장히 좋아한대요. 혼자서는 자제하지 못하니까 오더라도 물건을 팔지 말아 달라고 부탁하고 갔어요."

낮에 있었던 일을 들려주자 나가미네 셰프는 대수롭지 않게 말했다.

"아아, 다야마 부인을 말씀하시는군요. 우리 가게 단골손님 다야마 씨의 부인입니다."

"여기에도 왔었어요?"

"그래요. 부인을 직접 만나서 얘길 나눠 봤는데 전혀 말이 통하질 않더군요."

"다야마 씨와는 어떻게 아는 사이에요?"

"그냥 단골손님입니다. 상사에 근무하는 평범한 회사원이죠. 아들이 한 명 있고 맞벌이를 하는데 부인이 굉장히 머리 회전이 빠른 사람인 것 같더군요. 물론 그게 꼭 좋은 것만은 아닙니다만."

"과자 가게를 돌아다니면서까지 남편에게 과자를 팔지 말라고 하는 건 좀 유난스러운 것 같아요."

"남편분이 걱정이 돼서 그럴 겁니다."

"남편분의 상태가 많이 안 좋은가요?"

"인슐린 주사를 맞고 있는데, 다행히 아직 합병증은 없답니다. 오래전부터 달고 칼로리가 높은 음식을 좋아했다고 하더군요. 2년 전쯤에 당뇨병 진단을 받았는데 식이요법에 각별히 신경을 쓰고 있어서인지 아직까지는 입원한 적도 없죠. 게다가 의사의 지시를 어기고 몰래 과자를 먹을 타입도 아닙니다."

"하지만 부인은 굉장히 초조해 보이던데요."

"부인도 다야마 씨만큼이나 대쪽 같은 성격이거든요. 게다가 남편 일이라서 더 걱정되겠죠."

나가미네 셰프가 잡지와 필기도구를 옆으로 치우며 말했다.

"실은 오래전부터 다야마 씨의 부탁으로 특별 주문 초콜릿을 만들고 있었습니다. 다야마 씨가 루이를 찾아오는 건 그 때문이죠."

"혹시 당뇨병 환자도 먹을 수 있는 초콜릿인가요?"

"그렇습니다."

"그럼 설탕과 유지를 빼겠네요?"

"단순히 칼로리를 줄인다고 해결되는 문제가 아닙니다. 단맛과 유분의 함량이 줄어들면 초콜릿 본연의 맛을 해칠 수 있거든요. 다야마 씨는 초콜릿의 부드러운 감촉과 매끄러운 식감, 적당하게 새콤쌉싸름하면서도 은은하게 단맛이 나는 향이 풍부한 초콜릿을 만들어 달라고 주문했습니다. 상당히 까다로운 조건이지만 손님이 열성적일수록 만드는 사람도 보람을 느끼기 마련이죠."

"특별 주문 초콜릿이면 매장에서는 안 팔 생각인가요?"

"오로지 다야마 씨를 위한 초콜릿이니까요. 매장에서 팔 생각은 전혀 없습니다."

"하지만 저칼로리 초콜릿은 여자 손님들에게 인기가 좋잖아요."

"난 웰빙식을 만드는 사람이 아닙니다. 단걸 좋아하는 사람은 맛있는 것일수록 몸에 나쁘다는 것쯤은 각오해야 합니다. 이건 결코 그냥 하는 소리가 아닙니다."

"저도 먹어 보고 싶은데 어떻게 안 될까요?"

"미안하지만 기업 비밀이라서 곤란합니다."

"다야마 씨 이외에는 먹을 수 없다는 뜻인가요?"

"그렇습니다."

그렇다면 나도 특별 주문을 해 볼까도 생각했지만 그만두기로 했다. 나가미네 셰프가 부드러운 눈빛으로 나를 물끄러미 쳐다보고 있었으니까. 내 속마음을 꿰뚫어 보고 있는 것 같았다. 마치 살찔까 봐 두려우면 초콜릿을 먹지 말라고 말하고 있는 것 같았다. 결국 나는 아무 말도 못하고 겸연쩍은 듯 웃고 말았다.

다야마 씨가 후쿠오도 고베 지점의 문을 두드린 것은 다음 날이었다.

예상대로 키가 작고 살집이 있었다. 다야마 씨는 머리숱이 별로 없는 머리를 깊이 숙이며 정중히 사과했다.

"죄송합니다. 어제는 집사람이 무례를 범했습니다. 호되게 주의를 줬으니 앞으로 다시는 오지 않을 겁니다. 혹시라도 이런 일이 또 생기면 바로 말씀해 주십시오. 따끔하게 주의를 주겠습니다."

"괜찮아요. 신경 쓰지 마세요."

"나가미네 셰프에게 얘기를 전해 듣고 얼마나 죄송하고 부끄러웠는지요. 제가 가지 않는 곳까지 찾아가 이런 짓을 하다니 정말 죄송합니다. 사죄하는 의미로 과자를 몇 개 사 갔으면 합니다. 양갱과 규히 한 상자씩 제일 큰 걸로 부탁합니다."

"이런 거 드시면 몸에 안 좋을 텐데요."

"걱정 마세요. 거래처에 선물할 거니까요. 무지 포장지로 포장되죠? 그걸로 부탁합니다."

비로소 안심이 된 나는 뒤편 선반에서 상자를 꺼내 미나코에게 포장을 부탁하고 다야마 씨에게 물었다.

"직접 드시는 게 아니라면 어째서 부인이 그렇게까지 하시는 거죠?"

"집사람은 제가 초콜릿 근처에 가는 것도 싫어합니다. 이벤트에 참가하거나 자료를 수집하는 것만 보고도 방방 뛰죠. 자기 몰래 먹고 있다고 생각하거든요. 물론 이벤트나 견본시장에 가면 시식 정도는 합니다. 하지만 아주 조금인걸요. 시식용 초콜릿은 아주 작으니까요."

다야마 부인으로서는 아무리 조금이라도 절대 용납할 수 없었겠지.

"부인이 걱정하는 건 당연해요. 당뇨병은 여러 가지로 신경이 많이 쓰이는 질병이니까요."

당뇨병은 인슐린 주사로 혈당치를 떨어트리면 끝나는 간단한 병이 아니다. 게다가 다야마 씨는 대표적인 생활습관병의 하나인 2형 당뇨병(식생활이나 비만, 스트레스 등 후천적인 요인에 의해 주로 성인층에서 많이 발병한다-옮긴이)을 앓고 있다. 1형 당뇨병(선천성이거나 바이러스 침입 등으로 췌장의 랑게르한스섬 베타 세포가 파괴되어 발병한다–옮긴이))의 경우 췌장세포이식이라는 새로운 치료법이 개발 중이지만 2형 당뇨병은 아직 완전히 치료하는 방법이 없다.

다시 말해 평생 당뇨병을 달고 살아야 한다는 얘기다. 살아 숨 쉬는 동안에는 약물요법과 식이요법, 운동요법을 꾸준히 반복해야 한다.

게다가 증상이 진행되면서 합병증이 생겨 여러모로 골치가 아프다. 실명될 수도 있고 요독증, 뇌경색, 심근경색 등을 일으키기도 한다. 심지어 말초신경이 손상되면서 괴저 현상이 일어나 손발을 잘라 내야 하는 경우도 있다.

물론 모든 당뇨병 환자가 합병증을 일으키는 건 아니다. 자기관리에 철저한 사람은 충분히 극복할 수 있다.

나가미네 셰프에게 들은 바로는 다야마 씨는 자기관리에 철저한 사람이다. 크게 걱정하지 않아도 되겠지만 부인의 입장은 좀 다를 테지. 혹시나 남편이 잘못될까 봐 가슴 졸이는 것도 충분히 이해가 된다. 불치병인데다가 언제 닥칠지 모르는 위험성에 노출되어 있다는 것은 당뇨병 환자와 그 가족들에게는 부담이 될 수밖에 없으니까.

"제겐 꿈이 하나 있습니다. 나중에 나이가 들어 회사를 그만두게 되면 초콜릿 하우스를 열 생각입니다."

"초콜릿 하우스? 쇼콜라트리와는 어떻게 다른데요?"

"제가 하고 싶은 초콜릿 하우스는 일종의 초콜릿 박물관이라고 보시면 됩니다. 여러 곳에서 매입한 다양한 초콜릿을 팔 생각이에요. 그래서 그곳에 오면 세상의 모든 초콜릿을 맛볼 수 있는, 그런 멋진 가게를 만들고 싶어요. 그래서 나가미네 셰프에게 그곳에서 판매할 초콜릿을 만들어 달라고 부탁했죠. 저처럼 당분이나 지질 섭취량이 제한되어 있는 사람도 안심하고 먹을 수 있는 저칼로리 초콜릿을 판매할 생각이거든요. 물론 통신판매도 할 생각입니다. 정말 멋지지 않아요?"

역시 그랬다. 나가미네 셰프가 저칼로리 초콜릿을 루이 매장에서 팔지 않겠다고 말한 데에는 그럴 만한 이유가 있었다. 다야마 씨와 본의 아니게 경쟁하는 상황을 피하려는 그의 배려였겠지.

"부인도 알고 계세요?"

"집사람한테 말했더니 허황된 꿈만 꾼다면서 화를 내더군요. 사업하는 걸 좋아하지 않거든요. 위험하다는 거죠. 집사람은 좀 더 안정된 노후 생활을 원하거든요."

"하지만 다야마 씨가 말씀하신 초콜릿 하우스가 실제로 생기면 틀림없이 많은 사람들이 좋아할 거예요."

"정말 그렇게 생각하십니까?"

다야마 씨가 눈동자를 반짝이며 물었다.

과자를 받아 든 다야마 씨는 다시 한 번 고개를 숙이며 사죄하고 이렇게 덧붙였다.

“제 꿈이 실현되면 꼭 한번 오세요. 나가미네 셰프가 만든 저칼로리 초콜릿은 틀림없이 보통 사람들 입맛에도 맛있을 테니까요. 칼로리가 낮으면서도 맛있는 초콜릿을 만들어 달라고 부탁했거든요.”

“쉽지 않겠군요.”

“아닙니다. 나가미네 셰프라면 틀림없이 만들어 낼 겁니다.”

“저기, 어려운 부탁이지만 샘플이 만들어지면 저한테도 조금만 나눠 주시면 안 될까요? 비용은 얼마든지 지불할게요.”

다야마 씨는 고개를 갸웃거리며 잠시 곰곰이 생각하는 듯싶더니 이윽고 밝은 목소리로 대답했다.

“알겠습니다. 언젠가는 초콜릿 하우스에서 판매할 제품이니 미리 평가를 들어 보는 것도 괜찮겠네요. 게다가 저칼로리 초콜릿은 젊은 여성들이 좋아할 테니까요.”

“와우, 정말 고마워요.”

“우리 집사람도 아야베 씨처럼 적극적으로 밀어 주면 좋으련만.”

“부인이 단것을 싫어하시나요?”

“예전엔 그렇게 싫어하지 않았던 것 같은데 요즘엔 거들떠도 안 봅니다. 원래는 마음씨가 따뜻한 사람이었는데 점점 신경질적으로 바뀌는 것 같아서 마음이 짠합니다. 실은 집사람과 함께 오붓하게 앉아서 케이크를 먹는 게 제 작은 바람입니다. 언젠가는 아내와 함께 안심하고 먹을 수 있는 케이크가 개발되겠죠. 그때까지 포기하지 않고 기다릴 겁니다."

다야마 씨가 웃으며 말했다.

"네. 저도 응원할게요. 샘플이 나오면 이리로 가져다주시겠어요? 주로 매장에 있거든요."

"그러죠. 그럼 이만 가 보겠습니다."

"단것을 좋아하는 사람이 당뇨병에 걸리면 여러모로 골치가 아프지."

영업시간이 끝나고 그날 매출을 보고하러 사무실로 갔을 때 사무장이 말했다.

"내가 아는 사람 중에도 당뇨병에 걸린 후에도 단것을 끊지 못하는 사람이 있었지."

"나이가 어떻게 되는데요?"

"그때가 아마 쉰네 살쯤 됐을 거야. 하루는 만주가 너무나도 먹고 싶어서 가족들 몰래 자신의 방에 숨어 만주를 먹었지. 거기까진 괜찮았어. 그런데 먹다 보니 멈출 수가 없었지."

"자제력을 잃고 말았군요."

"그래. 결국 고혈당성 혼수상태에 빠져 그날로 세상을 뜨고 말았어. 만주를 먹고 자살한 거나 다름없었지. 어차피 평생 병으로 아파서 죽을 바에는 좋아하는 거나 실컷 먹고 죽고 싶었던 거지. 어떤 기분이었을지 알 것도 같아."

"하지만 죽으면 그것으로 모든 것이 끝나잖아요."

"누구나 죽으면 끝이라는 것쯤은 알고 있어. 그걸 알면서도 멈출 수가 없었던 거지. 아무리 의사가 시력을 잃게 될지도 모른다, 혈액 투석을 해야 한다고 겁을 줘도 자신도 모르게 먹고 있는 거야. 술이나 담배도 그렇잖아."

만일 내가 병에 걸려 죽을 때까지 단것을 먹을 수 없게 된다면? 으윽. 생각만 해도 끔찍했다. '만주가 아니면 죽음을 달라! 초콜릿이 아니면 죽음을 달라!'라고 울부짖는 사람도 틀림없이 있겠지. 아마 나도 그런 사람 중에 하나가 아닐까?

사무장은 친구의 죽음을 통해 맛있는 과자도 사람에 따라서는 독이 될 수 있다는 걸 알고 있었던 것이다. 그래서 과자라면 질색하는 가족도 있다는 것도. 다야마 부인의 다소 무례한 부탁을 받아 주고 다야마 씨의 사진을 카운터에 붙여 두라고 지시한 것도 그래서였겠지.

탈의실에서 옷을 갈아입으면서 미나코가 말했다.

"요즘 루이의 신작 밤맛 롤케이크가 인기 짱이래요. 밤이 듬뿍 들어간 롤케이크 생지는 물론이고 겉에 발라 놓은 초콜릿크림이 예술이래요. 역시 루이예요."

"지금 사러 갈 거야?"

"네. 아직 남아 있어야 할 텐데."

"나도 갈까?"

"그럼 어서 서둘러요. 먼저 가는 사람이 임자예요."

쇼콜라 더 루이에서는 가을 메뉴로 밤이 듬뿍 들어간 롤케이크를 새롭게 선보였다. 밤을 말아 넣은 생지 안쪽에는 생크림을 바르고 겉에는 비터계의 초콜릿크림을 얇게 펴서 바른 케이크였다. 맛이 진하면서도 뒷맛이 깔끔한 것이 먹는 이의 마음을 확 사로잡았다. 이미 먹어 본 사람들 사이에선 평판이 자자했다.

숨을 헐떡거리며 진열장을 들어다보았다. 마침 밤맛 롤케이크 두 개가 우리의 손길을 기다린 듯 수줍은 자태를 뽐내고 있었다. 휴우. 미나코는 나는 안도의 한숨을 내쉬었다. 미나코와 밤맛 롤케이크를 하나씩 나눠 사고 마카롱과 봉봉 오 쇼콜라도 몇 개 사서 밖으로 나왔다.

어둠이 내린 거리를 걸으며 미나코가 말했다.

"과자를 못 먹는 사람이 초콜릿 하우스를 경영하면 어떤 느낌이 들까요? 아마 나라면 못 참을 것 같아요. 틀림없이 파는 과자에 손을 대고 말걸요."

"웬만한 인내심으로는 견디기 힘들겠지."

밤맛 롤케이크는 나의 기대를 벗어나지 않았다. 전체적으로 단맛을 줄이는 대신 밤 본연의 맛과 부드러운 단맛을 충분히 끌어내고 있었다. 롤케이크를 덮고 있는 초콜릿 크림은 향이 진하고 크림의 달콤함과 부드러움이 초콜릿의 쌉싸름한 맛과 어우러져 입안에서 사르르 녹아내렸다.

아! 아무래도 나는 죽을병에 걸려도 과자를 끊지 못할 것 같다. 틀림없이 골칫거리 환자가 되겠지만, 그래도 쇼콜라 더 루이의 초콜릿만큼은 포기 못하겠지.

어느덧 11월도 반이 지난 어느 날이었다.

아침에 출근해 보니 가게 전화에 음성메시지가 남겨져 있었다. 메시지를 재생시켜 보니 '다야마'라고 자신의 이름을 밝힌 남자의 목소리가 녹음되어 있었다. 다야마 씨의 목소리가 아니었다. 좀 더 젊고 부드러웠다. 그리고 처음 듣는 목소리였다.

"안녕하세요? 다야마라고 합니다. 아버지의 휴대전화에 이곳 전화번호와 아야베 씨 이름이 찍혀 있어서 연락드렸어요. 어제 아버지가 입원하셨습니다. 의식불명 상태인데, 아직 깨어나지 못하고 계십니다. 소지품 중에 과자가 있었는데, 그중 하나가 아야베 씨 앞으로 되어 있어서 중요한 선물이 아닐까 싶어서 연락드렸어요. 혹시 괜찮으시면 병원으로 가지러 와 주실래요? 제가 아버지 병실을 지키고 있어야 해서 가져다드릴 수가 없거든요. 만일 안 되시면 병원으로 전화 주세요. 제 선에서 처리할게요. 의무과로 메시지를 남기시면 저에게 전해 줄 거예요."

다야마 씨가 쓰러졌다고? 지병이 악화된 걸까?

나는 곧장 사무실로 들어가 먼저 출근해 있는 사무장에게 말했다.

"죄송하지만 잠깐 자리를 비워야 할 것 같은데 괜찮을까요?"

"무슨 일인가?"

"다야마 씨가 입원했다는 연락이 와서요. 상태가 심각한 모양이에요. 참, 다야마 씨는 지난번에 오셨던 부인의 남편분이에요."

"혹시 부인 몰래 과자를 먹다 그런 건가?"

"아직 잘 모르겠어요. 쓰러졌을 때 제 앞으로 된 과자 상자가 있었대요. 가서 자세한 이야기를 들어 봐야겠어요."

"알았네. 가족들이 많이 놀라셨을 거야. 그분들이 노여워하지 않도록 각별히 신경 쓰게."

"그럴게요."

나는 주차장에서 차를 빼서 병원으로 곧장 달려갔다.

다야마 씨는 대학병원에 입원해 있었다. 이 근방에서 꽤 평판이 좋은 병원이어서 일단 안심이 되었다.

내가 갔을 때는 다행이 집중치료실에서 일반 병실로 옮겨져 있었다. 위험한 고비는 넘긴 모양이었다.

침실 옆에는 중학생쯤 되는 소년이 앉아 있었다. 내가 살짝 고개를 숙이며 인사하자 의자에서 일어나 머리를 숙여 인사했다. 소년의 이름은 다야마 이사무. 음성메시지의 주인공이었다. 이사무에게 간단하게 내 소개를 하고 다야마 씨의 상태를 물었다.

이사무는 침착하게 대답했다.

"오늘 아침에 잠깐 의식이 돌아오셨어요. 조금 전에 잠드셨는데, 의사선생님 말씀으론 이제 걱정 안 해도 된다고 하셨어요."

"다행이다. 엄마는 지금 어디에 계시니?"

"아침식사하러 가셨어요. 어제 한숨도 못 주무셨거든요. 병원 근처에 패밀리레스토랑이 있어서 식사하실 겸 잠시 쉬시는 게 좋을 것 같아서 가시라고 했어요."

"대체 무슨 일이 있었던 거니?"

"저도 아직 잘은 몰라요."

이사무는 현장에 있던 사람에게 전해 들은 이야기를 간략하게 들려주었다.

다야마 씨는 어제 저녁 전철역 근처 상점가 입구를 비틀비틀 걷고 있었다. 주위에는 아무도 없었고, 잠시 후 다야마 씨는 길바닥에 풀썩 쓰러지고 말았다. 조금 떨어진 곳에서 그를 발견한 한 아주머니가 재빨리 달려와 그를 흔들어 깨웠다. 다야마 씨는 간신히 자신이 당뇨병환자임을 말하고 그대로 정신을 잃고 말았다. 아주머니는 어떻게 해야 할지 몰라서 일단 소리를 질러 사람들에게 도움을 청했고, 그 소리를 듣고 모여든 사람 중에 한 명이 휴대전화로 구급차를 불러 주었다. 다야마 씨는 쓰러졌을 때 땀에 흠뻑 젖어 있었고 옷 여기저기가 더럽혀져 있었다고 한다. 그래서 사람들은 다른 곳에서 사고를 당한 다야마 씨가 도움을 청하기 위해 가까스로 사람들이 많은 곳으로 왔다가 쓰러진 것으로 생각했다.

다야마 씨의 양복 주머니에는 저혈당에 빠지는 것을 방지하기 위한 포도당 사탕이 들어 있었지만 의식이 없는 상태에서 사탕을 먹이면 기도가 막힐까 봐 선불리 나서지 못했다. 요즘 나온 포도당 사탕은 입에 넣으면 바로 녹아 버린다는 것을 아는 사람이 아무도 없었던 것이다.

전화를 받고 달려온 구급대원은 신속히 다야마 씨를 인근 병원으로 실어 날랐다. 병원에서는 다야마 씨의 휴대전화 정보를 보고 가족들에게 연락했고 다야마 부인과 이사무는 쏜살같이 병원으로 달려왔다고 한다.

"저혈당성 혼수상태였지만, 다행히 치료가 무사히 끝나서 곧 괜찮아지실 겁니다. 혹시라도 의식이 안 돌아오면 정밀검사를 해 봐야 하니 며칠 입원하시는 게 좋겠습니다."

담당 의사의 얘기를 듣고 한시름 놓았지만, 다야마 부인은 남편의 소지품에서 쇼콜라 더 루이라고 적혀 있는 종이봉투를 발견하고 불같이 화를 냈다. 남편이 루이의 과자를 먹고 쓰러졌다고 생각했기 때문이었다.

저혈당성 혼수상태는 식사를 거르거나 인슐린의 잘못된 투여 방법으로 발생한다. 한편 고혈당성 혼수상태는 단것을 많이 먹을 때 발생할 수 있다. 다시 말해 다야마 씨의 혼수상태는 과자가 원인이 아니었다. 하지만 이미 극도로 흥분한 다야마 부인은 치료를 받고도 계속 깨어나지 못하는 남편을 보고 루이의 과자 때문이라고 단정했던 것이다. 당장 루이로 찾아가 따지겠다는 그녀를 지금은 그럴 때가 아니라면서 이사무가 겨우 말렸다고 한다.

"어머니가 좀 다혈질이세요. 그런다고 달라질 건 없는데도 말이에요."

그리고는 침대 옆에 있는 선반에서 과자 상자가 든 종이봉투를 꺼내 주었다. 종이봉투에는 루이의 로고가 찍혀 있었다.

"이거에요. 아야베 씨에게 보내는 쪽지도 들어 있었어요."

"지금 열어 봐도 될까?"

"그러세요."

쪽지는 과자 상자에 붙어 있었다. 나는 조심스럽게 다야마 씨의 쪽지를 읽어 내려갔다.

아야베 씨께.

드디어 우리가 손꼽아 기다리던 저칼로리 스위트 제1탄이 나왔습니다. 제1탄은 초콜릿케이크입니다. 말린 과일과 나한과(羅漢果: 중국 광동, 광서성의 고랭지에서 재배되는 박과의 다년생 초본으로, 중국 계림지방에서는 청량음료의 원료나 조미료로 사용되고 있다-옮긴이)를 사용한 아주 멋진 케이크죠. 저는 먼저 먹어 봤습니다. 약속대로 아야베 씨에게도 드릴 테니 솔직하게 감상을 말씀해 주십시오. 참, 나가미네 셰프에게는 비밀이니 저에게 직접 말씀해 주셨으면 합니다.

저칼로리스위트 제2탄은 초콜릿입니다. 봉봉 오 쇼콜라 형식으로 만들어 준다고 했으니 다음 것도 기대해 주십시오.

그의 세심함이 묻어나는 문체에 왠지 가슴이 찡했다.

먼저 먹어 봤다는 문구가 가슴에 비수처럼 꽂혔다. 다야마 부인의 생각이 옳았던 걸까? 정말로 루이의 초콜릿케이크를 먹고 혼수상태에 빠진 걸까? 그렇다면 대체 어디에서 먹은 걸까? 혹시 루이의 커피 매장? 하지만 뭔가 이상한데. 뭔가 꺼림칙했다. 이사무는 분명 저혈당성 발작으로 쓰러졌다고 했다.

"다야마 씨가 깨어나면 확인할 게 있는데, 그때까지 어머니가 루이에 가는 걸 막아 줄 수 있겠니?"

"어떻게든 막아 볼게요. 어머니가 그러시는 거, 실은 저도 창피하거든요."

이사무가 잠든 다야마 씨의 얼굴을 힐끗 쳐다보며 말했다.

"아버지는 당신은 드시지도 않으면서 루이 초콜릿을 자주 사곤 하셨어요. 다른 사람들에게 주기도 하고 저에게도 주셨죠. 루이의 초콜릿을 사람들에게 자랑하고 싶어 하셨거든요. 하지만 어머니는 아버지가 몰래 초콜릿을 드신다고 의심하고 계세요."

"루이의 셰프는 책임감이 강한 분이셔. 당뇨병 환자에게 무책임하게 과자를 권하거나 먹으라고 강요할 사람이 아니야."

"그래요? 아야베 씨가 그렇다면 사실이겠죠. 왠지 아야베 씨의 말은 믿음이 가네요."

"지금은 모든 게 확실치가 않아. 퍼즐 조각이 맞춰지지 않은 느낌이랄까? 그걸 찾아야겠어. 다야마 씨가 일어났을 때 힘이 될 수 있도록 말이야."

"고마워요."

나는 나가미네 셰프를 만나기 위해 곧바로 루이로 향했다. 만일 다야마 씨가 루이에서 케이크를 먹었다면 몇 시쯤이었을까? 그리고 몇 시간 뒤에 쓰러진 걸까? 그게 아니라면 어디에서, 얼마나 먹었는지 확인해야 한다. 그게 다야마 씨의 혼수상태가 루이의 초콜릿 때문이라는 오해를 풀 열쇠가 될 테니까. 다야마 부인이 쳐들어가기 전에 서둘러야 했다.

어느새 가게 앞에 도착한 나는 차에서 내리려다 말고 그만 그 자리에 얼어붙고 말았다. 다야마 부인이 쇼콜라 더 루이의 문을 박차고 들어가는 모습이 눈에 들어갔기 때문이었다.

이런, 한발 늦었네. 병원으로 돌아가지 않고 루이로 곧장 온 모양이었다.

차에서 다야마 부인이 들어가는 것을 지켜본 나는 심호흡을 크게 한 번 하고 안으로 따라 들어갔다. 아직 이른 시간이라 손님이 붐비기 전이었다. 나는 몇 안 되는 손님들 뒤에 몸을 숨기고 다야마 부인의 모습을 지켜보았다.

잠자코 다야마 부인의 얘기를 듣던 종업원이 고개를 끄덕이고 안으로 들어갔다. 잠시 후 나가미네 셰프가 나왔다.

다야마 부인은 나가미네 셰프에게 득달같이 달려들어 날카로운 목소리로 쏘아붙이기 시작했다. 나가미네 셰프의 표정이 어두워지는가 싶더니 뭔가 설명하는 것 같았다. 하지만 다야마 부인은 그걸로는 성에 차지 않는지 소리를 질러 댔다.

"그래서 절대로 팔지 말라고 부탁했잖아요."

가게 안에 있던 사람들의 시선이 온통 두 사람에게로 쏠렸다. 어색한 기운이 감돌았다.

다야마 부인은 주먹으로 나가미네 셰프의 가슴을 치면서 울부짖었다.

"왜 안 말렸어요? 그러다가 그 사람이 죽으면 어떻게 책임질 거예요? 흑흑."

그리곤 힘없이 쓰러졌다. 나가미네 셰프가 붙잡지 않았다면 바닥에 주저앉고 말았을 것이다. 그녀의 격렬한 반응에 주위에 있는 사람들의 시선이 집중되었다. 나는 사람들을 밀치고 두 사람에게 다가갔다.

이성을 잃고 난동을 부리는 부인 앞에서도 나가미네 셰프는 냉정함을 잃지 않았다.

"부인, 진정하십시오. 그렇게 두서없이 말씀하시면 사건의 정황을 알 수 없습니다. 처음부터 순서대로 차근차근 말씀해 보십시오. 내용을 알아야 적절한 대응책을 강구할 수 있습니다. 의사에게 유효한 정보를 제공할 수 있을지도 모르고요."

"이제 와서 그게 다 무슨 소용이에요?"

"다야마 씨는 저에게는 소중한 손님입니다. 아니, 그 이상입니다. 초콜릿을 만드는 파트너이니까요. 다야마 씨 덕분에 더 많은 초콜릿과 케이크를 만들 수 있었습니다. 제게 소중한 기회와 귀중한 재산을 주신 남편분께 진심으로 감사하고 있습니다. 그러니 이번엔 제가 도와드리고 싶습니다."

"잘도 둘러대는군요. 돈 때문에 만든 거면서."

"다야마 씨는 특별 주문으로 만들어진 제품만을 구매하셨습니다. 설탕을 일체 사용하지 않았죠. 유지도 최소한으로 줄이고 칼로리를 철저하게 계산해서 만든 제품이기 때문에 그렇게 쉽게 발작을 일으킬 리 없습니다. 우선 저와 함께 병원으로 가셔서 남편분이 어떻게 쓰러지셨는지 좀 더 자세하게 알아보는 게 좋겠습니다."

"셰프님! 괜찮으시다면 내가 차로 모셔다 드릴게요. 방금 병원에서 오는 길이라 가는 길을 알고 있거든요."

결국 보다 못한 내가 불쑥 끼어들었다.

나가미네 셰프가 나를 쳐다보았다. 주저하는 눈빛이었다.

"하지만 아야베 씨까지 번거롭게 하고 싶진 않습니다."

"그건 걱정 안 하셔도 되요. 저와도 상관있거든요. 자세한 얘긴 가면서 할게요."

나는 먼저 밖으로 나와 자동차의 시동을 걸었다. 잠시 후 사복으로 갈아입은 나가미네 셰프가 다야마 부인을 부축하고 나왔다.

차가 너무 작아서 덩치 큰 나가미네 셰프는 허리를 잔뜩 구부려 간신히 뒷좌석에 올라탔다. 나가미네 셰프의 미간에 작은 주름이 잡혔다.

나는 병원으로 차를 몰았다. 가는 동안 병원에서 이사무에게 들은 얘기를 들려주었다.

"다야마 씨가 쓰러진 건 저혈당성 혼수상태를 일으켰기 때문이에요. 그렇다면 케이크와는 무관하잖아요?"

아무 말 없이 끝까지 얘기를 듣고 있던 나가미네 셰프가 내 물음에 대답하는 대신 다야마 부인에게 물었다.

"다야마 씨가 정확히 몇 시쯤 쓰러지셨습니까?"

다야마 부인은 흥분이 가라앉자 한꺼번에 피로가 밀려왔는지 쭉 늘어져 있었다. 두통을 참듯 관자놀이를 누르면서 대답했다.

"병원에서 연락을 받은 게 6시가 조금 넘어서였으니까 거꾸로 계산해 보면 아마 5시 반쯤이었을 거예요."

"평소보다 일찍 퇴근하셨군요."

"어젠 오전 근무만 하고 일찍 조퇴했거든요. 회사에 연락했다가 들었어요. 대체 뭘 하려고 조퇴까지 한 건지 모르겠어요."

나가미네 셰프는 주머니에서 휴대전화를 꺼내 가게로 전화를 걸었다. 종업원에게 이것저것 확인한 후 전화를 끊었다. 그리고 종업원에게 들은 얘기를 들려주었다.

종업원들의 증언에 따르면 다야마 씨는 어제 오후 4시경에 쇼콜라 더 루이에 들렀다. 다야마 씨가 특별 주문한 초콜릿케이크는 카운터에 맡겨져 있었다. 나가미네 셰프가 바쁠 경우를 대비해 사전에 그렇게 하기로 약속해 뒀기 때문이었다.

다야마 씨는 내용물을 확인하지도, 커피 매장에서 케이크 세트나 파르페를 먹지도 않았다고 한다. 다른 과자도 사지 않았다. 양복 차림에 가방을 들고 있어서 외근 가는 길에 들렀다 보다고 생각했다고 한다.

"케이크 상자가 열려 있었나요? 혹시 먹은 흔적이 있던가요?"

"네. 반이 조금 안 되게 남아 있었어요. 4분의 1 정도 됐을 거예요. 그래서 남편 혼자서 나머지를 다 먹은 줄 알았죠."

"잠깐만요. 그건 제게 줄 케이크를 따로 덜어 놔서 그런 거예요."

내 얘기를 듣고 나가미네 셰프는 눈살을 찌푸렸다.

"그게 무슨 말씀이십니까?"

"미안해요."

나는 간략하게 사정을 이야기하고 나가미네 셰프의 불호령이 떨어지기만을 기다렸다. 하지만 그는 질책하지 않았다.

"그렇다고 해도 4분의 1밖에 남지 않았다는 건 양이 너무 적습니다. 아야베 씨에게 준 양이 얼마나 되나요?"

"아직 확인해 보지 않았어요."

"케이크는 어디에 있죠?"

마침 빨간 신호라 조수석에 두었던 케이크 상자를 나가미네 셰프에게 건넸다. 상자를 열자 나가미네 셰프의 표정이 더욱 굳어졌다.

"딱 절반이 들어 있군요. 그렇다면 4분의 1은 이미 먹었다는 얘긴데."

"흥! 역시 그랬군요."

다야마 부인이 내뱉듯 말했다.

"그렇게 단것을 좋아하는 사람이 케이크를 눈앞에 두고도 참을 수 있었겠어요? 틀림없이 먹으면 안 되는 시간대에 먹고 발작을 일으킨 거라고요."

"아직 단정하기는 이릅니다."

나가미네 셰프가 상자를 닫으며 대답했다.

"아까도 말씀드렸지만 이 케이크는 칼로리가 굉장히 낮습니다. 일반 케이크와는 달리 혈당치에 크게 영향을 미치지 않습니다. 게다가 다야마 씨가 사라진 케이크를 먹었다는 증거도 없고요."

다야마 부인은 의아한 표정을 지었다. 나가미네 셰프는 계속해서 말을 이어 갔다.

"저녁 식사는 집에서 하실 예정이었습니까?"

"네. 밖에서 먹고 온다는 얘긴 듣지 못했어요."

"당뇨병 환자는 칼로리 조절이나 인슐린 투여 시간 때문에 외식하기가 어렵죠. 기껏해야 늘 가는 단골집이나 조리시간을 맞춰 줄 수 있을 만큼 친분이 있는 요리사가 있는 개인음식점이 고작일 겁니다. 하지만 남편분의 신중한 성격을 고려해 봤을 때, 아마도 집으로 돌아가려 했을 겁니다. 만일 밖에서 먹을 계획이었다면 미리 연락했겠죠. 시간상으로도 그 편이 맞는 것 같습니다. 저녁 식사는 보통 몇 시에 먹습니까?"

"7시 반쯤 먹어요."

"평소 6시가 넘어서 회사를 나오겠군요."

"그래요. 7시쯤 집으로 돌아와 바로 인슐린 주사를 맞고 저녁 식사를 기다리죠."

"남편분이 쓰러진 상점가에서 집까지는 얼마나 걸립니까?"

"1시간 20분 정도 걸릴 거예요."

"남편분은 후쿠오도에 들르기 전에 쓰러지셨습니다. 상점가에서 후쿠오도까지는 걸어서 20분 정도 걸립니다. 만일 아야베 씨를 만나고 돌아갈 생각이었다면 저녁 식사 시간을 맞추기 어려웠을 텐데요."

"그러고 보니 그러네요. 남편이 쓰러졌다는 얘기에 깜짝 놀라고 당황해서 미처 시간을 확인할 겨를이 없었어요."

나는 백미러로 나가미네 셰프를 힐끗 쳐다보았다. 심각한 표정으로 무언가 생각하는가 싶더니 이윽고 입을 열었다.

"다야마 씨가 우리 가게에 처음 왔을 때, 나는 혈당치의 변화 패턴에 대해 자세히 물었습니다. 다야마 씨는 식사를 하기 전에는 속효형 인슐린, 자기 전에는 중간형 인슐린 주사를 맞고 있다고 했죠. 항상 식사하기 30분 전에 인슐린 주사를 맞아야 하는데 집과 쓰러진 장소의 거리를 시간대별로 생각해 보면 그가 왜 상점가에서 쓰러졌는지 도무지 이해가 되질 않습니다. 밖에서 식사를 하고 들어갈 생각이었다면 미리 부인에게 연락을 했을 텐데 그러지도 않았죠."

"그럼 어떻게 된 거죠?"

"뭔가가 틀어져 버린 것 같습니다. 어쩌면 뜻하지 않은 일이 생겨서 처음의 스케줄이 어긋나 버린 것인지도 모르죠. 가장 이해가 되지 않는 점은 어째서 루이를 나와서 곧바로 아야베 씨에게 가지 않았냐 하는 겁니다. 처음부터 아야베 씨에게 케이크를 나눠 줄 생각이었다면 왜 곧장 들르지 않은 걸까요?"

듣고 보니 이상했다.

"케이크를 잘라서 내게 줄 상자에 따로 넣을 장소를 찾고 있었던 걸까요?"

"그럴지도 모릅니다. 후쿠오도 문 앞에서 자르기도 뭐했을 테니까요. 그렇다고 루이의 커피 매장에서 잘라서 넣자니 틀림없이 내 귀에 들어갈 테니 그럴 수도 없었겠죠. 어쩌면 어딘가에서 먼저 누군가와 만나기로 약속이 되어 있어서 나중에 들를 생각이었는지도 모르죠."

다른 누군가와의 약속…….

"다야마 씨는 원래 오전 근무를 하고 오후에는 개인적인 일을 볼 생각이었는데 일이 끝나지 않아서 예정보다 늦게 회사에서 나온 건지도 모릅니다. 그래서 4시쯤 루이에 들러 케이크를 받아 들고 약속 장소로 가서 일을 마무리한 뒤 케이크를 잘라 상자에 넣고 아야베 씨에게 들러 케이크를 건넨 다음 집으로 돌아갈 생각이 아니었을까요? 어쩌면 상점가에 갈 생각 따윈 애초에 없었는지도 모르죠. 내 추측이 맞다면 저녁식사 시간 전에는 집으로 돌아갈 수 있었을 겁니다."

"그럼 원래는 상점가에 갈 계획이 없었을 거라는 말씀이세요?"

"약속한 누군가를 만나고 아야베 씨를 만나러 가던 길에 뭔가 우리가 모르는 사건이 생겨서 상점가에 들를 수밖에 없었는지도 모르죠."

나가미네 셰프가 다야마 부인을 쳐다보며 물었다.

"혹시 뭐 없어진 거 없었습니까? 가령 가방이나 핸드폰이나 뭐 이런 거 말입니다."

"네? 그건 왜요?"

"아침에 회사에는 출근했으니 과자 상자 말고도 가방이 있었을 겁니다. 확인해 보셨습니까?"

"그게, 있었던 것 같기도 하고. 잘 기억이 나질 않아요."

"아야베 씨 말로는 병원에서 휴대전화 정보를 보고 가족들에게 연락을 했다는데, 어째서 휴대전화로 확인했을까요? 다야마 씨의 신원을 확인할 만한 물건은 가방에 더 많이 들어 있었을 텐데요."

도통 무슨 소린지 모르겠다는 듯 어리둥절해 하는 다야마 부인에게 나가미네 셰프는 좀 더 자세하게 설명해 주었다.

"저혈당성 혼수상태는 건강관리를 게을리하거나 인슐린을 제시간에 투여하지 않았을 때 외에 격한 운동을 했을 때에도 빠질 수 있습니다. 가령 누군가를 쫓아 전력질주하거나 장시간 운동한 직후에 갑자기 발작을 일으키기도 합니다."

아! 순간 나는 탄성을 질렀다.

"그러고 보니 다야마 씨가 땀에 흠뻑 젖어 있었고 쓰러지기 전에 이미 옷이 더렵혀져 있었다고 했어요."

"다야마 씨의 행동 범위를 확인하면 좀 더 확실히 알 수 있을 겁니다. 지금은 11월 중순이라서 오후 5시 전에 날이 저뭅니다. 5시 반쯤이면 이미 거리에는 어둠이 내리고 장소에 따라서는 어둡고 인적이 끊긴 보도나 차도도 있죠. 그렇다면?"

"절도범의 소행인지도 모르겠군요. 다야마 씨가 가방을 도둑맞았던 거예요. 그래서 과자 상자만 들고 있었던 거고요."

그때 다야마 부인이 날카로운 목소리로 소리쳤다.

"당신이 뭘 안다고 그래요? 초콜릿이나 만드는 사람이 남편의 증상이나 치료약에 대해 얼마나 안다고 멋대로 지껄이는 거예요?"

"전 약학과를 나왔습니다. 과자 장인이 되기 전에는 제약회사 영업부에서 8년 정도 일한 적도 있죠. 내과 쪽을 담당하고 있어서 인슐린에 대해서도 비교적 많이 알고 있는 편이에요. 그래서 다야마 씨가 제게 초콜릿을 만들어 달라고 부탁했던 것이기도 하고요."

다야마 부인은 할 말을 잃은 듯 멍하니 나가미네 셰프를 쳐다보았다.

놀라기는 나도 마찬가지였다. 나가미네 셰프가 이공계 출신일 줄이야. 그래서 그렇게 매사에 논리적이었구나.

"파티시에나 쇼콜라티에가 반드시 제과학교를 졸업해야 하는 건 아닙니다. 한때 평범한 회사원이었거나 변호사, 복서, 트럭 운전수, 이삿짐센터 직원, 화과자 장인 등 다양한 경력을 가진 사람들도 있습니다. 의사였던 사람이 쇼콜라티에가 되기도 하죠. 전혀 이상할 게 없습니다. 특이한 사람이라고 비웃는 사람이 있을지는 모르겠지만요."

다야마 부인은 아무 말도 하지 않았다.

"어쨌든 어떻게 된 일인지는 다야마 씨의 의식이 돌아오면 알게 되겠죠. 조금 전에 얘기한 건 어디까지나 여러 가지 상황을 추리해 본 것뿐이니, 사실인지 아닌지는 두고 보면 알겠죠."

나가미네 셰프가 태연하게 말했다.

병원에 도착해 보니 의식을 되찾은 다야마 씨가 이사무와 얘기를 나누고 있었다.

"제 집사람이 두 분께 또 실례를 범했군요. 죄송합니다."

우리를 보자 다야마 씨는 침대 위에 무릎을 꿇고 고개를 숙였다. 나가미네 셰프가 재빨리 다야마 씨를 말리며 말했다.

"괜찮습니다. 그보다 대체 무슨 일이 있었던 겁니까?"

"루이에서 특별 주문한 케이크를 받아 들고 부동산에 들렀습니다."

다야마 씨가 미안하다는 표정을 지으며 어제 있었던 일을 들려주었다.

"일이 늦게 끝나는 바람에 약속 시간보다 1시간이나 늦고 말았죠. 그래서 아야베 씨에게 곧바로 들르지 못했습니다. 지금 생각해 보면 일단 아야베 씨에게 케이크를 맡겨 두었다가 나중에 내가 먹을 만큼만 덜어 갔으면 됐을 것을, 그땐 정신이 없어서 미처 거기까지 생각이 미치지 못했죠."

"부동산에는 왜 가신 겁니까?"

"부동산업자와 만나기로 했습니다. 본격적으로 초콜릿 하우스 매장을 알아보기로 했거든요."

다야마 부인이 매섭게 남편을 노려보았다.

다야마 씨는 아내의 눈길을 못 본 척 이야기를 계속했다.

"하지만 딱히 마음에 드는 게 없어서 결국 마음의 결정을 내리지 못했죠. 실은 부동산업자가 오랜 친구라서 케이크를 한 조각 나누어 주고 함께 차를 마셨습니다. 친구의 의견도 듣고 싶었거든요."

케이크가 4분의 1밖에 안 남았던 건 다야마 씨가 친구와 한 조각씩 나눠 먹었기 때문이었다.

"그러고 나서 아야베 씨에게 줄 케이크를 다른 상자에 담고 메시지 카드를 쓴 뒤 부동산을 나섰습니다. 거리에는 어느새 땅거미가 지고 있었습니다. 서둘러야겠다는 생각에 지름길로 가로질러 가는데 뒤에서 달려오던 미니 바이크에 받히고 말았죠."

다야마 씨는 고가다리 옆 좁은 길을 걷고 있었다. 뒤에서 바이크의 엔진 소리가 들렸다. 먼저 지나가라고 옆으로 살짝 비켜섰을 때였다. 부르릉 하는 소리와 함께 바이크가 빠른 속도로 다야마 씨의 옆을 지나쳤다. 다음 순간, 다야마 씨의 왼쪽 팔이 강한 힘에 의해 들어 올리는가 싶더니 눈앞이 핑 돌았다. 동시에 어깨와 등에 강한 충격이 느껴졌다.

대체 무슨 일이 벌어진 거지? 다야마 씨는 어안이 벙벙했다.

"조금 지난 후에야 녀석들이 내 가방을 낚아채 갔고, 그때의 힘 때문에 나뒹굴었다는 사실을 깨달았죠."

다야마 씨는 재빨리 몸을 일으켰다. 빠라바라빠라밤. 몇 십 미터 앞에서 미니 바이크에 탄 녀석들이 다야마 씨를 조롱하듯 경적을 울려 댔다. 희미하게 웃음소리도 들리는 것 같았다.

"고등학생쯤 된 남자아이 두 명이었습니다. 뒤에 타고 있던 녀석이 손을 뻗어 순식간에 내 가방을 빼앗아 갔죠."

"청소년 날치기범들이 요즘엔 성인 남자들도 노리나 보죠?"

다야마 부인이 입을 삐죽거리며 말했다.

"성인 남자가 아니라 힘없어 보이는 아저씨를 노리는 거겠지. 키가 작아서 날 얕잡아 본 모양이야. 꼭 돈을 빼앗을 목적이 아니라 재미로 사람들을 괴롭히는 녀석들도 있지. 내 가방을 빼앗아 간 녀석들도 아마 후자였을 거야."

머리끝까지 화가 난 다야마 씨는 전속력으로 바이크를 쫓아갔다. 충분히 붙잡을 수 있을 것 같았다. 가방 안에는 일할 때 필요한 도구 외에도 부동산과 초콜릿에 관한 메모 등 초콜릿 하우스를 준비하는 데 필요한 서류가 들어 있었다. 그에게는 더없이 소중한 자료였다. 그만큼 다야마 씨의 분노도 엄청났다. 그는 격한 운동을 하면 발작을 일으킬 수도 있다는 걸 까맣게 잊고 달리기 시작했다.

기다렸다는 듯 미니 바이크가 다시 빠르게 달려 나갔다. 고가다리 밑으로 이어지는 상점가 골목을 돌아 큰 도로로 나온 미니 바이크는 한층 빠른 속도로 차도를 내달렸다. 결국 다야마 씨는 포기하고 가쁜 숨을 몰아쉬었다. 번호판은 고무테이프로 싸여 있었고 녀석들의 얼굴도 어두워서 보지 못했다. 가방을 찾기는 힘들겠지. 절망감에 빠진 그는 상점가 거리를 걷다가 문득 근처에 파출소가 있다는 것을 기억해 냈다. 자료의 일부라고 찾았으면 좋겠다는 작은 희망을 품고 천천히 걸음을 옮겨 저녁 무렵 혼잡한 상점가 거리를 터덜터덜 걷기 시작했다.

그때였다. 강렬한 저혈당 발작이 온 것은.

비상사태를 대비해 양복 주머니에 항상 포도당을 넣고 다녔지만 그것을 꺼낼 기운조차 없었다. 그는 그 자리에 맥없이 쓰러졌고, 그를 발견하고 달려온 한 아주머니에게 자신이 당뇨병 환자라는 사실만 가까스로 알리고 정신을 잃었다.

"가방 같은 건 깨끗이 포기했어야 했어요."

그렇게 말하면서 웃는 다야마 씨의 모습이 왠지 쓸쓸해 보였다.

"다리로 바이크를 쫓아가겠다고 생각한 것 자체가 무모한 짓이었죠. 진즉에 포기하고 경찰서에 신고하거나 근처 파출소로 갔어야 했는데. 중요한 자료를 도둑맞았다는 생각에 그만 화가 나서 이성을 잃고 말았던 거죠."

"이건 분명 그만두라는 신의 계시예요."

다야마 부인이 퉁명스럽게 말했다.

"그만두라니, 뭘?"

"초콜릿 하우스 말이에요. 그딴 거 이제 그만두라고요."

"당신, 지금 무슨 소릴 하는 거야?"

다야마 씨의 표정이 무섭게 일그러졌다. 마치 목숨을 걸고 덤비는 한 마리의 맹수 같았다.

"초콜릿 하우스는 나의 유일한 꿈이야. 무슨 일이 있어도 절대 포기 못 해."

"이건 당신의 생명과 우리 가족 모두의 삶이 걸린 문제라고요!"

다야마 부인도 지지 않고 소리쳤다.

"나보고 늙어서도 편히 쉬지 말고 초콜릿 하우스에서 뒤치다꺼리나 하란 말이에요?"

"당신에게 도와달라고 말한 적 없어. 초콜릿이 싫으면 가게에 안 나오면 돼. 사람을 쓰면 되니까."

"그 핑계로 젊은 여자나 끌어들이려고요?"

"당신은 왜 늘 그런 식으로 말하는 거야?"

"당신이 무리할까 봐서 그런다는 거, 당신도 잘 알잖아요. 몸도 마음도 마찬가지예요. 가게 자금을 모으려면 그만큼 일을 더 많이 해야 하잖아요. 돈을 모으려고 당신이 번역 아르바이트까지 하고 있다는 것도 이미 알고 있다고요. 집에서 컴퓨터로 작업하는 것도 게임이나 하는 게 아니라 일하는 거잖아요. 잘 시간까지 쪼개고 또 쪼개는데 몸이 배겨 나겠어요? 아무리 돈을 많이 모으면 뭐해요? 그 전에 당신이 쓰러지면 그게 다 무슨 소용이냐고요?"

"난 절대로 쓰러지지 않아. 초콜릿 하우스가 안정 궤도에 오를 때까지 절대 죽지 않을 거야."

"말로는 무슨 말을 못해요?"

다야마 부인이 두 손으로 얼굴을 가리며 흐느꼈다.

"당신의 목숨은 당신 혼자만의 것이 아니라는 사실을 왜 몰라요?"

"두 분 다 그만두세요. 다른 사람들도 있는데 부끄럽지도 않으세요?"

이사무가 끼어들자 다야마 부인이 매섭게 쏘아붙였다.

"넌 잠자코 있어!"

"어째서요? 나도 가족인데 이 정도는 말할 권리가 있다고요."

"넌 어려서부터 아빠 편이었잖아. 아빠가 사 주는 사탕이나 초콜릿에 혹해서 엄만 안중에도 없었잖아. 비겁하게 둘이서 엄마를 괴롭힐 생각이니?"

다야마 씨가 갑자기 침대를 탕탕 두드리며 소리쳤다.

"그만들 해. 여긴 병원이라고."

다야마 씨의 말대로 여긴 병원이고, 게다가 여러 사람이 함께 쓰는 병실이었다.

분위기가 심각해지자 나가미네 셰프는 쾌유를 빈다는 말을 남기고 밖으로 나갔다. 나도 그 뒤를 따라나섰다. 그가 다야마 씨에게 힘을 실어 줄 거라 내심 기대하고 있던 나는 은근히 실망했다.

복로도 나오자 나가미네 셰프가 크게 한숨을 내쉬며 말했다. 보기 드물게 잔뜩 가라앉은 목소리였다.

"내가 잘못 생각하고 있었는지도 모르겠습니다. 가족 모두를 기쁘게 할 수 없는 과자라면 만들어서 무엇하겠습니까?"

나는 뭐라고 위로해야 할지 몰라 그저 그의 말을 듣고 있었다. 그는 혼잣말처럼 중얼거렸다.

"샘플 만드는 데에만 열중하느라 다야마 부인의 존재를 까맣게 잊고 있었습니다."

"하지만 다야마 부인이 워낙에 단것을 싫어해서 그런 거잖아요. 어쩔 수 없죠."

"그게 잘못됐다는 겁니다. 다야마 부인이 어째서 단것을 싫어하는지 그 이유를 한 번도 진지하게 생각해 보지 않았으니까요."

나가미네 셰프는 잠시 골똘히 생각에 잠기더니 이윽고 입을 열었다.

"조만간에 봉봉 오 쇼콜라 샘플을 선보일 예정이었는데 다야마 씨는 병원에 좀 더 입원해 있어야 하니 다야마 부인에게 대신 샘플을 보여 줘야겠습니다."

"네?"

"아야베 씨가 좀 도와주셨으면 합니다."

"제가 뭘 도우면 되죠?"

"다야마 부인과 둘이서만 만나는 게 조금 껄끄러워서요. 아야베 씨가 함께 있어 줬으면 합니다. 지금까지의 모든 상황을 알고 있으니 아야베 씨가 옆에 있으면 든든할 것 같습니다."

이렇게까지 말하는데 거절할 수도 없어서 일주일 후 늘 그렇듯 손님이 빠져나가고 한적한 저녁 시간대에 루이로 건너가기로 약속했다.

일주일은 눈 깜짝할 사이에 지나갔다.

약속 시간에 맞춰 루이로 건너갔다. 다야마 부인과 이사무가 먼저 와 있었다. 다야마 부인이 안 올까 봐 걱정했는데 이사무 군이 용케 설득한 모양이었다.

왠지 같은 테이블에 앉기가 어색해서 옆 테이블에 앉았다.

잠시 후 나가미네 셰프가 오키모토 씨를 데리고 나타났다. 두 사람은 미네랄워터 병과 유리잔, 그리고 접시가 든 은쟁반을 들고 있었다.

"바쁘실 텐데 시간 내 주셔서 정말 감사합니다. 그럼 샘플을 보여 드리겠습니다."

나가미네 셰프와 오키모토 씨는 초콜릿이 든 접시를 재빨리 나눠 주고 유리잔에 미네랄워터를 따랐다. 그리고 마지막으로 연필과 메모지를 나눠 주었다.

"쇼콜라는 샴페인으로 즐기는 방법도 있습니다만."

모든 세팅이 끝나자 나가미네 셰프가 말을 꺼냈다.

"오늘은 샘플을 시식하는 자리이고, 이사무 군이 아직 미성년인 관계로 물로 대신 하겠습니다. 하나씩 먹을 때마다 물로 입 안의 남아 있는 맛과 향을 헹궈 내면 다음 쇼콜라의 특징을 선명하게 느끼실 수 있을 겁니다."

접시 위에는 봉봉 오 쇼콜라 여섯 개가 동그랗게 원을 그리듯 놓여 있었다. 색깔이 조금 검은 편이라는 것만 빼면 여느 봉봉과 같았다. 아마 설탕이나 우유를 섞지 않은 블랙계의 초콜릿을 사용한 모양이다. 그중 하나만 부드러운 갈색 빛을 띠는 것으로 보아 유지방분을 포함한 달콤한 봉봉 오 쇼콜라인 것 같았다.

이사무 군이 물었다.

"특별히 먹는 순서가 있나요?"

나가미네 셰프는 밝은 표정으로 대답했다.

"잘 알고 있구나."

"아버지한테 들은 기억이 나서요."

"그래? 시계 방향으로 하나씩 먹으면 된단다. 자, 여러분. 하나씩 천천히 맛을 보시고 메모지에 각각의 느낀 점을 적어 주시면 고맙겠습니다."

"먹으면서 말로 감상을 얘기해도 되요?"

"물론입니다. 글보다 목소리로 직접 듣는 편이 더 생생하게 기억에 남거든요."

나는 첫 번째 쇼콜라를 집어 들었다.

입안에 넣고 천천히 혀로 핥자 쇼콜라 안에 들어 있던 아몬드 프라리네가 녹아내렸다. 의외로 프라리네의 맛이 강해서 깜짝 놀랐지만 뒷맛이 깔끔하고 끈적끈적한 느낌도 전혀 없었다. 깔끔한 맛이 역시 저칼로리 초콜릿이다.

나는 나머지 쇼콜라를 차례로 먹으면서 연신 감탄사를 연발했다. 칼로리를 최소한으로 줄이면서도 초콜릿 본연의 맛은 최대한 살린 것이 특징이었다. 쇼콜라 안에는 허브나 말린 과일, 너트 등을 섞어 넣었는데, 오렌지와 민트 등의 허브에서 상쾌하고도 선명한 달콤함이 느껴졌다. 말린 과일은 설탕을 넣지 않고 그대로 건조시킨 제품을 사용했다. 소박한 단맛이 나는 딸기와 사과, 오렌지 필, 건포도, 파인애플도 들어갔다. 살구의 강한 신맛이 오히려 초콜릿의 순한 맛을 강하게 느끼게 하는 쇼콜라도 있었다. 너트는 일반적으로 사용하는 아몬드, 헤이즐넛, 캐슈너트 등을 사용했는데, 많이 넣으면 유지방의 양이 늘어나므로 딱 필요한 양만큼만 넣은 듯했다.

마지막으로 밝은 갈색 빛의 쇼콜라를 입안에 넣는 순간 바닐라향이 우아하게 입안 가득 펴져 나갔다. 단맛이 억제되어 있었지만 향이 너무 좋아서 부족한 맛을 충분히 채워 주었다. 지극히 평범한 모양이었지만 왠지 마음이 따뜻해지는 초콜릿이었다.

"상상했던 것보다 훨씬 맛있어요. 환자들을 위한 초콜릿이라서 쓰고 밋밋할 줄 알았거든요."

이사무가 감탄한 목소리로 말했다.

나가미네 셰프는 이사무에게 살짝 웃어 보이며 설명했다.

"보통 봉봉 오 쇼콜라 안에는 달고 칼로리가 높은 가나슈와 프라리네가 들어갑니다. 다야마 씨는 우선 안에 들어가는 내용물들의 칼로리를 철저하게 낮추고 당분을 줄여 달라고 요청했습니다. 설탕은 100그램당 384킬로칼로리인데 메이플시럽은 257킬로칼로리, 꿀은 294킬로칼로리죠. 한편 나한과 엑기스는 제로 칼로리에 가깝습니다. 단순히 칼로리 수치만을 놓고 보면 나한과로 통일해도 되겠지만 나한과에는 흑설탕과 마찬가지로 독특한 향이 있고 맛이 단조로워 다른 당류를 섞어 맛에 변화를 주었죠."

"설탕보다 꿀의 칼로리가 낮아요? 꿀이 훨씬 높을 줄 알았는데."

"측정하는 방법에 따라서 달라집니다. 그램으로 계산하면 설탕이 꿀보다 칼로리가 높습니다. 하지만 계량스푼으로 측정할 경우에는 같은 크기라고 해도 꿀의 칼로리가 높죠."

"어째서 그런 차이가 생기는 거죠?"

"용적이 같아도 설탕과 꿀은 무게가 다르기 때문입니다. 설탕 한 큰술은 9그램이지만 꿀 한 큰술은 22그램입니다. 식품성분표에 나와 있는 칼로리는 100그램당의 수치입니다."

나가미네 셰프는 메모용지와 연필을 들어 계산식을 쓱쓱 적어 내려갔다.

설탕

384kcal ÷ 100g × 9g(한 큰술의 무게) = 34.56kcal

꿀

294kcal ÷ 100g × 22g(한 큰술의 무게) = 64.68kcal

메이플시럽

257kcal ÷ 100g × 21g(한 큰술의 무게) = 53.97kcal

"우와, 정말 그렇네요."

이사무가 감탄한 듯 탄성을 질렀다.

"그래서 계량스푼을 사용하면 설탕보다 칼로리가 낮은 꿀과 메이플시럽이 반대로 칼로리가 높아집니다."

"과자 장인들이야 그램으로 무게를 측정하니까 문제 될 게 없지만 집에서 과자나 요리를 할 때에는 주의해야겠군요."

나는 다야마 부인을 힐끗 쳐다보며 말했다. 그녀는 그런 거야 당연하지 않느냐는 표정으로 입을 꾹 다물고 있었다. 하긴 지난 2년 동안 다야마 씨의 환자식을 직접 만들어 왔는데 모를 리 없겠지.

"생크림도 들어간 것 같은데 식물성인가요, 동물성인가요?"

"순한 맛이 뛰어나서 동물성 크림을 사용했습니다."

"동물성 크림을 사용하면 칼로리가 높아지잖아요?"

"유지방 함유율이 35퍼센트밖에 안 되는 생크림이 있는데, 일반적으로 사용하는 47퍼센트의 동물성 크림보다 100그램당 99킬로칼로리가 더 낮습니다. 게다가 이 저지방 크림은 식물성 크림보다도 칼로리가 낮죠. 다만 저지방 크림은 초콜릿을 유화시키는 힘이 약해서 초콜릿의 종류에 따라서는 숙련된 쇼콜라티에도 유화하는 데 종종 실패하기도 합니다. 수분과 유분이 분리되어 따로 노는 느낌이 들 수 있으므로 주의해야 하죠."

칼로리를 억제하되 코코아파우더가 아닌 온전한 초콜릿을 사용하여 봉봉 오 쇼콜라를 만들어 달라는 것이 다야마 씨의 바람이었다고 한다.

초콜릿, 생크림, 맛을 내는 데 필요한 과일은 물과 기름이 복잡하게 연결되어 형태를 이루고 있어서 유지방을 제거하는 방법에 따라서는 잘 안 섞일 수도 있다. 그러한 난관들을 하나하나 해소시키기 위해 나가미네 셰프는 얼마나 많은 시행착오를 거친 걸까? 시간도 시간이지만 그동안 들인 노력도 엄청났을 테지. 하지만 이 모든 과정은 그에게 힘들지만 즐거운 작업이기도 했을 것이다. 그렇지 않았다면 다야마 씨의 무리한 요구에 이렇게까지 성심성의껏 응하지 않았을 테니까.

나가미네 셰프가 다야마 부인을 쳐다보며 물었다.

"어떠십니까?"

"아무리 칼로리를 낮췄다고 해도 먹는 사람이 많이 먹어 버리면 아무 소용없잖아요. 저칼로리 초콜릿이라고 안심하고 마구 먹는 사람이 틀림없이 있을 거예요. 인간의 욕심은 끝이 없으니까요. 칼로리가 보통 초콜릿의 절반밖에 되지 않는다면 지금껏 억제해 왔던 욕구를 채우기 위해서라도 많이 먹으려고 하지 않겠어요?"

"물론 그런 사람도 있겠죠. 하지만 그런 것까지 만드는 사람이 책임질 수는 없습니다."

"그럼 그게 먹은 사람의 잘못이라는 얘긴가요?"

"과자는 만드는 사람은 학교 선생이나 부모가 아닙니다. 손님의 생활까지 일일이 간섭할 수는 없죠."

"어떻게 그렇게 무책임한 말을 할 수 있죠? 그럼 만드는 사람의 책임은 뭐죠? 사람들이 원하니까, 또는 자신의 솜씨를 과시하려고 과자를 만드는 거라면 자신이 만든 과자가 손님들에게 어떤 영향을 미칠지 전혀 안중에도 없다는 소리잖아요. 당신이 만든 초콜릿이 당뇨병 환자나 다이어트에 미쳐 있는 젊은 여성들의 인식을 송두리째 바꿔 버릴지도 모른다고요."

"내 일은 한 사람이라도 더 많은 사람들에게 초콜릿의 맛을 알리는 것입니다. 그 이상은 아무것도 바라지 않습니다. 앞으로 양과자 업계에서는 초콜릿의 칼로리를 줄이기 위해 끊임없이 연구할 겁니다. 그게 시대의 흐름이니까요. 내가 하지 않아도 언젠가 누군가는 해야 할 일입니다. 그럴 바에는 내 손으로 만들고 싶었습니다. 당질이나 칼로리 때문에 좋아하는 초콜릿을 포기하는 사람들에게 한순간이라도 입안에서 초콜릿이 녹아내릴 때의 행복을 맛보게 하고 싶었죠."

"그건 만드는 사람의 변명일 뿐이에요. 안됐지만 아무래도 당신과는 친하게 지낼 수 없을 것 같군요."

"그렇습니까?"

"당신이 굉장한 실력과 확고한 신념을 가진 사람이라는 건 나도 인정해요. 하지만 난 여전히 남편이 단것을 먹는 게 끔찍이도 싫어요. 생명을 소중히 생각하고 하루라도 더 가족들과 함께 살아 주길 바라니까요."

"한 가지 물어봐도 되겠습니까?"

"뭐죠?"

"부인은 실은 단것을 굉장히 좋아하시죠? 하지만 남편분이 당뇨병 진단을 받고부터 단것은 일체 먹지 않게 되신 거 아닙니까? 남편이 먹을 수 없으니 자신도 먹지 말아야겠다고 결심하셨던 거겠죠."

다야마 부인이 쓴웃음을 지으며 대답했다.

"그래서 뭐가 어떻다는 거죠?"

"이 초콜릿은 부인과 같은 사람을 위해 만든 겁니다. 온 가족이 함께 먹을 수 있는 과자를 만드는 것, 그것이 바로 남편분과 내가 꿈꾸는 일이죠."

다야마 부인은 아무 말도 하지 않고 자리에서 일어서서 나가 버렸다. 이사무가 허둥지둥 나가미네 셰프에게 인사를 하고 그 뒤를 따라 나갔다.

커피 매장에는 나와 나가미네 셰프, 그리고 오키모토 씨만 덩그러니 남겨졌다.

이윽고 나가미네 셰프가 혼자서 접시를 정리하기 시작했다. 오키모토 씨가 그를 도왔지만 나는 뭐라고 말해야 좋을지 몰라 "안됐네요."라고 나직이 중얼거렸다.

"아니, 이걸로 충분합니다."

나가미네 셰프의 목소리는 부드러웠다.

"세상에는 저런 사람도 필요합니다. 나는 누군가를 설득하기 위해 초콜릿을 만드는 게 아니니까요."

"하지만 지금 같아선 앞으로도 다야마 씨에게 싫은 소리를 할 것 같은데요."

"아무려면 어떻습니까? 나는 저런 사람이 좋습니다. 마음에 안 드는 게 있으면 앞으로도 망설이지 말고 지적해 줬으면 좋겠습니다. 그것이 결과적으로는 저칼로리 초콜릿 발전의 원동력이 될 테니까요. 좀 더 긴 안목으로 보면 오히려 잘된 일이죠."

나는 나가미네 셰프의 말을 곱씹으며 루이를 나섰다.

거리로 나오자 가을밤의 차가운 바람이 몸속으로 파고들었다.

세상에는 쉽게 답을 구할 수 없는 일도 많다. 다야마 씨와 그의 부인, 그리고 나가미네 셰프. 그 누구의 잘못도 아니고 누군가 한 명이 책임을 진다고 해서 끝낼 수 있는 일도 아니다.

그들은 앞으로도 여전히 자신이 믿는 것을 위해 때로는 양보하고 때로는 한 치의 양보도 없이 팽팽히 맞서면서 자신들의 신념대로 살아갈 것이다.

훗날 다야마 씨의 꿈이 이루어져 초콜릿 하우스가 생긴다면 나는 만사를 제쳐 두고 찾아갈 것이다. 저칼로리 초콜릿이 아니어도 먹고 싶은 게 있으면 절대 망설이지 않을 것이다. 새로운 것을 원할 때, 혹은 초콜릿이 먹고 싶을 때는 언제라도 찾아가리라. 그곳에 가면 언제든 내가 원하는 초콜릿을 손에 넣을 수 있을 테니까. 그런 초콜릿 전문점이 하나쯤은 있어도 좋지 않을까?

나는 초콜릿을 먹는 사람이다.

초콜릿을 맛보고 느낀 점을 솔직히 표현하면 그뿐이다.

그게 내가 할 수 있는 전부니까.

제6화

쇼콜라티에 훈장

다야마 씨가 후쿠오도를 찾아왔다. 병원에서 퇴원한 지 열흘쯤 지나서였다. 상태가 많이 호전되었는지 병원에서 봤을 때와는 달리 건강해 보였다.

"벌써 겨울 과자가 나왔군요."

그는 활짝 웃고 있었다.

과자에 대한 호기심은 죽을 고비를 넘긴 후에도 여전한 모양이었다. 나는 웃음을 참으며 말했다.

"추천해 드릴 수 없다는 게 안타깝네요."

"저는 됐고, 아들놈한테 사다 줄 과자 좀 골라 주세요. 얼마 전에 다도부에 들어갔거든요."

"와, 멋진 취미 활동을 시작했네요."

"여자애들이 많다는 얘길 듣고 들어간 것뿐입니다. 다른 친구들과 같이 들어간 모양인데, 어떻게든 한 명 꼬여 보려는 거겠죠."

"설마요. 뭐, 그렇게라도 차와 과자의 맛을 알게 된다면야 우리로서는 고마운 일이지만요."

"하하! 그럼 저도 아들녀석에게 아야베 씨네 과자를 애용하라고 말해 둬야겠습니다."

다야마 씨는 고급 생과자 몇 가지를 주문했다. 정말로 아사무가 들어갔다는 다도부에 추천해 줄 모양이었다.

"저기, 궁금한 게 있는데요."

"뭡니까?"

"초콜릿 하우스 건은 잘 진행되고 있나요?"

"아내가 여전히 거세게 반대하고 있지만 난 절대로 포기하지 않을 겁니다. 이제 초콜릿 하우스는 나 혼자만의 꿈이 아니니까요. 나가미네 셰프와 아야베 씨를 비롯해서 이미 많은 사람들이 관여하고 있거든요."

다야마 씨가 씩씩하게 말했다.

"그럼 부인은 어쩌시려고요?"

"글쎄요. 아내는 평생 허락하지 않을 겁니다. 아마 죽을 때까지 불만을 터트리겠죠. 그것도 나쁘진 않습니다. 누군가 브레이크를 걸어 줄 사람이 있어야 꿈을 이룰 수 있으니까요. 너무 질주하다 보면 허황된 꿈으로 끝나 버릴 수도 있거든요."

"나가미네 셰프와 비슷한 얘기를 하시네요."

"무조건 잘한다 잘한다 하면 기고만장하기 쉽거든요. 지금이 가장 좋은 것 같습니다. 원래 부부란 때론 서로 속이고 또 때로는 알면서도 속아 줘야 하거든요."

속고 속이는 사이라……. 그게 어떤 건지 아직 미혼인 나는 알 듯 말 듯했다.

"나가미네 셰프에 대해 잘 아세요?"

"그게 무슨 말씀이십니까?"

"그가 왜 제약회사를 그만두면서까지 쇼콜라티에가 됐는지 알고 계세요?"

그 순간 다야마 씨의 얼굴에 장난기가 피어올랐다.

"옛날엔 초콜릿을 약으로 쓰기도 했습니다."

"정말요?"

"고대 마야인과 아스텍 인은 카카오를 생약으로 사용했습니다. 그리고 처음 프랑스에서 초콜릿 가게를 연 사람도 약제사였죠. 1800년에 프랑스에서 창업한 '드보브 에 갈레'는 지금도 파리에 남아 있는 가장 오래된 초콜릿 가게인데 창업자인 쉴피스 드보브는 왕실 공인 약제사였고, 그의 조카인 오귀스트 갈레도 마찬가지였습니다."

"그런 옛날 얘기 말고 나가미네 셰프에 대해 알고 싶어요."

"죄송하지만 나도 아는 게 별로 없습니다."

역시 나가미네 셰프는 다야마 씨에게도 자신에 대해 얘기하지 않은 모양이다. 그렇다면 나도 더는 알려 해서는 안 되겠지? 세상에는 모르는 것이 더 좋은 일도 있으니까.

"혹시 '간사이 쇼콜라 클럽'이라고 들어 보셨습니까?"
"아니요. 그게 뭔데요?"
"프랑스의 초콜릿 애호가 모임을 따라 만든 간사이 지역의 초콜릿 애호가들의 모임입니다. 회원제로 운영되고 있는 작은 모임이죠."

간사이 쇼콜라 클럽의 모델이 된 프랑스 단체는 '클럽 드 클로크르 더 쇼콜라'. 약칭으로 'CCC'라고 한다. 1981년에 설립되어 요리평론가 클로드 루베를 중심으로 작가, 저널리스트, 디자이너 등 창조적인 분야에 종사하는 사람들이 주류를 이루고 있다. 회원은 150명 정원제. 회원이 되려면 기존 회원이 탈퇴하기를 기다려야 하는 독특한 클럽이었다. 정기적으로 모여 스위트나 먹으며 웃고 떠드는 사교 모임에 그치지 않고 적극적으로 초콜릿 질의 향상과 유지에 힘쓰고 때로는 날카로운 비평도 아끼지 않는 단체이다. 한편 변호사나 판사, 정치가 등 자격 조건을 법조계 사람들로 제한하는 '르 클럽 데 쇼콜라 오 파레'라는 단체도 있다.

'간사이 쇼콜라 클럽'은 아직 규모가 작아서 회원 수의 제한이 없다. 또한 'CCC'처럼 참가자들의 직업적인 제한도 없어서 다양한 분야의 사람들이 참여하고 있다. 다만 기존 회원의 소개를 통해서만 가입할 수 있었다. 물론 그렇다고 아무나 들어갈 수 있는 것은 아니고 심사를 거쳐 통과된 사람만 가입할 수 있었다. 참고로 미성년자는 가입 자격에서 제외된다. 고급 초콜릿을 즐기려면 어느 정도 경제력이 밑받침되어야 하니까. 물론 무직이거나 고정적인 수입이 없는 사람도 마찬가지다. 다만 정년퇴직 후 일정한 재력을 보유하고 있는 사람은 예외지만.

한 달에 한 번씩 열리는 정기 모임에서는 매달 새로운 셰프를 초대하여 초콜릿과 과자를 맛봤다. 다야마 씨는 당뇨병 때문에 시식을 할 수는 없었지만 초콜릿 하우스를 열기 위한 취재 명목으로 출입을 허가받았다. 특별회원인 셈이었다. 회원들은 다야마 씨의 꿈이 꼭 이루어지도록 격려와 응원을 아끼지 않았다고 한다. 다야마 씨가 그토록 초콜릿 하우스를 향해 뜨거운 열정을 보이는 데는 이들의 지원도 한몫했으리라.

"며칠 후에 12월 정기 모임이 있는데, 함께 가시겠습니까? 지난번 일에 대한 답례로 초대하고 싶습니다."

"회원이 아닌 사람도 참석할 수 있나요?"

"실은 이번 모임에 초빙된 셰프가 나가미네 셰프입니다. 회장님께 물어봤더니 흔쾌히 허락해 주시더군요. 후쿠오도 공장장님의 따님이라면 충분히 자격이 있다고 하셨죠. 나가미네 셰프와 친분이 있다는 것도 플러스로 작용한 것 같고요. 어차피 전가 봐야 아무것도 못 먹습니다. 저 대신 드신다고 생각하시고 부담 갖지 마세요."

군침 도는 제안이었다. 나가미네 셰프라면 틀림없이 최고의 메뉴를 준비할 것이다. 그렇다면 절대 놓칠 수 없지. 나는 기꺼이 다야마 씨의 초대를 받아들였다.

쇼콜라 클럽의 정기 모임은 한 달에 한 번씩 호텔의 미팅 룸에서 개최되었다. 회원 수는 약 20명. 왠지 비밀결사대의 회합 장소를 떠오르게 했다.

일요일 오후, 다야마 씨와 함께 약속 장소로 향했다.

호텔 현관에는 커다란 크리스마스트리가 반짝이고 있었다. 높이 2미터쯤 되는 평범한 크리스마스트리 꼭대기에는 금색의 크리스마스 엔젤이, 진녹색의 가지에는 새빨간 사과와 줄무늬 캔디케인이 달려 있었다. 양초 모양의 LED가 노란빛을 깜빡이며 눈송이를 비추고 있었다. 트리 하나 세웠을 뿐인데 크리스마스 분위기가 물씬 느껴졌다. 우리는 로비에서 흘러나오는 잔잔한 캐롤을 뒤로하고 엘리베이터에 올랐다.

모임 장소에는 이미 10여 명의 중년 남녀가 긴 테이블에 둘러앉아 있었다. 젊은 사람은 나 혼자였다.

초로에 들어선 노신사와 노부인의 모습도 보였다. 옷차림과 분위기에서 기품이 느껴졌다. 아마 정원이 딸린 넓은 집에서 부족한 거 없이 사는 내로라하는 부자들이겠지.

"어서 오십시오."

간사이 쇼콜라 클럽의 회장 이누마 씨였다. 나이는 다야마 씨보다 몇 살 위이고 멋진 코와 턱수염을 가지고 있었다.

"그럼 이제 다 온 건가요?"

"기쓰카와 씨가 아직 안 오셨습니다."

머리카락을 뾰족하게 세운 짧은 머리의 중년 남자가 안경 너머로 시계를 노려보며 말했다. 다른 사람들과는 사뭇 다른 느낌이었다. 뭐랄까? 톡톡 쏘는 매운 향신료 같다고나 할까? 하프 프레임 안경테가 더욱 차가운 이미지를 안겨 주었다.

"지각인가? 그럴 사람이 아닌데 이상하군."

차갑고 냉정한 목소리로 중얼거렸다.

"기쓰카와 씨는 오늘 참석하지 못하신답니다. 급한 일이 생겨서 다른 분을 대신 보내신다고 하셨죠."

"다른 사람을 대신 보낸다고요?"

안경 낀 남자가 한쪽 눈썹을 찡그리며 되물었다.

"우리 모임에 그런 회칙이 있었던가요? 회원과 함께 동반자의 자격으로 참석할 때도 제한이 있었던 것으로 기억합니다만."

"기쓰카와 씨의 조카이고, 아버지가 '쇼콜라티에 아마노'의 셰프라서 괜찮을 것 같아 그러시라고 했습니다. 과자를 소개하는 블로그도 운영하고 있다고 하더군요."

"블로그야 아무나 할 수 있는 거 아닙니까! 기쓰카와 씨처럼 요리잡지 기자라면 또 모를까."

"너무 그렇게 까다롭게 굴지 마시고 너그럽게 받아 주셨으면 합니다."

"기쓰카와 씨의 조카라면 아직 어리겠군요."

"20대라고 합니다. 이미 학교를 졸업한 사회인이죠."

"사회인이라고는 해도 젊은 사람이 고급 초콜릿의 맛을 알겠습니까?"

"쇼콜라티에 아마노 셰프의 따님이라고 하셨습니까? 거기 쇼콜라 마카롱이 일품이죠. 안에 프랑부아즈 잼이 들어 있는데, 태어나서 그렇게 맛있는 마카롱은 처음 먹어 봤습니다. 아, 또 먹고 싶군요. 아마노 셰프는 언제 또 초빙할 계획입니까?"

노신사가 불쑥 끼어들었다.

"내년에 다시 한 번 모실 생각입니다. 여러 분들의 요청이 있어서 다음번에는 과자를 만들어 주십사 부탁드려 보려고요."

"내 생각엔 파르페가 좋을 것 같습니다. 식감이 좋은 것으로요. 요즘엔 너무 겉모습에만 치우쳐서 좀처럼 맛있는 파르페를 먹기 힘들거든요. 아마노 셰프라면 디자인도, 맛도 대단한 파르페를 만들어 줄 겁니다. 틀림없어요."

"부탁드려 보죠."

똑똑! 문 두드리는 소리가 들렸다.

"드디어 왔군."

안경 낀 남자가 퉁명스럽게 말했다.

이이누마 회장이 문을 열어 주자 젊은 여자가 미안하다는 표정을 지으며 얼굴을 들이밀었다. 단정하게 묶은 긴 머리가 가슴께까지 내려오는 생기발랄한 모습이었다. 이곳의 분위기와는 너무 대조적이었다. 그녀는 커다란 눈을 깜박이며 물었다.

"죄송하지만 여기가 초콜릿 동호회 모임 장소인가요?"

한창 무르익은 과일의 향기처럼 달콤한 목소리였다. 같은 여자가 들어도 매력적이었다. 하지만 안경 낀 남자는 아무런 감흥도 없는지 차갑게 쏘아붙였다.

"흥! 늦었으면 죄송하다는 말부터 해야 하는 거 아닌가?"

"네? 제 시계론 아직 5분 전인데요."

그녀는 당황하는 기색이 역력했다.

"자자! 이쯤에서 넘어갑시다. 오니즈카 씨, 어른스럽지 못하게 왜 그러십니까? 오늘은 처음 참가하신 분이 두 명이나 있습니다. 우리 모임이 안 좋은 이미지로 비춰지는 것은 원치 않습니다. 그러니 이제 그만 진정하십시오."

이이누마 회장이 말리자 오니즈카라 불린 안경 낀 남자는 입을 다물었지만 속으로는 여전히 불만인 모양이었다. 그의 표정이 말해 주고 있었다.

이이누마 회장은 조금 전 문을 두드린 여자가 기쓰카와 씨의 조카 아마노 가린이라고 소개해 주었다.

"잘 부탁해요. 그쪽도 처음인가 봐요?"

가린이 내 옆자리에 앉으며 물었다.

"네."

"어떤 과자를 좋아해요? 초콜릿?"

"단건 뭐든 좋아해요. 실은 화과자점에서 일하고 있거든요."

"와우! 멋지다. 난 화과자 중에서는 당고(團子: 찹쌀로 만들어 속에 소를 넣고 꿀을 발라 고물을 묻힌 떡으로 흔히 경단이라고 한다-옮긴이)가 제일 좋아요. 도쿄에 되게 특이한 당고 가게가 있는

데, 혹시 들어 봤어요? 고물 대신 커스터드나 커피크림을 바르는데 얼마나 맛있는지 몰라요."

"우리 가게에선 당고를 안 팔아요. 주로 고급 생과자를 팔죠. 하지만 개인적으로는 교토 시조(四條)에 있는 가게에서 만든 미타라시당고(일본 떡 중의 하나로, 달아서 아이들 간식으로 인기가 많다-옮긴이)를 좋아하죠."

짝짝짝!

그때 이이누마 회장이 손바닥을 치며 사람들의 이목을 주목시켰다.

"자, 여러분! 오늘도 이렇게 바쁘신 가운데 참석해 주셔서 감사합니다. 이번 달에 맛볼 메뉴는 쇼콜라 더 루이의 나가미네 가즈키 셰프가 만들어 주셨습니다. 나가미네 셰프는 옆방에서 메뉴를 준비하고 있으니 시식에 앞서 회의를 시작하겠습니다."

회의 내용은 나와는 상관없는 내용들뿐이었다. 회원 가입 희망자에 대한 심사와 새로 생긴 파티세리, 쇼콜라트리에 대한 정보 등등. 15분가량의 회의가 끝나자 이이누마 회장이 인터폰을 들었다.

잠시 후 나가미네 셰프가 호텔 급사와 함께 모습을 나타냈다. 그는 회원들에게 가볍게 인사를 하고 방 한쪽으로 자리를 옮겨 메뉴를 준비했다. 급사가 테이블에 찻잔과 접시를 세팅하고 각각 세 개의 스위트를 나눠 주었다.

가장 먼저 나의 시선을 사로잡은 건 유리잔에 든 무스케이크였다. 초콜릿, 크림, 과일 퓌레가 층층이 들어간 갈색, 흰색, 연 노란색의 예쁜 무스케이크는 과연 어떤 맛일까?

이어서 윗면을 그로제이유로 장식한 흰색 타르틀레트(타르트를 더 작게 만든 파이로 배 모양이나 둥근 모양이 일반적이고 과일이나 크림을 위에 얹는다-옮긴이)가 눈에 들어왔다. 화이트초콜릿으로 흰색 옷을 입힌 타르틀레트 안에는 대체 무엇이 들어 있을까? 새치름한 모습이 궁금증을 자아내고 있었다.

마지막으로 금가루를 뿌린 오페라. 보기엔 여느 오페라와 다르지 않았다. 하지만 나가미네 셰프가 만든 오페라라면 뭔가 깜짝 놀랄 만한 반전을 기대해도 좋지 않을까?

세팅을 모두 마치고 급사가 자리를 뜬 후에도 나가미네 셰프는 그 자리에 남아 있었다.

"자, 여러분! 이제 드셔도 좋습니다. 천천히 즐기시기 바랍니다."

시식은 메뉴에 대한 설명에 앞서 일단 맛을 보고 재료를 맞추거나 감상을 얘기하는 방식으로 진행되었다.

다야마 씨는 가방에서 디지털 카메라를 꺼내어 스위트를 여러 각도에서 찍어 댔다. 먹고 싶은 마음이 굴뚝같을 텐데 용케 잘 참아 주었다. 나가미네 셰프 말대로 대쪽 같은 사람이었다.

"여러분! 안타깝지만 저는 먹을 수 없으니, 여러분들의 감상을 들려주십시오. 제가 초콜릿 하우스를 준비하는 데 많은 도움이 될 겁니다. 부담 갖지 마시고 편하게 느낀 대로 솔직히 말씀해 주시기만 하면 됩니다."

나는 우선 무스케이크부터 먹어 보기로 했다. 손잡이가 긴 스푼을 유리잔에 깊숙이 넣어 무스케이크를 살며시 퍼 올렸다. 입안에 넣자 진한 초콜릿과 부드러운 위스키 맛이 한데 어우러졌다. 알맞게 거품을 낸 위스키 사바이옹(화이트와인과 계란 노른자, 설탕, 향료 등을 섞어 만든 소스-옮긴이)은 쫀득쫀득 식감이 살아 있었다. 사바이옹에는 보통 샴페인이 들어가는데 이건 싱글몰트(단일 증류소에서 보리를 원료로 만든 위스키-옮긴이)를 넣은 걸까? 위스키에서 뿜어 나오는 과실향이 카카오향과 어우러져 콧속으로 빠르게 흘러들어 갔다.

나는 좀 더 깊숙이 스푼을 넣어 보았다. 연노란색의 과일 퓌레가 스푼 위로 올라왔다. 쌉싸름하면서도 달콤새콤했다. 그레이프프루트와 비슷했지만 그건 아닌 것 같고, 대체 뭘 넣은 걸까?

다음은 타르틀레트. 설탕이 들어가지 않은 홍차로 입안을 깨끗이 행구고 포크로 타르틀레트를 한 입 떠먹어 보았다. 생지에는 아몬드가루가 들어갔는데, 생지를 먼저 굽고 아몬드가루를 넣었는지 바삭바삭 씹히는 느낌이 인상적이었다. 맨 밑에는 그로제이유 젤리가 깔려 있었고 그 위로 헤이즐넛과 피스타치오를 갈아 넣은 커스터드크림이 화이트초콜릿으로 덮여 있었다. 봉봉 오 쇼콜라나 케이크보다 초콜릿 층이 두꺼워서 크기에 비해 씹히는 맛이 있었다. 사르르 녹는 화이트초콜릿의 달콤한 맛과 그로제이유의 강렬하고 새콤달콤한 맛의 조화가 무척이나 재미있었다. 중간에 들어간 커스터드크림이 각각 다른 두 가지 맛을 잘 붙잡아 주고 있었다.

내가 감상을 말할 때마다 다야마 씨는 흥분된 목소리로 재촉했다.

"조금만 더. 그 부분을 좀 더 자세히 말씀해 보십시오."

하나라도 놓치지 않으려는 듯 열심히 받아 적는 모습이 굉장히 열정적이었다. 녹음기를 사용하기도 했는데 내 목소리가 남는다고 생각하니 살짝 부끄러웠다. 하지만 초콜릿 하우스를 위해서라면 까짓것 어떠랴. 나는 신중히 단어를 골라 맛과 식감을 좀 더 상세히 전달하기 위해 애썼다.

마침내 오페라를 먹어 볼 차례였다. 역시 예사 맛이 아니었다. 커피시럽이 들어간 조콩드(아몬드가루와 설탕을 섞어 넣은 오페라용 스펀지류–옮긴이) 생지에 커피크림과 초콜릿 가나슈를 얹은 삼층 구조는 여느 오페라와 마찬가지였지만 초콜릿 향이 굉장히 독특했다.

"어머나!"

감상을 말하기도 전에 옆에서 탄성이 터져 나왔다. 시게노라는 이름의 노부인이었다. 그녀는 눈을 반짝이며 나가미네 셰프를 쳐다보았다.

"오페라 초콜릿에 허브를 넣었군요."

"말씀하신 대로입니다."

나가미네 셰프가 겸허한 말투로 대답했다.

"종류는……."

"잠깐만요. 내가 맞춰 볼 테니 말하지 말아요. 음, 장미와 오렌지 플라워를 기본으로 썼고 그린계의 허브 향도 나는데 그쪽은 특정지을 수 없는 것을 보니 여러 가지를 섞은 것 같군요."

"플로랄계는 맞습니다만 그린계의 허브는 기업 비밀이라 가르쳐 드릴 수가 없습니다."

"어머, 그래요?"

"약초원에서 재배하고 있는 비밀 허브죠. 아직 가게에서 판매하는 상품에는 사용하지 않고 있어서 특별 주문 제품이나 오늘처럼 특별한 경우에만 사용하고 있답니다."

"상쾌한 맛이 은은하게 나는데 여러 가지 향을 조합시키기 위해 향신료를 넣은 건가요?"

"훌륭하십니다. 이러다 노하우가 모두 들통 나겠습니다."

"진한 초콜릿 맛과 잘 어울리네요. 아주 우아해요. 정말 마음에 들어요. 혹시 개인적으로 이 허브를 넣은 봉봉 오 쇼콜라를 특별 주문할 수 있을까요?"

"물론입니다. 언제든 가게로 오십시오."

시게노 씨의 질문에 자극을 받아 다른 회원들도 너도나도 자신의 감상을 말하기 시작했다.

"사바이옹 맛도 끝내주는군요."

"초콜릿과 굉장히 잘 어울리는데 북아일랜드산 싱글 몰트인가요?"

"무스케이크와 오페라에도 각각 잘 어울리는 초콜릿을 썼군요. 과일과 사바이옹 층이 있는 무스케이크와 조콩드를 사용하는 오페라의 신맛과 단맛 조합이 서로 다르기 때문이겠죠."

"타르틀레트도 환상적입니다. 그로제이유와 잘 조화시킨 것 같아요. 이렇게 대비가 심하면 맛을 융화시키기 어려웠을 텐데 말입니다."

"타르트의 식감도 독특해요. 일반 밀가루가 아닌 모양이에요. 보통 타르트보다 바삭바삭 식감이 살아 있어요. 후지오카 씨에게는 조금 딱딱할지도 모르겠네요."

후지오카 씨는 아까 아마노 파르페를 먹고 싶다고 말했던 노신사였다. 후지오카 씨가 타르트를 먹으며 "늙었다고 무시하지 맙시다."라고 말해 회장에 한바탕 웃음꽃이 피었다.

"이 정도는 끄떡없으니까. 으흠. 이거 정말 맛있군요."

오니즈카 씨도 한마디 거들었다.

"이번 메뉴 중에서는 단연 오페라가 최고입니다. 시게노 씨가 말씀하신 대로 먹는 데 불편하지 않도록 여러 종류의 허브를 최소한으로 사용해 말로는 표현할 수 없을 정도로 우아한 향을 만들어 냈습니다. 참으로 성숙하고 고급스러운 맛입니다. 우리 클럽 이미지에는 이 오페라가 딱인 것 같습니다. '쇼콜라 더 루이'는 주로 젊은 고객층이 많다고 들었는데, 이런 고급스러운 제품을 더 많이 만들면 좋을 것 같습니다. 썩혀 두기엔 솜씨가 너무 아까우니까요."

"그렇게 말씀해 주시니 고맙습니다."

나가미네 셰프가 고개를 살짝 숙이며 말했다.

"앞으로 좀 더 좋은 제품들을 많이 만들 생각입니다만 아직은 오픈한 지 1년밖에 안 돼서 부족한 것이 많습니다. 아무쪼록 좋은 의견 부탁드립니다."

나는 홍차를 마시며 가린의 접시를 힐끗 쳐다보았다. 스위트는 세 가지 모두 절반쯤밖에는 입에 대지 않았다. 더 먹을 생각도 없어 보였다. 입에 맞지 않는 걸까? 종류가 세 가지나 돼서 적어도 하나쯤은 마음에 드는 게 있을 텐데. 어떻게 된 걸까?

이이누마 회장도 마음에 걸렸는지 가린에게 물었다.

"아마노 씨, 어떠십니까? 아버지가 만든 스위트와는 맛이 조금 다릅니까?"

"글쎄요. 크게 다른 것 같지는 않아요."

가린이 시큰둥하게 대답했다.

"오히려 비슷해요. 아버지가 만든 스위트도 모두 이런 느낌이거든요. 요즘 나온 스위트들은 다들 너무 비슷해요. 맛보다 겉모양에만 신경 쓰죠. 그런 건 흥미 없어요."

"고급스러운 맛이 익숙하지 않아서 그런 거 아닙니까?"

오니즈카 씨가 퉁명스럽게 말했다.

"좋은 초콜릿을 자주 먹어 보지 못한 사람은 패밀리레스토랑에서 파는 초콜릿 파르페가 더 맛있게 느껴지겠죠. 맨 밑에 콘

플레이크가 잔뜩 들어 있는 거 말입니다."

"맞아요. 바로 그거에요. 누구라도 손쉽게 먹을 수 있고 먹는 이에게 기쁨을 줄 수 있는 스위트야말로 고객을 생각하는 과자라고 할 수 있죠. 물론 술이나 허브로 미각이 둔해진 아저씨들의 입맛을 사로잡는 스위트를 만든다는 건 쉬운 일이 아닐 거예요. 과자라기보다는 담배나 향신료 같겠죠. 하지만 사람들을 놀라게 할 만한 특별한 과자를 만드는 것도 나름 보람 있지 않겠어요?"

모두 숨을 죽이고 두 사람을 지켜보았다. 오니즈카 씨는 눈살을 찌푸렸지만 가린은 아무렇지도 않은 얼굴로 말을 이어 갔다.

"아버지 가게에서 일을 배웠다고 해서 비슷할 거라 생각했죠. 역시나 별로 다를 게 없네요. 굳이 다른 점을 꼽자면 무스케이크에 자몽을 사용했다는 거? 뭐, 그 정도예요."

자몽이라고? 깜짝 놀란 나는 입안의 기억을 더듬어 보았다. 초콜릿무스에 들어 있던 그레이프프루트와 비슷한 맛을 냈던 재료가 자몽이었다니. 12월 초에 자몽을 구하기는 쉽지 않았을 텐데.

"잘 알고 계시군요."

나가미네 셰프가 부드러운 어조로 대답했다.

"할머니의 시골집이 고치(高知)에 있어서 어릴 때부터 자주 먹었거든요."

"회장님! 이런 경우에 발효되는 회칙이 분명 있을 텐데요. 한 사람이라도 메뉴에 불만을 갖거나 비판하는 사람이 있을 시에는 해당 셰프는 비판한 사람에게 같은 달에 새로운 메뉴를 다시 맛보게 할 기회를 준다는 회칙이 있었던 것으로 기억합니다만."

겨우 흥분을 가라앉힌 오니즈카 씨가 입을 열었다.

이이누마 회장이 오니즈카 씨를 힐끗 쳐다보며 말했다.

"물론 그런 회칙이 있기는 합니다만 지금껏 적용한 적이 한 번도 없습니다. 물론 셰프님께서는 거부하실 권리가 있습니다. 잘못된 비판일 수도 있으니까요."

그러자 나가미네 셰프가 아무렇지도 않은 목소리로 말했다.

"저는 상관없습니다. 한 번 정도라면 못할 이유도 없습니다."

"12월이라 한창 바쁘실 텐데 괜찮으시겠습니까?"

"루이에는 저 말고도 실력 있는 스태프들이 많습니다. 크리스마스 케이크도 한정 수량만 예약제로 받고 있어서 전혀 문제될 게 없습니다. 어차피 12월에 할 거라면 크리스마스 즈음으로 하는 게 어떻겠습니까? 크리스마스에 어울리는 메뉴를 준비해 보겠습니다."

"오호! 그거 멋진 생각입니다. 크리스마스를 위한 특별 메뉴로군요. 꼭 좀 부탁드립니다."

이이누마 회장이 눈을 반짝이며 말했다.

"이건 비판한 사람에게 오히려 감사를 해야겠군요. 덕분에 이렇게 맛있는 스위트를 크리스마스에 또 먹을 수 있게 되었으니 말입니다."

오니즈카 씨가 비꼬듯 말했다.

"그럼 저도 또 와야 하나요?"

가린이 물었다.

"회칙상 그렇습니다만."

"또 오라고요? 전 오늘 먹어 본 걸로 충분하니까 여러분들끼리 즐기세요."

"아마노 씨! 당신은 공식적인 자리에서 셰프를 비판했습니다. 그러니 그 말에 책임을 져야 합니다. 우리 클럽은 스위트와 그것을 만든 장인에게 절대적인 신뢰와 존경심을 갖고 있습니다. 감상이랍시고 아무 생각 없이 제멋대로 떠들어 대는 게 아니란 말입니다. 절대적인 신뢰와 존경심이 없다면 이렇게 셰프를 초빙하는 일 자체가 말도 안 되는 일이죠."

"그럼, 아까 한 말은 취소할게요. 맛있는 스위트였어요. 잘 먹었습니다."

"자신의 혀를 속이지 마십시오. 아마노 씨가 안 오신다면 저도 만드는 보람이 없습니다. 그러니 부디 다음에도 참석해 주셨으면 합니다."

이번에는 나가미네 셰프가 직접 나서서 가린에게 부탁했다.

"다음번에 와도 제 마음엔 안 들 거예요. 또 안 좋은 얘기만 할 텐데 시간 낭비잖아요."

"다음번에는 반드시 만족하실 만한 메뉴를 만들어 보이겠습니다. 하지만 그때도 마음에 안 드신다면 거침없이 비판하셔도 좋습니다. 여기 계신 분들 중 한 분이라도 맛있게 드셔 주신다면 그것으로 그 스위트는 의미가 있으니까요. 결코 시간 낭비가 아닙니다."

"그럼 마음대로 하세요."

그 말만을 남기고 가린은 먼저 자리에서 일어섰다. 아마 두 번 다시는 안 오겠지? 나는 다야마 씨에게 양해를 구하고 그녀를 뒤따라갔다.

"아마노 씨! 잠깐만요."

나는 그녀를 불러 세웠다.

"난 그냥 느낀 점을 솔직히 말했을 뿐이에요. 이렇게 골치 아프게 될 줄은 몰랐어요. 그런 회칙이 있는 줄은 꿈에도 몰랐다고요."

가린은 어찌할 바를 모르겠다는 듯 말했다.

"만일 알았다면 안 했을 거예요?"

"물론이죠. 그렇게까지 깊이 관여하고 싶은 생각은 추호도 없거든요. 맛도 그렇지만 저 사람들과는 어울리긴 힘들 것 같아요."

"그럼 오늘 여기에는 왜 온 거예요? 다른 사람을 대신해서 일부러 여기까지 왔잖아요."

"오고 싶어서 온 거 아니에요. 숙모가 하도 가라고 해서……."

가린이 하던 말을 멈추고 한숨을 길게 내쉬었다.

"휴우. 그래요. 처음부터 거절했어야 했어요. 대체 내가 뭘 기대하고 왔을까요? 역시 자기가 좋아하는 과자를 먹을 때가 가장 마음이 편해요. 언제 괜찮으시면 제가 운영하는 블로그에 와 보실래요? '가린의 과자골목'이라고, 과자를 소개하는 블로그에요. 검색엔진에서 검색하면 나올 거예요."

"알았어요. 꼭 들러 볼게요."

"미안해요. 나가미네 셰프를 곤란하게 할 생각은 없었다고 대신 전해 주세요."

"그것보다는 다음 모임에 참석해 주는 게 더 좋을 것 같은데요."

"글쎄요. 한번 생각해 볼게요."

가린을 보내고 자리로 돌아갔더니 이미 절반의 회원이 돌아가고 없었다. 오니즈카 씨도, 나가미네 셰프도 보이지 않았다. 카메라를 가방에 넣으면서 돌아갈 채비를 하고 있던 다야마 씨가 물었다.

"어떻게 됐어요?"

"악의는 없었던 것 같아요. 오늘 이곳에 온 것도 뭔가 사정이 있어서인 것 같고요. 나가미네 셰프가 운이 없었던 것 같아요."

"이런 일을 하다 보면 비판을 듣는 건 당연한 일입니다. 아마 나가미네 셰프도 별로 신경 쓰지 않을 거예요."

"하긴, 매스컴에서 떠들어 댄 것도 아니니까 괜찮겠죠?"

"그나저나 '쇼콜라티에 아마노' 셰프의 따님이라면 어려서부터 맛있는 과자를 많이 먹어 봤을 텐데 대체 뭐가 마음에 안 들었을까요?"

"혹시 아버지가 만든 과자를 싫어하는 거 아닐까요?"

"글쎄요. 아마노의 과자는 꽤 평판이 좋은 걸로 알고 있습니다만."

가린은 미각이 뛰어났다. 맛만 보고도 재료를 맞추고 맛에 대한 자신만의 기준도 있는 듯했다. 나가미네 셰프는 아마노의 주방에서 일했으니까 어쩌면 가린이 싫어하는 맛을 이어받았을지도 모르겠다. 대체 그게 뭘까?

슬슬 또 호기심이 발동했다. 나쁜 버릇이라는 건 알지만 일단 호기심이 발동하면 끝까지 파헤쳐야 직성이 풀리니, 이것도 참 문제다.

집으로 돌아온 나는 곧바로 가린의 블로그를 검색했다. 검색 엔진 맨 위에 '가린의 과자 골목'이 링크되어 있었다.

블로그 주소를 누르자 과자가게를 배경으로 환영 문구가 적힌 메인 페이지가 펼쳐졌다.

과자가게 블로그 '가린의 과자골목'

값비싼 과자만이 스위트는 아닙니다.
언제 어디서든 살 수 있는
정겨운 과자의 세계로 함께 떠나요.
어릴 적의 소중한 추억과 손쉽게 구할 수 있는
추억의 과자를 함께 얘기해요.

이런 거였어? 가린이 좋아하는 과자가? 나는 경악을 금치 못했다. 이건 달라도 너무 달랐다. 이러니 요즘 유행하는 스위트가 입에 맞을 리 없겠지.

하지만 어찌 보면 이상한 일이었다.

고급 스위트의 맛과 원료에 해박한 그녀가 어째서 이런 소박한 과자를 좋아하게 된 걸까?

카테고리를 살펴보니 손쉽게 구할 수 있는 일반 과자에 대한 자료가 길게 나열돼 있었다. 맛을 비롯해 패키지의 디자인, 과자 원료 등 상세한 보고서가 실려 있었다. 특정 지역에서만 판매되는 과자에 대해서도 자세하게 다루고 있었다. 유명 가게의 소개도 잊지 않았다. 값싼 소재를 다룬다고 해서 블로그 내용까지 허접한 것은 아니었다. 오히려 이 상태로 무크지를 만들어도 손색이 없을 정도로 훌륭했다. 문득 가린을 쇼콜라 클럽에 초대한 숙모가 요리잡지 기자라는 사실이 떠올랐다. 블로그를 만들 때 여러 가지로 조언을 해 주었을지도 모르겠다. 아니, 어쩌면 이름을 숨기고 수시로 접속해 열심히 게시판에 글을 올리고 있는 단골 방문자 중에 한 명일지도 모른다.

게시판 글에는 리플이 많이 달려 있었다. 이 분야에서는 제법 유명한 블로그인 모양이었다. 특정 계절에만 한정판매하는 신작 과자에 대한 글에 리플이 줄줄이 달려 있었다. 각자의 감상과 비판을 솔직히 적었는데, 논리적이기보다는 직관적인 글이 많았고 굉장히 사실적이었다. 다소 부정적인 이야기를 할 때도 친구들끼리 수다 떨 듯 가벼운 분위기였다.

양과자점에 관한 글을 찾아봤지만 연결된 카테고리도 없고 게시판에서도 일체 관련 글을 찾을 수가 없었다. 의도적으로 빼놓은 걸까? 블로그의 전체적인 취지에는 부합하지만 가린의 경력을 알고 있는 나로서는 심경이 복잡했다.

게시판에 리플을 다는 대신 블로그에 연결되어 있는 메일로 메시지를 보냈다. 검색엔진을 통해 들렀고 무척 흥미로운 경험이었다고 간략하게나마 감상을 적었다.

다음 날 밤 답장이 왔다.

아야베 아카리 씨께

지난번에는 실례가 많았어요.

블로그에 방문해 주셔서 고마워요.

아야베 씨는 어떤 과자를 좋아하시나요?
앞으로 자주 오셔서 블로그에서도 글을 남겨 주세요. ^^

메시지에는 메일 주소가 적혀 있었다. 이번에는 그리로 답장을 보냈다.

아마노 가린 씨께

'가린의 과자골목'에서는 케이크 가게에 대해선 다루지 않나요? 가령 슈크림이나 치즈케이크처럼 고급매장이 아니어도 맛있는 케이크 가게가 많잖아요. 그런 정보도 소개해 주면 좋을 것 같아요.

잠시 후 답장이 날아왔다.

안타깝지만 제 블로그는 케이크에 대해서는 다루지 않고 있어요.
실은 예전엔 케이크도 소개했었는데 방문자들 간에 충돌이 일어나곤 했죠.
게시판에 자주 방문하는 사람들은 크게 세 부류가 있어요.
질을 중시하는 고급 스위트 부류와 언제 어디서든 손쉽게 즐길 수 있는 일반 과자 부류, 그리고 마지막으로 두 가지 모두를 좋아하는 부류로 나뉘죠.
그런데 종류에 따라서는 세 부류의 의견이 팽팽하게 맞서기도 했답니다. '저런 것은 진정한 케이크가 아니다', '진정한 초콜릿의 맛을 알고 싶다면 OO 가게에서 OO을 먹어 봐야 한다'는 식의 글을 올리는 게 전형적인 수법이었죠. 글을 올리는 사람은 악의 없이 맛있는 것을 좀 더 많은 사람들과 공유하고 싶었겠지만 강요당하는 것 같다면서 불쾌해하는 사람도 많았어요. 서로 그냥 그러려니 넘어가다가도 가끔 꼭 사건이 터지곤 했어요.
한번은 새로 발매한 과자에 대한 감상을 둘러싸고 논쟁이 벌어졌는데, 과자 자체에 대한 비판에서 그치질 않았고 급기야 그 과자를 좋아하는 사람들에게 상처를 주는 일까지 생기고 말았죠.
싸움을 중재하고 사람들을 달래는 게 너무 힘들어서 아예 게시판을 닫고 블로그로 바꿨어요. 처음에는 어느 쪽으로 방향을 잡아야 할지 고민했는데 결국 이쪽을 선택하게 됐죠. 고급 스위트를 다루는 블로그는 많으니까요. 내 친구 중에도 고급 스위트 블로그를 운영하는 친구가 있거든요. 그래서 정반대의 분야에서 나만의 개성 있는 블로그를 만들게 된 거예요.
나는 과자라면 고급스러운 것이든 서민적인 것이든 다 좋아해요.

화과자도 다도에 쓰이는 고급 생과자와 당고나 떡처럼 서민적인 과자가 있지만 경쟁하지 않고 각자의 영역에서 서로 공존하고 있잖아요.

그래서 나도 무모한 경쟁을 피하고 서로 공존할 수 있는 방법을 선택했던 거예요.

기껏 좋은 말씀 해 주셨는데 들어주지 못해서 미안해요.

이제야 그녀의 마음을 알 것 같았다. 왜 그렇게 민감하게 반응했는지. 게시판에서도 그녀를 괴롭혔던 과자 논쟁이 바로 눈앞에서 펼쳐졌으니 화가 치밀어 오를 법도 했다.

가린과 좀 더 얘기를 나눠 보고 싶었다. 그래서 다시 메일을 보내자 블로그 회원들의 오프라인 모임에 초대해 주었다. 쇼콜라 클럽과는 달리 서민적이라는데, 한번쯤 가 봐도 좋겠지. 나는 기꺼이 초대에 응했다.

나는 단것을 무척 좋아한다. 그래서 친구들과 맛집을 찾아다니곤 했다. 하지만 오프라인 모임은 이번이 처음이었다. 낯선 사람들과 낯선 가게에서 먹는 낯선 과자의 맛은 어떨까? 벌써부터 가슴이 설레었다.

니시미야(西宮)에 위치한 화과자점 '소우(颯)'. 이곳은 차와 다양한 화과자를 함께 즐길 수 있는 제법 규모가 큰 가게였다. 국내산 팥을 사용한 팥소와 현대인들이 좋아하는 야채를 사용한 스위트도 다양했다. 메뉴판에 있는 설명에 따르면 그중에서도 교야사이(京野菜: 예로부터 교토 지역에서 지배되던 전통 채소-옮긴이)를 섞어 넣은 아이스크림 세트가 가장 인기가 좋다고 한다. 뒷맛이 깔끔한 단맛에 아삭아삭한 채소의 식감과 향이 잘 어우러져 한겨울에도 크게 인기를 얻고 있었다.

오프라인 모임에 참석한 사람은 모두 15명. 모두 여자였다. 화과자점에서 일한다고 하면 불편해지지 않을까 걱정했는데 괜한 걱정이었다. 모두 밝고 쾌활한 사람들이라 대답하기 곤란한 질문은 일체 안 했다.

연령대는 고등학생에서 30대에 이르기까지 다양했다. 그중에서도 20대가 가장 많았다. 가린과 가장 오래전부터 알고 지냈다는 30대 여자는 가린이 게시판을 운영할 때부터 단골 방문자라고 했다. 고급 양과자를 소개하는 블로그를 운영한다는 걸로 보아 가린이 말한 고급 스위트 블로그의 운영자가 그녀인 모양이었다. 또 다른 30대 여자는 화과자 사이트를 운영하고 있었다. 세 사람은 종종 만나서 서로에게 조언을 해 주는 등 많은 얘기를 나누었다. 그 밖에 다른 참가자들은 블로그에 글을 올리거나 꼭 글을 올리지는 않더라도 메일로 연락을 주고받는 사이라고 가린이 말해 주었다.

우리는 화제의 교야사이 아이스크림과 특대 안미쓰(あんみつ: 젤리처럼 굳은 한천과 체리, 귤, 파인애플 등의 과일 위에 팥소를 얹고 시럽을 끼얹어 먹는 일본식 여름 디저트-옮긴이)를 주문했다. 그리고 흑밀(黒密), 말차밀(抹茶密), 과일밀의 세 가지 소스를 즐길 수 있는 도코로텐(ところてん: 천연해초로 만든 무공해, 무첨가, 노칼로리, 다이어트 건강식품-옮긴이)과 특제 미타라시당고도 주문했다. 주문한 메뉴가 나오자 우선 사진부터 찍고 하나씩 차례로 먹어 보았다. 까르르 웃고 왁자지껄 떠들면서 자유롭게 감상을 말하기도 했다.

쇼콜라 클럽과는 완전 달랐다. 나는 이런 분위기가 더 좋았다. 물론 쇼콜라 클럽의 고급스러운 분위기도 나쁘지는 않았다. 하지만 그런 분위기는 1년에 한두 번이면 충분했다. 한편 이 모임은 친구처럼 편하게 얘기할 수 있어서 좋았다. 이들과 함께라면 학교 앞에서 팔던 뽑기 얘기만으로도 즐거운 시간을 보낼 수 있을 것 같았다.

나는 안미쓰를 한입 떠 넣으며 가린에게 말했다.

"가린 씨 아버지가 한다는 가게, 굉장히 오래된 가게던데요. 인터넷에서 보고 깜짝 놀랐어요. 세련되어 보여서 생긴 지 얼마 안 된 줄 알았거든요."

"아버지가 3대째 물려받으신 가게예요. 할아버지가 젊었을 때에는 영사관이나 재일외국인들을 위해 초콜릿과 쿠키를 만들어 팔았다고 해요. 전쟁 때문에 잠시 문을 닫아야 했지만 전쟁이 끝나자 곧바로 다시 가게 문을 열었죠. 그때부터 일반인들을 상대했다고 해요. 지금의 가게는 경기가 한창 좋았을 때 스위트 붐을 타고 아버지가 키워 놓으신 거예요. 지금은 멀리서도 일부러 찾아오는 손님들이 있을 정도로 인기가 좋죠."

"그럼, 가린 씨는 바뀌기 전의 아마노를 잘 알고 있겠군요. 할아버지가 만드시던 아마노의 과자 맛을 아직도 기억해요?"

"그럼요. 내가 유치원에 다닐 때까지도 옛날 방식으로 만들었거든요."

"아버지가 가게를 물려받으면서 맛이 달라졌겠군요?"

"그렇죠, 뭐. 딱히 꼬집어 말하기는 어렵지만 분명 뭔가 달라졌어요. 할아버지가 만든 과자는 유럽적인 향수가 남아 있는 과자였어요. 소박하고 사랑스러웠죠. 케이크 전시회에 출품된 작품들을 보면 어쩜 저렇게 정교하게 만들었는지 신기할 정도로 멋진 케이크가 많잖아요. 예술품처럼 멋진 피에스몬테도 있죠. 그런데 신기하게도 막상 먹으려고 하면 그런 것들보다는 전시장 한편에 쌓여 있는 평범한 파운드케이크나 크림색으로 알맞게 구워진 롤케이크 쪽에 더 손이 간단 말이에요"

"아! 그 기분, 어떤 건지 알 것 같아요."

"할아버지가 만드신 케이크도 그런 느낌이었어요. 하지만 아버지가 셰프가 된 후로 폭발적인 인기를 얻고 있는 걸로 봐서는 아버지의 방향이 잘못된 선택은 아닌가 봐요."

가린과 얘기를 하면서 알게 되었다. 그녀가 아버지가 아니라 어머니에게 반발심을 갖고 있다는 것을. 그녀는 아버지를 최고라고 믿고 있는 어머니에게 깊은 불신감을 갖고 있었다.

그녀의 어머니는 남편이 하는 일에 대한 자부심이 굉장했다.

그런데 문제는 도가 너무 지나치다는 데 있었다. 다른 가게에서 파는 과자는 싸잡아서 무시했던 것이다.

가린이 아직 중학생일 때의 일이었다. 하루는 친구가 집에 놀러 와 거실에서 케이크를 먹고 있는데 그 모습을 본 어머니가 친구가 보는 앞에서 가린을 나무랐다.

"친구가 모처럼 왔는데 좀 더 고급스러운 과자를 대접하지 그랬니. 아버지 가게에서 먹을 만한 것을 가져다줄 테니 잠깐만 기다리렴."

하지만 그 케이크는 친구가 가린을 위해 사 온 것이었다. 집과 반대쪽에 있는 가게까지 일부러 가서 사다 준 케이크였다.

다행히 마음씨 착한 친구는 환하게 웃으며 말했다.

"우리 부모님도 마찬가지셔. 날마다 잔소리, 잔소리. 하루라도 잔소리를 안 하시면 입에 가시가 돋는다니까. 난 괜찮으니까 신경 쓰지 마."

그리고 그 후로도 여전히 사이좋게 지냈다.

하지만 가린은 참을 수가 없었다. 비록 친구는 어머니를 용서했지만 그녀의 분노는 배로 증가했다.

"그 후로 난 아버지 가게에서 파는 제품을 한 번도 먹지 않았어요. 그 일로 엄마랑 지금도 가끔 싸워요. 하지만 난 절대로 내 뜻을 굽히지 않을 거예요. 아빤 엄마처럼 화를 내시지도 과자를 먹으라고 강요하시지도 않아요. 아빠에겐 아빠의 과자를 좋아하는 손님들이 있으니까요. 그걸로 충분하다고 생각하시는 거겠죠. 아빤 프로니까요."

가슴이 저려 왔다. 가린의 나이에서 거꾸로 거슬러 계산해 보면 이미 10년 가까이 아버지의 과자를 먹지 않았다는 얘긴데. 정말 대단한 고집이었다. 자신도 아닌 친구에게 상처 준 어머니를 용서할 수 없다는 강인한 기질은 예나 지금이나 여전한가 보다.

어쩌면 가린의 숙모는 일부러 그녀를 쇼콜라 클럽에 보낸 게 아닐까? 가린과 그녀의 부모를 화해시키려고? 이미 10년 가까이 입에도 대지 않는 아버지의 과자를 억지로 먹이면 역효과가 날 게 빤했다. 그렇다면 우선 아버지 과자와 비슷한 과자로 적대감을 없애고 아버지의 과자를 슬그머니 내밀 생각이 아니었을까? 하지만 그 방법이 먹힐 리 없지 않는가. 적어도 내가 아는 한 가린은 그렇게 호락호락하지 않다.

다음 날 저녁 나는 쇼콜라 더 루이를 찾았다. 손님은 이미 빠져나가고 커피 매장에는 나가미네 셰프가 홀로 테이블에 앉아 만년필로 무언가를 끼적이고 있었다. 그 옆에는 조르조 데 키리코의 화집이 펼쳐져 있었다. 참 대단한 사람이다. 대체 그가 손대지 않는 분야는 뭘까? 아니, 그런 게 있기는 할까?

과자 접시에는 기비규히(吉備求肥)가 담겨 있었다. 기비규히는 흰색 가루를 뿌려 만든 갈색의 직사각형 과자이다. 모양도 맛도 지극히 평범하지만 골수팬이 많다. 부드러우면서도 쫄깃쫄깃한 식감과 진하고 감칠맛 나는 고급스러운 단맛, 계수나무의 향이 특징이다. 특히 차와 잘 어울리는 전통 화과자이다.

나가미네 셰프가 차를 따라 주며 기비규히가 들어 있는 과자 접시를 내밀었다. 나는 기비규히를 조금 덜어 입으로 가져갔다. 계수나무의 맛과 규히의 달콤함이 혀 위에서 감칠맛 나게 어우러졌다. 아, 행복해. 말로 표현할 수 없는 행복감이 밀려왔다. 역시 교토 화과자는 언제 먹어도 맛있단 말이야.

"지난번 쇼콜라 클럽에서 선보인 메뉴, 정말 맛있었어요."

"고맙습니다. 그런데 다음 모임에도 참석하실 겁니까?"

"물론이죠."

그러자 그가 조금 의외라는 듯 물었다.

"크리스마스 바로 전 휴일인데 남자친구와 데이트라도 하셔야 하는 거 아닙니까?"

"걱정 마세요. 남자친구 없거든요."

"정말입니까?"

"그런 걸로 거짓말해서 뭐해요? 더 이상은 묻지 마세요. 자꾸 우울해지려고 하니까요. 그러는 셰프님이야말로 특별한 약속 없어요?"

"없습니다. 1년 중에서 밸런타인데이랑 크리스마스가 제일 바쁘니까요."

그러고 보니 그렇다. 내가 괜한 질문을 했다.

"그럼 바쁜 시기가 끝나야 파티를 하시겠군요. 부인과 아이들하고는 주로 25일 밤에 파티를 하나요? 원래는 크리스마스이브가 아니라 당일에 모여 파티를 하는 거잖아요."

"난 독신입니다. 그런 걱정은 안 하셔도 됩니다."

아뿔싸! 나이가 있어서 당연히 가족이 있을 거라고 생각했는데. 괜한 소리를 해서 마음이 상하진 않았을까? 독신이라고 해도 아직 한 번도 결혼을 안 한 총각이라는 건지, 아니면 돌싱이라는 건지는 알 수 없었다. 혹시 내가 떠올리기 싫은 기억을 건드린 건 아닐까? 딱히 대꾸할 말을 찾지 못해 난처해하고 있는데, 나가미네 셰프가 아무 일도 없었다는 듯 화제를 바꾸었다.

"쇼콜라 클럽에 가입하실 생각입니까?"

"아니요. 그건 좀 그래요. 제 월급으론 사치인 것 같기도 하구요."

"그곳 분위기가 아야베 씨와는 잘 안 맞으시죠?"

"눈치채고 계셨어요?"

"젊은 여자들이 어울리기에는 지나치게 중후하니까요."

"시게노 씨는 괜찮은 분인 것 같아요. 하지만 중년 남자들이 많아서 그런지 스위트를 좋아하는 사람들의 모임이라기보다는 미식가들의 모임 같아요. 아마 다들 틀림없이 술과 요리에도 조예가 깊을걸요?"

"사실 내가 그 모임에 초빙된 것 자체가 이상한 일입니다. 우리 가게를 찾는 손님 대부분이 젊은 여자들입니다. 쇼콜라 클럽처럼 중년 남자들이 주류를 이루는 모임에서 젊은 여자 손님들에게 인기 있는 가게의 셰프를 초대한 까닭이 뭘까요?"

"그거야 셰프님이 유명한 쇼콜라티에라서 그런 거 아닐까요?"

"유명하다는 기준에도 여러 가지가 있습니다. 잡지에 실리거나 평판이 좋다고 해서 초빙했을 것 같지는 않습니다만."

"그럼, 뭔가 다른 의도가 있을 거라는 말씀이에요?"

"정기 모임이 끝나고 요리잡지 기자라는 아마노 가린 씨의 숙모가 찾아왔었습니다. 조카가 큰 실례를 범한 것 같다며 대신해서 사죄드린다고 하더군요. 자신이 싫다는 조카를 억지로 보냈지만, 그렇게까지 분별없는 아이인 줄은 몰랐다고 하더군요. 그러실 필요 없다고 말씀드렸습니다. 애초에 진심으로 사죄할 마음이 있었다면 당사자를 데리고 왔겠죠. 뭔가 그럴 만한 사정이 있을 거라 짐작했지만 별로 관여하고 싶지 않아서 물어보지 않았습니다. 혹시 그녀가 나를 초빙하자고 제안한 게 아닐까요? 내가 젊은 여성 고객층이 많은 가게의 셰프라는 것을 염두에 두고 가린 씨가 좋아할 만한 메뉴를 만들어 오길 기대하고 있었던 것은 아닐까요?"

가린에게 들은 얘기를 들려줄까 하다가 그만두었다. 남의 비밀을 함부로 말하면 안 될 것 같았다. 내가 아는 나가미네 셰프는 눈에 보이는 것만으로 사람을 판단하는 사람이 아니다. 틀림없이 보이지 않는 곳까지 가린의 인물 됨됨이를 파악하고 있을 것이다. 어쩌면 가린과 몇 차례 교류를 가진 나보다 훨씬 더 정확하게 꿰뚫어 보고 있는 지도 모른다.

"게다가 가린 씨의 숙모는 다음번 케이크를 만들 때 도움이 되었으면 좋겠다면서 과자 정보지를 가져다주더군요. 이런 스위트라면 가린 씨가 틀림없이 기뻐할 거라고."

"세상에, 말도 안 돼!"

나는 나도 모르게 그만 소리를 질렀다.

이런 제안을 받고 나가미네 셰프가 가만있을 리 없었다. 틀림없이 그녀의 배후에는 가린의 어머니가 있을 것이다. 그렇게까지 하면서 딸에게 남편이 만든 과자를 인정받게 하고 싶었던 걸까?

나는 나가미네 셰프에게 조심스럽게 물었다.

"그래서 어떻게 했어요?"

"물론 받을 수 없다고 거절했습니다. 이런 것 없이도 괜찮다고 말했지만 계속 권하기에 하는 수 없이 일단 받았다가 그녀가 보는 앞에서 찢어 버렸습니다."

역시! 파랗게 질렸을 기쓰카와 씨의 얼굴이 눈앞에 선했다. 나가미네 셰프는 또 얼마나 무서운 표정을 짓고 있었을까? 상상하는 것만으로도 등골이 오싹했다.

"마치 자신들이 못살게 괴롭힌 여자아이를 달랠 과자를 만들어 달라고 조르는 것 같더군요."

나가미네 셰프의 얼굴에서 씁쓸한 미소가 떠올랐다.

“정말 그렇네요. 어떻게 그런 무례한 짓을 할 수 있죠? 아예 이번 건도 거절하는 게 어때요?”

“이번 건은 예정대로 진행할 겁니다. 약속했으니까요. 그리고 다야마 씨에게 더 많은 자료를 주고 싶기도 하니까요.”

크리스마스이브 이틀 전 휴일. 오늘은 간사이 쇼콜라 클럽 모임이 있는 날이었다. 나는 핸드백을 챙겨 집을 나섰다. 오늘은 나 혼자였다.

다야마 씨는 다른 볼일이 있어 끝나는 대로 호텔로 곧장 오기로 했다.

가린에게도 따로 연락하지 않았다.

거리 여기저기에서 크리스마스트리가 저마다 화려한 빛을 뿜어내고 있었다. 크리스마스가 이틀 뒤로 성큼 다가왔다. 상점가 유리창에는 화이트크리스마스를 기원하는 스노스프레이가 뿌려져 있었고, 스티로폼으로 만든 순록 인형과 크리스마스트리 장식이 한들한들 춤을 추었다. 디스플레이용 선반에는 금색 리본을 단 빨강과 초록의 상자들이 수북이 쌓여 있었다. 양과자점에서 양복점, 보석점, 식기점, 앤티크 숍에 이르기까지 각 매장의 진열대에는 특매 상품이 한껏 자태를 뽐내고 있었다. 사람들의 눈길을 끌기 위한 다양한 아이디어가 돋보였다.

나도 모르게 쓴웃음이 나왔다. 정말 한심해. 온통 내가 갖고 싶은 것들뿐이잖아. 주고 싶은 것보다 갖고 싶은 게 먼저 눈에 들어왔다. 상술에 현혹되어 자신의 탐욕만을 추구하는 모습. 이기적인 내 모습에 신물이 났다.

유명 백화점 외벽에는 커다란 금색 종 장식이 달려 있었다. 밤이 되어 어둠이 내리면 전구 램프에 불이 들어와 한층 크리스마스 분위기를 고조시킬 것이다. 정문에서 쏟아져 나오는 손님들의 손에는 초록, 빨강, 금색의 알록달록한 종이 가방이 들려 있었다. 크리스마스이브가 될 때까지 선반 속에서 조용히 파티를 기다리겠지.

호텔 로비에는 지난번에 본 크리스마스트리가 여전히 화려하게 반짝이고 있었다. 이제 이틀 후면 창고행이 되어 다시 1년을 기다려야 한다는 걸 크리스마스트리는 알까? 크리스마스가 지나면 언제 그랬냐는 듯 재빨리 신년 장식으로 탈바꿈하겠지. 이맘때만 되면 왜 이렇게 마음이 싱숭생숭할까?

이제 곧 공장에서는 연말연시용 과자 생산에 박차를 가할 것이다. 화과자점은 대규모의 다도 모임을 제외하면 이맘때가 거의 유일한 대목이다.

모임 장소로 들어서자 이미 회원 대부분이 미리 와 자리에 앉아 있었다. 이이누마 회장과 오니즈카 씨, 시게노 씨, 후지오카 씨 등 낯익은 얼굴 외에도 몇몇 낯선 얼굴이 보였다.

가볍게 인사를 하며 안으로 들어서자 모두 웃으며 반갑게 맞아 주었다.

빈자리를 찾아 앉았다. 뒤에서는 아이들에게 줄 크리스마스 선물 이야기가 한창이었다.

“우리 아이는 중학생이 되더니 돈! 돈! 돈! 뭐든 돈으로 달래요.”

“받은 돈으로 게임기나 사려는 거겠죠. 아깝게 그런 건 왜 사는지 모르겠어요. 좀 더 유용한 걸 사면 얼마나 좋아요.”

“어쩔 수 없죠. 워낙 유혹이 많은 시대이니까요. 철이 들기 시작하면서 아이들도 어른들처럼 점점 더 강한 자극을 찾게 되는 것 같아요. 아이들이 만드는 인터넷 사이트를 보면 깜짝깜짝 놀란다니까요. 이게 얘들이 만든 게 맞나 싶을 정도로 위험천만하고 자극적이더라고요.”

“요즘은 어릴 적 기억이 아주 먼 옛날 일처럼 느껴질 때가 많아요. 불과 30년 만에 모든 것이 변해 버렸어요. 그것도 나쁜 쪽으로요.”

“꼭 그렇지만도 않아요. 적어도 과자는 많이 진화했으니까요.”

“듣고 보니 그렇네요. 30년 전에만 해도 케이크는 모두 버터크림으로 만들었죠. 게다가 진짜 버터가 아니라 마가린이었잖아요. 버터가 너무 비싸서 값싼 마가린으로 대신하는 경우가 많았죠. 알고 있었어요? 글쎄, 마가린이 물고기에서 짜낸 기름으로 만든 거래요.”

“지금도 값싼 과자에는 마가린 크림을 사용한대요.”

“그때와 비교하면 지금은 천국이죠. 꼭 고급 스위트점이 아니더라도 맛있는 과자를 먹을 수 있잖아요. 물론 가끔 그때가 그리울 때도 있지만 솔직히 난 그 시절에 먹었던 과자는 두 번 다시는 먹고 싶지 않아요. 속을 깎아내리는 것 같거든요. 질 낮은 스위트는 이제 사양할래요."

지금은 명실공히 중후함을 자랑하는 쇼콜라 클럽의 회원이지만 젊었을 때는 우여곡절이 많았던 모양이다. 어쩌면 당연한지도 모르겠다. 이곳에 모인 사람들 대부분이 어렸을 적에 손쉽게 접할 수 있는 과자는 지금보다 훨씬 소박한 것이었을 테니. 모처럼 초콜릿케이크를 먹고 싶어도 큰맘 먹고 물어물어 과자점을 찾아야 했을 것이다. 자허토르테(오스트리아에서 많이 만들어지는 초콜릿 스펀지케이크의 일종으로 초콜릿 스펀지에 살구잼을 바른 다음 초콜릿으로 케이크 전체를 코팅한 케이크-옮긴이), 오페라, 하다못해 퐁당 쇼콜라를 먹으려 해도 쉽지 않았겠지. 원하는 것이면 뭐든 인터넷으로 살 수 있는 요즘 젊은이들이 그때 그 시절의 고충을 상상이나 할 수 있을까?

그런데 먹고 싶은 과자를 마음껏 먹을 수 있게 된 지금, 이러쿵저러쿵 더 불만이 많아진 것은 왜일까? 역시 인간은 간사한 존재인 모양이다.

잠시 후 가린이 모습을 나타냈다.

그녀는 오늘도 내 옆자리에 앉았다.

"와 줬군요."

내가 반갑게 말을 건네자 가린이 겸연쩍은 듯 웃으면서 말했다.

"아무래도 오는 게 좋을 것 같아서요."

"또 숙모한테 등 떠밀려서 온 거예요?"

"아니에요. 오늘은 나 스스로 온 거예요. 아, 오늘은 정말이지 맛있는 케이크가 나왔으면 좋겠어요."

"걱정 말아요. 틀림없이 맛있는 케이크가 나올 거예요. 난 그를 믿어요. 그는 일류거든요. 분명 약속대로 멋진 메뉴를 준비해 왔을 거예요."

한창 얘기하고 있는데 다야마 씨가 들어왔다. 그는 가볍게 인사를 건네며 우리에게 다가왔다.

"이거 정말 기대되는군요."

"그러게요."

"전 오늘도 열심히 사진이나 찍어야겠습니다."

회원이 모두 모이자 이이누마 회장이 인터폰을 들었다. 스위트를 준비해 달라고 요청하고는 시식하기에 앞서 회원들에게 공지사항을 알렸다.

"앞으로 이틀 뒤면 크리스마스고 해서 오늘은 크리스마스케이크를 만들어 주셨습니다. 원래는 핫초콜릿을 먼저 먹는 게 순서지만 케이크를 먼저 선보이고 싶다는 셰프의 요청이 있었습니다."

이이누마 회장의 말이 끝나기가 무섭게 오니즈카 씨가 손을 번쩍 들었다.

"그럼 케이크가 만족스럽지 않은 사람은 먼저 돌아가도 좋다는 말씀이십니까?"

"그렇습니다."

"좋습니다. 그게 오히려 마음 편할 것 같군요."

몇몇 사람들이 가린을 힐끗 훔쳐보았다. 아마도 오니즈카 씨의 친구들인 모양이다. 불쾌했다. 그런데 정작 본인은 아무렇지도 않은 얼굴을 하고 있었다.

그때 문을 두드리는 소리와 함께 나가미네 셰프가 먼저 들어와 케이크를 운반하는 사람이 지나갈 수 있도록 문을 잡아 주었다. 케이크에는 커다란 흰색 상자가 씌워져 있었고 호텔 급사 두 명이 목제로 만든 케이크 받침대를 들고 있었다. 대형 라운드케이크인 모양이다. 상자 높이가 높은 건 케이크 윗부분의 장식 때문일까? 벌써부터 기대가 됐다.

급사들은 상자를 테이블 중앙에 내려놓고 다시 복도에서 왜건을 밀고 와 카트용 나이프와 케이크서버를 내려놓았다. 이어서 찻잔과 포크가 나오고 모든 준비가 완료되었다.

나가미네 셰프가 케이크 상자 앞에 다가섰다.

"다시 뵙게 돼서 반갑습니다. 이이누마 회장님께서 소개하신 대로 오늘 메뉴는 크리스마스케이크입니다. 부디 맛있는 시식이 되길 바랍니다."

나가미네 셰프는 두 손으로 상자 옆면을 살짝 눌러 천천히 위로 들어 올렸다.

그 순간 사람들 입에서는 일제히 탄성이 터져 나왔다.

순백의 라운드케이크가 드디어 모습을 드러냈던 것이다. 참가자 전원이 먹을 수 있는 크기의 거대한 크리스마스케이크는 눈이 부셨다. 순백색의 케이크 위에는 순백색의 장미꽃 장식이 우아하게 자태를 뽐내고 있었다. 마치 온통 눈으로 덮인 장미 정원을 보는 것 같았다. 케이크 위에는 장미꽃 외에도 호랑가시나무 잎을 본뜬 만든 금색의 엿 세공이 여러 개 꽂혀 있었다. 이이누마 회장이 몸을 바짝 갖다 대며 물었다.

"화이트크리스마스를 표현했군요. 정말 멋있습니다. 안에는 딸기가 들어 있겠죠?"

"그렀습니다. 하지만 딸기를 그대로 사용하면 너무 평범할 것 같아서 조금 다르게 만들어 봤습니다."

"자르기 전에 사진부터 찍어도 될까요?"

다야마 씨가 물었다.

"물론입니다."

나가미네 셰프는 흔쾌히 허락하고 자리를 비켜 주었다. 다야마 씨는 재빨리 360도 모든 방향에서 촬영을 끝내고 자신의 자리로 돌아와 앉았다.

그러자 나가미네 셰프가 케이크를 자르기 시작했다. 케이크 서버를 밀어 넣고 케이크를 앞쪽으로 살짝 끌어당겼다. 달걀색의 생지와 초콜릿크림, 그리고 신선한 딸기가 들어간 생크림 층이 시선을 사로잡았다.

심플하면서도 아름다웠다. 나도 모르게 군침이 돌았다. 보는 것만으로 입안 가득 달콤하고 부드러운 맛이 퍼져 가는 것 같았다. 아, 저 초콜릿 층은 또 어떤 맛일까? 상상하는 것만으로도 감동이 물결쳤다.

나가미네 셰프는 케이크 조각을 접시에 담았다. 그리고 호랑가시나무 엿 세공에서 잎 부분을 잘라 각각의 접시를 장식했다. 호랑가시나무 잎은 참가자의 수대로 준비되어 있었다.

이윽고 케이크 접시가 세팅되었다.

가까이에서 보니 순백색의 장미꽃은 설탕공예로 만든 것이었다. 설탕공예란 설탕과 물엿 등을 배합하여 녹여서 틀에 부어 형태를 만드는 공예 방법을 말한다. 식용 색소를 넣어 아름다운 파스텔 톤의 컬러를 만들 수 있다. 이번 케이크에서는 화이트크리스마스를 표현하기 위해 흰색을 그대로 사용하고 있었다.

다야마 씨가 다시 사진기를 들어 잘린 케이크의 단면을 찍기 시작했다.

"오호. 자른 모양도 아름답습니다."

감탄사를 연발하며 찰깍찰깍 연신 셔터를 눌러 댔다.

나는 포크를 들어 단숨에 케이크를 잘라 조심조심 입에 넣었다.

달걀색의 생지는 식감이 살아 있고 뭔가 따뜻하고 정겨운 느낌이 들었다. 폭신폭신한 다른 케이크의 생지와는 느낌이 달랐다. 아마 만드는 방법부터 다르겠지? 생크림 안에는 신선한 딸기가, 진하고 향이 강한 초콜릿크림 안에는 부드러운 과육이 들어 있었다. 순하고 부드러운 알코올 맛도 났다. 럼주를 넣을 걸까?

섬세한 모양과는 달리 전체적으로 맛이 중후했다. 그만큼 생크림이 가볍고 상큼했다. 게다가 초콜릿 맛이 완전 예술이었다. 달콤 쌉싸름한 맛과 카카오향이 풍부하고 꿀처럼 부드러운 감촉이 혀를 즐겁게 해 주었다. 지난번 오페라에 버금가는 고급 초콜릿이었다.

이이누마 회장은 "오호, 오호라!"하며 연신 탄성을 질러 대며 가린에게 물었다.

"아마노 씨, 오늘 케이크 맛은 어떻습니까? 마음에 드십니까?"

가린은 야릇한 표정을 지으며 대답했다.

"지난번 케이크와는 맛이 전혀 달라요. 뭐랄까? 정겨움이 느껴지는 맛이랄까? 어릴 적 먹었던 케이크 같아요."

그리고는 나가미네 셰프를 올려다보았다.

"숙모인가요? 아님, 엄마? 누군가 옛날 아마노에서 팔던 케이크 비법을 가르쳐 준 거죠? 그렇죠?"

"아닙니다. 그 누구의 도움도 받지 않았습니다."

"거짓말! 그런데 어떻게 이런 맛을 낼 수 있죠?"

"굳이 말하자면 지난번 아마노 씨의 감상을 참고로 했다고 할까요?"

"내 감상이라고요? 그게 무슨 뜻이죠?"

"요즘 나온 케이크가 싫다고 말씀하셨잖습니까? 그래서 뺄셈을 이용해 케이크를 만들어 봤죠."

"뺄셈이라니요?"

"일본에 양과자가 전래된 것은 2차 세계대전 이전이지만 서민들에게 알려지기 시작한 것은 1960년대 이후부터였습니다. 쇼트케이크와 크리스마스케이크를 기조로, 이른바 일본의 독자적인 양과자 문화가 꽃피우기 시작했죠. 그러나 1970년대가 끝나면서 제조 방법이 급격히 변해 갔습니다. 해외의 제조 방법, 재료, 기구, 기기류가 급속히 일반화되면서부터였죠. 게다가 호황기가 시작되면서 고급 초콜릿이 공수되어 유럽의 유명 양과자점이 일본에 지점을 내게 되면서 국내에서도 세계 각국의 유명 과자를 먹을 수 있게 되었죠. 그 영향으로 국내 생산품도 크게 발전되었습니다. 과자를 스위트라고 부르고, 과자 장인은 파티시에라고 부르기 시작했죠. 물론 과자의 맛도 바뀌었습니다. 단맛을 줄이고 칼로리를 낮추되 부드럽게 녹아내리는 케이크가 인기를 얻게 되었죠. 그러한 변화는 케이크의 본고장인 프랑스의 케이크에도 큰 영향을 미쳤습니다. 아마노 씨는 간사이에서 태어나서 줄곧 이곳에서 자라셨죠?"

"맞아요. 아직까지 고베를 벗어나 본 적이 없어요."

"나이는 아야베 씨와 비슷하고 호황기가 시작되기 조금 전에 태어나서 초등학교를 다닐 무렵에 호황기가 끝났습니다. 그렇다면 아기 때부터 사춘기 때까지 어떤 과자를 먹었는지 대충 짐작할 수 있습니다. 그 당시 고베를 포함한 간사이 지역에서는 2차 세계 대전이 일어나기 전부터 시작된 간사이의 양과자와 호황기에 유입된 최신 해외 과자, 마지막으로 해외 유학파 파티시에의 신작 스위트가 서로의 점유율을 빼앗는 경쟁 구도를 보이며 세력을 확장시키고 있었습니다. 아마노는 당시 할아버지가 만든 클래식한 고베 스위트와 지금의 셰프인 아버지가 만든 신세대의 스위트가 세대교체하기 시작한 시기였습니다. 아마노 씨는 어릴 적에 할아버지가 만든 과자를 먹으며 자랐습니다. 아직도 할아버지가 만든 과자를 좋아하는 아마노 씨의 혀가 무의식중에 아버지가 만든 과자를 거부하고 있었던 게 아닐까 생각해 봤습니다."

가린의 눈이 점점 휘둥그레졌다.

"아마노 씨는 요즘 케이크, 즉 아버지나 내가 만드는 케이크가 질린다고 말씀하셨습니다. 그렇다면 아버지가 지금의 케이크를 만들기 위해 할아버지의 제조 방식에서 새롭게 추가한 부분, 이를테면 기법이나 재료, 만드는 방식 등을 차례로 빼다 보면 언젠가는 아마노 씨가 맛있다고 느끼는 선까지 되돌아갈 수 있지 않을까 하고 생각했죠."

"아!"

"물론 단순히 그것만으로는 케이크를 맛있게 만들 수 없습니다. 양과자의 모든 변화는 좀 더 맛있는 과자를 만들기 위한 노력의 결과니까요. 그래서 대신 재료의 질을 높여 보기로 했죠. 심플한 과자일수록 재료가 맛을 좌우하거든요."

나가미네 셰프가 선반에 남아 있는 케이크 한 조각의 단면을 가리키며 말했다.

"이 케이크는 제누와즈(밀가루와 설탕, 버터, 바닐라를 넣어 만든 농후하고 촉촉한 질감의 가벼운 스펀지케이크-옮긴이)를 사용했습니다. 급속냉동기의 발달로 무스 계열의 케이크가 비약적으로 발전한 후로 최근 스위트는 비스킷 생지를 사용한 것이 많습니다. 비스킷 생지는 여러 가지 시럽을 첨가하여 다양한 맛을 낼 수 있거든요. 게다가 가볍고 탄력도 좋습니다. 케이크 다양화를 이끈 주역이라고 해도 과언이 아닐 겁니다. 하지만 프랑스에서도 1970년대까지는 제누와즈가 주류를 이루었습니다. 그 대부분이 버터크림을 섞어 만든 것이었죠."

원래 프랑스 과자에 사용되는 버터크림은 마가린이 아니라 진짜 버터로 만들어졌다. 1960, 70년대에 일본에서 주로 사용되던 마가린크림과는 맛도 향도 식감도 전혀 달랐다. 가볍고 풍부한 향과 고급스러운 맛이 입안에서 부드럽게 녹아내리는 최고의 크림이었다. 그 맛은 생크림에도 뒤지지 않을 정도로 맛있었다.

"버터크림을 섞어 넣은 제누와즈는 같은 스펀지 생지라고 해도 비스킷 생지와는 맛과 식감이 전혀 다르죠. 왠지 모르게 정겹고 베이식한 맛이 매력적이죠. 또한 초콜릿크림에 넣은 딸기는 럼주로 살짝 익혔고, 초콜릿과 생지의 균형을 맞추기 위해 맛과 풍미가 진한 다크 럼을 사용했습니다. 초콜릿은 과일의 신맛과 잘 어울리는 산토메산을 골랐습니다. 겉에 코팅과 딸기를 넣는 데 사용한 생크림은 케이크 맛의 무게를 고려하여 뒷맛이 남지 않도록 유지방분이 낮은 것을 사용했습니다. 단맛을 억제해 한결 가벼워진 감촉이 초콜릿과 설탕 공예의 강한 자극으로부터 혀를 치유해 줄 겁니다."

소재가 좋으면 심플해도 맛있는 과자를 만들 수 있다. 언제가 그가 했던 말이었다. 그 후로도 많은 과자를 먹어 봤지만 그때 먹었던 아이스크림과 초콜릿의 맛은 지금도 내 가슴속에 또렷하게 남아 있다. 아마 평생 잊지 못할 것이다.

"어떠십니까? 아마노 씨?"

가린이 나가미네 셰프를 똑바로 쳐다보면서 진지한 표정으로 얘기했다.

"……좋은 과자였어요. 아니, 맛있는 과자였어요. 정말 고마워요."

"오니즈카 씨는 어떠셨습니까?"

오니즈카 씨는 팔짱을 낀 채, 잠시 생각에 잠겼다. 그리고 이윽고 입을 열었다.

"솔직히 난 지난번 나가미네 셰프가 만들었던 복잡 오묘한 맛을 기대했습니다. 여러 가지 재료가 기적처럼 어우러져 말로는 다 표현할 수 없는 맛의 하모니를 만들어 내는 그런 과자 말입니다. 그런데 이번 케이크는 단순합니다. 하지만 이번 케이크는 또 그 나름대로 맛있습니다."

그의 표정이 점점 밝아지더니 급기야 입가에 미소가 번지기 시작했다.

"기대했던 맛은 아니지만 맛있었습니다. 충분히 만족스럽습니다."

한순간에 팽팽하게 흐르던 긴장감이 눈 녹듯이 사라졌다.

짝짝짝! 이이누마 회장이 박수를 치며 사람들의 시선을 끌어모았다.

"자, 그럼 계속해서 핫초콜릿을 먹어 보겠습니다. 세 가지를 준비해 오셨는데 모두 마셔 보시고 감상을 말씀해 주시면 됩니다. 마카롱과 구운 과자도 준비되어 있으니, 마음껏 즐기시기 바랍니다."

시식이 끝나고 가린은 곧바로 나가미네 셰프에게 달려가 고개를 숙이며 정중히 사과했다.

"지난번엔 죄송했어요. 제가 좀 지나쳤죠?"

"괜찮습니다. 장인은 혹독한 비평을 받으면 더 좋은 것을 만들기 위해 노력할 뿐입니다. 또 그렇지 않더라도 호기심 때문에 늘 새로운 것을 만들려고 노력하죠."

그렇게 말하는 나가미네 셰프의 얼굴에서는 어떠한 감정도 읽을 수가 없었다.

"케이크, 정말 맛있었어요. 혹시 루이에 가면 살 수 있나요?"

"아니요. 죄송하지만 그건 안 됩니다."

"왜요?"

"이번 케이크는 쇼콜라 클럽을 위해서 특별히 만든 거니까요. 좀 더 정확히 말하자면 올 크리스마스를 위한 케이크입니다. 원래 메뉴에는 없을 뿐만 아니라 앞으로도 내놓지 않을 생각입니다."

"아쉽네요."

"언제든지 살 수 있는 과자가 있는가 하면 평생 한 번밖에 먹을 수 없는 과자도 있습니다. 그렇게 생각하면 어떤 과자도 귀하게 느껴지는 법이죠."

"그렇지만…… 아, 그럼 특별 주문하면 되잖아요?"

"아까 그 케이크가 마음에 드셨다면 아버님이 하시는 가게로 가 보십시오. 아마노에서 판매하는 생과자 중에는 지금도 할아버님의 방식을 고수하고 있는 케이크가 두 가지나 됩니다. 모르셨습니까?"

가린은 깜짝 놀란 듯 눈을 크게 뜨고 말했다.

"정말요? 전혀 몰랐어요."

"아마노에 있을 때 들은 적이 있습니다. 겉모양이나 장식은 달라졌지만 구성과 맛은 예전 그대로라고 하더군요. 지금도 꾸준히 사람들에게 사랑받고 있어서 굳이 바꿀 필요가 없었다고, 아무리 지혜와 솜씨를 짜내도 이보다 더 맛있게 만들 수는 없을 거라고 말씀하셨죠."

"어떤 케이크죠? 가르쳐 주세요. 아니면 힌트라도 주세요. 네?"

"제게 물을 게 아니라 아마노의 케이크를 하나씩 사서 직접 먹어 보십시오. 먹다 보면 알게 될 겁니다. 가린 씨라면 분명 찾을 수 있을 테니까요. 그럼 아버님도 기뻐하시지 않겠습니까?"

가린은 아무 말도 하지 않았다. 불쾌했던 걸까? 이윽고 가린이 얼굴 가득 환한 미소를 지으며 말했다.

"고마워요. 하지만 내가 직접 사러 가면 엄마가 당신이 이기셨다고 착각할지도 모르니까 친구한테 대신 사 달라고 부탁해야겠어요."

"그게 좋겠습니다."

"같이 나가실래요?"

내가 나가미네 셰프에게 물었다.

"좋습니다. 같이 나가죠. 그런데 오늘은 일이 많아서 저녁식사는 같이 할 수 없을 것 같군요."

"걱정 마세요. 케이크와 핫초콜릿을 너무 많이 먹어서 더는 들어갈 데가 없거든요."

"저도 7시까지는 집으로 돌아가야 합니다."

다야마 씨도 거들었다.

호텔 현관을 나서자 어느덧 해가 뉘엿뉘엿 저물고 있었다. 거리에는 크리스마스용 조명이 반짝이고 있었다. 멀리서 화려한 크리스마스 불빛이 넘실거리는 게 보였다. 매서운 겨울바람이 인정사정없이 코트 속으로 파고들었다. 다야마 씨가 부르르 몸을 떨면서 중얼거리듯 말했다.

"가린 씨는 앞으로도 어머니와 화해하기는 힘들 것 같죠?"

"어쩔 수 없죠. 좋든 싫든 아이들은 부모가 원하는 대로 크지는 않으니까요. 하지만 그것도 그런대로 나쁘지는 않다고 생각합니다만."

"이런 곳에서 주기는 좀 그렇지만 크리스마스 선물이에요. 후쿠오도 화과자 세트예요. 가이츄시루코와 양갱, 그리고 모나카 등 나가미네 셰프가 좋아하는 걸로 골라서 담아 봤어요."

나는 핸드백에서 과자 상자를 꺼내어 나가미네 셰프에게 건넸다.

크리스마스를 함께 보낼 사람이 없다는 얘기를 듣고부터 뭔가 선물하고 싶었다. 특별할 건 없지만 후쿠오도 화과자라면 그도 틀림없이 기뻐하겠지. 또 비싼 것도 아니니까 부담 없이 받아 줄 거야. 덕분에 잠시나마 마음이 따뜻해졌다면 그걸로 충분했다.

"이런, 미안해서 어쩌죠?"

나가미네 셰프는 기쁨과 수줍음이 뒤섞인 복잡한 표정으로 말했다. 처음 보는 표정이었다.

"전 아무것도 준비하지 못했는데요."

"아니에요. 부담 갖지 마세요. 전 아까 이미 맛있는 케이크와 차를 선물받았잖아요."

"그렇게 생각하신다니, 감사히 받겠습니다. 고맙습니다."

상자 포장 위로 하얀 물체가 내려앉았다. 눈이었다. 눈을 보니 이제 곧 크리스마스라는 게 실감났다.

"앞으로 며칠 동안은 꼼짝 없이 주방에서 지내셔야겠군요."

다야마 씨가 말했다.

"아마도 그럴 것 같습니다. 근처 사우나가 딸린 목욕탕에서 씻고 잠은 가게에 있는 간이 휴게실에서 잘 생각입니다. 크리스마스용 과자 마무리 작업이 아직 남았거든요."

"이렇게 열심히 하시는데 훈장이라도 줘야 하는 거 아닙니까? 셰프님 덕분에 많은 사람들이 행복한 시간을 보낼 수 있으니까요."

"훈장 같은 건 필요 없습니다."

나가미네 셰프가 입가에 살며시 미소를 지으며 말했다.

"명예 때문에 이 일을 하는 건 아니니까요. 맛있는 과자를 만들어 손님을 기쁘게 할 수 있다면 그걸로 충분합니다. 나중에 나이가 들어 몸을 가눌 수 없게 되면 그땐 조용히 물러날 겁니다. 내가 물러나면 새로운 셰프가 뒤를 잇겠죠. 그리고 언젠가는 내 이름조차 잊힐 테죠. 나라는 사람이 있었다는 사실조차 잊어버리고, 내가 만든 과자도 잊힐 겁니다. 하지만 나중 일은 그때 가서 생각하렵니다. 지금은 오로지 과자 만드는 데만 신경 쓸 겁니다. 미래만큼 현재도 중요하니까요."

눈송이가 마치 꽃잎처럼 흩날렸다.

"혹시 눈의 결정체를 관찰해 본 적 있어요?"

"물론입니다. 어릴 적에는 눈만 오면 현미경을 들고 밖으로 뛰어나가곤 했죠."

"내가 어렸을 때만 해도 고베 해변에는 눈사람을 만들 수 있을 정도로 눈이 많이 쌓이곤 했습니다. 그땐 지금보다 훨씬 추웠거든요."

다야마 씨가 말했다.

"지구의 기후가 변화한 탓도 있지만 배기열 문제가 심각합니다. 이제 도시에서는 두 번 다시는 옛날처럼 눈이 쌓이는 모습을 보기 힘들 겁니다."

"혹시 나카야 우키치로 교수(中谷 宇吉郎, 1900~1962: 일본의 물리학자 겸 수필가-옮긴이)의 책 좋아하십니까? 눈의 결정체 형성을 과학적으로 고찰한 책 말입니다."

"그럼요."

"그럼 가가(加賀) 시에 있는 '눈 과학관'에 가 본 적은 있습니까?"

"아쉽게도 아직 못 가 봤습니다."

"그 근처에 괜찮은 온천도 있으니 휴식도 취할 겸 가 보는 게 어떻겠습니까?"

"괜찮은 생각입니다. 밸런타인데이 시즌이 되기 전에 한 번 생각해 봐야겠습니다."

나는 코트 자락을 잡아당겨 하늘에서 내리는 새하얀 눈을 받아들였다. 그리고 다야마 씨와 함께 즐겁게 얘기를 나누고 있는 나가미네 셰프의 가슴에 내려놓듯 눈부신 눈의 결정체를 살며시 내려놓았다.

나가미네 셰프, 당신에게 주는 훈장이에요.

세상에서 단 하나밖에 없는 쇼콜라티에 훈장.

당신이야말로 진정한 쇼콜라티에예요. 나가미네 셰프.

쇼콜라티에

펴낸날 **초판 1쇄 2012년 3월 11일**

지은이 **우에다 사유리**
옮긴이 **박화**
펴낸이 **심만수**
펴낸곳 **(주)살림출판사**
출판등록 **1989년 11월 1일 제9-210호**

경기도 파주시 문발동 522-1
전화 031)955-1350 팩스 031)955-1355
기획 · 편집 031)955-1373
http://www.sallimbooks.com
book@sallimbooks.com

ISBN 978-89-522-1753-0 03830

※ 값은 뒤표지에 있습니다.
※ 잘못 만들어진 책은 구입하신 서점에서 바꾸어 드립니다.

책임편집 **배주영, 이명선**